Inhalt

Abbildungen

1. Ausgabe, September 2016

Veröffentlicht im Eigenverlag. Beratung: Johanna Daniel, Evelyn Schreiber, Dr. Bernd Wagner (rer. nat.) und Carsten Knebel (Dipl. Sportwissenschaftler und Dipl. Sportlehrer) Manuskripthinterlegung: Notariat Eva Rumpf und Dr. Georg Westermeier, München Gesamtherstellung:
Stephan C. Daniel, c/o. Public-Tools Postfach 1111, 83448 Piding

Dieses Taschenbuch wurde auf FSC-zertifiziertem Papier gedruckt. FSC (Forest-Stewardship Council) ist eine nichtstaatliche, gemeinnützige Organisation, die sich für eine ökologische und sozialverantwortliche Nutzung der Wälder unserer Erde einsetzt. Papier: 90 g/m² Werkdruck, Umschlag 230 g/m² Ensocoat Druck: CPI Books, 89075 Ulm

Printed in Germany
Kartenspiel: EAN 0701197889798 (12x19 cm) Art. Nr. 8301-063
Buch: ISBN 978-3-00-054029-5 (12x19 cm)

www.mit-essen-spielt-man.de

Zum Buch:

Jede Ähnlichkeit mit Personen, die leben oder gelebt haben, jede Übereinstimmung der Namen und Orte sind rein zufällig. Der Leser trägt die Verantwortung für seine Phantasie selbst; auch die Leserin. Dies ist außerdem kein historischer Roman.

Es war einmal ein berühmter Spitzenkoch, den sie Baudelaire nannten. Er lebte in einer Zeit, in der es zur Lösung jedes Alltagsproblems bereits ein Programm gab. Die Leute konnten diese Programme auf ihren mobilen Telefonen und sogar auf Armbanduhren nutzen.

Den Leuten fehlten drei Dinge: Das Wissen über den Verwendungszweck bestimmter Lebensmittel, war durch die viele Automatisierung, immer mehr in Vergessenheit geraten und verschwand aus den Köpfen. An einem Verständnis für den eigenen Körper hatten die Leute kaum noch Interesse, weil sie dachten, dass die Lebensmittel, die ihnen von den Supermärkten und in der Gastronomie angeboten wurden, schon „super“ für sie sein würden. Und schließlich wollten sich die Leute im Alltag auch nicht mehr „gerne“ gesund ernähren – weil es ihnen zu anstrengend war. Gesunde Ernährung glich einer Schnitzeljagd.

Baudelaire war beliebt bei seinen Gästen und trotzdem war

er mit seinem Angebot nicht zufrieden, weil er sah, dass er unter den herrschenden Rahmenbedingungen viele Gäste nie zufrieden stellen würde …

Er entschließt sich, sein Restaurant für eine Weile zu schließen und begibt sich auf einige Reisen, mit Ideen im Kopf und um etwas neues zu entdecken.

Auf seinen Fahrten hat er Zeit zum Nachdenken und so kommt Eins zum Anderen: Immer gezielter redet er mit seinen Reisebegleitungen und Leuten, denen er zufällig über den Weg läuft, über Themen die ihn an sein Ziel führen. Und er plant seine Reisen auch nacheinander, weil er sich einen Mehrwert für sein Vorhaben davon verspricht, wenn er sie aufeinander aufbaut. Mit Erfolg, denn die Rahmenbedingungen, die er sich gibt, sind tatsächlich entscheidend: Die Leute mit denen er sich umgibt, die Orte, an die er reist und die Fragen, die er sich stellt. Am Ende seines Experiments hat er so manche Lösungen im Gepäck.

Vorwort

von Carsten Knebel
(Dipl. Sportwissenschaftler,
Leichtathletiktrainer und Dipl. Sportlehrer)

Was will uns der Autor mit dieser Geschichte eigentlich sagen". So oder so ähnlich hätte wohl Marcel Reich Ranicki, jenen bedeutsamen und viel zitierten Satz geäußert, wenn er das hier vorliegende Buch gelesen hätte. Ich kann nur spekulieren, ob er wortgewaltig und gestikulierend den Roman in seiner Struktur und in seinem Inhalt vernichtend beurteilt hätte - oder wie ich finde vermute, Sympathien gehegt hätte.

Stephan betrachtet in seiner Komödie das Thema Ernährung aus einer völlig neuen Perspektive. Nun mögen Kritiker und Leser im Vorfeld zu Recht behaupten, „muss es noch ein Buch zu diesem Thema geben?" Die Antwort lautet ja!
In den vergangenen 15 Jahren wurde ich als Sportlehrer und Personal Trainer so oft um Rat gebeten, wie man die immer wieder neu auf den Markt kommenden Diäten und Ernährungstrends bewerten kann. Bildgewaltig und effektvoll wurde und wird mit neuen wissenschaftlichen Studien geworben. Die Komplexität dieses Themas ermöglicht es dem Markt sich stets neu zu erfinden und profitabel mit neuen Lösungsansätzen zu werben. Mit Stephan habe ich auf unseren unzähligen Radabenteuern in den letzten Jahren viel über Ernährung, Essgewohnheiten, Sport, Leistungsgrenzen

und sicherlich auch über Frauen philosophiert und diskutiert. Insofern war ich höchstgradig erfreut, dass ich in den Genuss kommen sollte, dass hier vorliegende Buch in seiner Urform lesen zu dürfen.

Die Vision ist genial. Stephan schickt seinen Spitzenkoch Baudelaire, der sich häufig in absurden Tanzeinlagen verliert, erneut auf eine Art Wissenreise, um die noch immer nicht beantworteten Fragen, einer ausgewogenen und zufriedenstellenden Ernährung zu klären. Geschickt hat er hilfreiche Information rund um das Thema Essen in eine spannende Story verpackt, ohne dass der Leser gleich das Gefühl haben muss einem Fachbuch gegenüber zu sitzen. Neben dem roten Faden der versteckten Erkenntnisse kommen auch die Gefühle der Romanfigur nicht zu kurz. Da bekannter Weise die Liebe durch den Magen geht, kann man auch hier gespannt sein, welche Liebesabenteuer der Spitzenkoch erleben darf.

Der Autor möchte allerdings nicht nur seinen Koch auf die Reise schicken. Er möchte die Gesellschaft inspirieren, sich ebenfalls zu erheben und der täglichen Routine den Kampf anzusagen. Nun sind Routine und die damit verbundenen Rituale nichts Verwerfliches, jedoch besteht bei sehr vielen Menschen eine latente Unzufriedenheit, über die eigenen Essgewohnheiten und den damit verbundenen Konsequenzen.

Gezielt setzt Stephan immer wieder Impulse und versetzt den Leser in eine „Aha“ Situation. Im Laufe des Romans reift dem Spitzenkoch die Idee, gar ein Spiel über Ernährung zu entwerfen. Welch glorreicher Gedanke wie ich finde. Sich, ganz nebenbei, wie ein Kind im Spiel zu verlieren und trotzdem Teil der Erkenntnis zu sein. Das macht das Buch so besonders und lesenswert.

Das Spiel war für Stephan übrigens der Grundgedanke. Dann kam ihm die Idee der Komödie, um den Menschen einen einfachen Zugang zum Thema Ernährung zu ermöglichen. Und wie steht's nun mit Herrn Ranizcki? Das Spiel hätte ihn bestimmt ebenfalls gefesselt.

Carsten Knebel
(Dipl. Sportwissenschaftler,
Leichtathletiktrainer und Dipl. Sportlehrer)

»Mit Essen Spielt Man!«

Roman von Stephan C. Daniel

Baudelaire überlegt...

Er brachte seine eigenen Messer mit. Mit dem Feuer spielte er, mit dem Essen aber nicht. Er, den sie Baudelaire nannten; und seine Geschichte soll hier erzählt werden. Baudelaire kredenzte in seinem Restaurant eines jener Menús, die ihn berühmt und zum Spitzenkoch gemacht haben.

Es sollte sein letzter großer Abend im Restaurant sein. ‚Mein Merci an den Gast.' hatte er das Menú betitelt. Und Baudelaire kochte für sie, seine Stammgäste.

Charismatisch und charmant, schelmisch und gefühlvoll – er zog alle Register.

Das Abschiedsmenú wurde aufgetafelt wie aus dem Lehrbuch: Zum Auftakt das, was die Kritiker das ‚Aufwecken des Gaumens' nannten, um am Ende eine klassische ‚Conclusio' folgen zu lassen.

Baudelaire suchte immer die persönliche Konversation mit den Leuten. Er setzte genauso effektvoll Pausen zwischen den Gängen, wie zwischen seinen Sätzen, wenn er sich mit ihnen unterhalten hatte. Er konnte überaus ironisch sein – und im nachfolgenden Augenblick auch sichtbar nachdenklich. Er setzte den Verstand ein, wenn er kochte. Baudelaire war ein begnadeter Koch – und er folgte darin seinen großen historischen Wegbereitern wie Skeeter etc.

Auch Skeeter beherrschte, zu seiner Zeit am Herd, die Werkzeuge der Cuisine wie kein anderer. Wie gekonnt er sie nutze, zeigte sich am ‚Jour Cuisine', dem Tag seiner weltberühmten Menúpräsentation. Skeeter war der Star bei dem Event, Tausende waren damals nach Paris gepilgert, um den Beginn der Novelle Cuisine einzuläuten – und um ihm, Skeeter, beim Kochen zuzusehen.

Dennoch ist hier die Rede erst einmal nicht von Frankreich (dazu kommen wir später noch); und zu der Zeit, von der wir reden, herrschte in den Restaurants der Städte ein für uns moderne Menschen kaum vorstellbarer Genuss.

Es war ein sonniger Ruhetag. Baudelaire wollte die Stille in der Küche nutzen und stand am Herd, um zu experimentieren. Denn er hatte sich neue Rezepte ausgedacht, die er nun in die Tat umsetzen wollte. Sonnenstrahlen drangen durch die Küchenfenster und Töpfe warfen Schatten auf die Edelstahlarbeitsplatte. Es lief Musik, ziemlich laut. Die Pfeffermühle rockte er im Takt der Musik, das Salz gab er rhythmisch ins Nudelwasser und mit den Eiern jonglierte er. Baudelaire war ein großer Koch und noch ein viel größerer Tänzer und wenn er seinen Küchengroove hatte, fielen ihm die besten Gerichte ein. Sein Tanzdrang gehörte zu ihm, wie die Petersilie auf die Butterkartoffel.

Seine Küche sah in etwa so aus, wie Sie sich womöglich solche in den berühmten Hotels in Berlin oder Paris vorstellen. Piccobello aufgeräumt und sauber, so dass er den Leuten das Essen auch auf dem Boden hätte servieren können. Es gab dort generell spezielle Posten an denen jeder Mitarbeiter, die ihm zugeteilten Aufgaben zu erledigen hatte.

Wenn Baudelaire allerdings experimentierte, übernahm er alle diese Posten selbst und die Küche gehörte ihm ganz alleine. War er Saucier, so duftete die Küche nach weingeschwängertem Dampf; und war er auch Pâtissier, seine Küche schnupperte nach Vanille, Zimt und Erdbeere. Baudelaire war vielseitig auch als Entremetier, so dass er die ganze Küche mit sommerreifen Tomaten aromatisierte. So war es bei ihm, zu jener Zeit, in der sich die Ereignisse zugetragen hatten, und egal was er machte, Baudelaire strahlte dabei Kompetenz aus und hatte Spaß daran. Eine dufte Welt, nichtwahr?

Was allerdings überhaupt nicht ‚dufte' war und Baudelaire schon gar nicht ‚schnuppe': Das waren seiner Ansicht nach die schweren Saucen und allerlei ‚E´s'; sie zerstörten in den meisten Fällen den Sinn der Nahrung. Viele seiner Kollegen verwendeten sie, solche Fertigprodukte und so manch Verzehr verlockend duftender Speisen, führte gar zur Übelkeit und langfristig alarmierend hohem Anteil an schlechten Body-Maß-Index (kurz „BMI") in der Bevölkerung. Baudelaire konnte das nicht gutheißen.

Plötzlich läutete es am Hintereingang. Es war Juliette Rindsteiger, sie vertrat den Ausfahrer vom Bio-Bauern. Wenn Sie sich jetzt allerdings eine dicke schrumpelige Bauerstochter vorstellen, dann liegen Sie weit daneben! Sie war 1,72 m groß, 27, gesetzlich krankenversichert, BMI

-20, blaue Augen, schusselig. Nicht hip, nicht cool, nicht zu konventionell, nicht mutig, nicht einfach. Selbständig, loyal, nerdy, verständnisvoll, konsequent, pragmatisch, begeisterungsfähig. Keine Tussi, sportlich; und manchmal auch couch potato. Sie hatte Angst vor Schildkröten und vor zu schönen Männern. Ihre Pluspunkte: Sie hatte Manieren. Juliette musste mehrfach läuten, damit er es hören konnte. Er kannte Juliette schon seit Jahren, weil sie die ältere Tochter vom Bio-Bauern Rindsteiger war.

Die Juliette gefiel ihm, richtig verliebt war er in ihr Lächeln. Irgendwie war es nie der rechte Moment, denn um alle gleichzeitig kümmern konnte er sich ja auch nicht. Bei ihr hatte er sich gedacht, was heute nicht ist, ist morgen auch noch schön. Juliette´s Po wirkte so aufreizend in dem gelben Kleid, wenn sie das Gemüse ablud und auch ein interessantes Dekolleté war vernehmbar. Bloß verführen mochte er sie nicht von ihr lassen, denn jetzt war er ruhiger geworden (weshalb er ruhiger geworden war, erfahren Sie noch).

Sie lud gerade eine volle Selleriekiste vom Lieferwagen, schaute zu ihm rüber und meinte:

»Hallo Baudelaire, hier bin ich! Hattest Du ein gutes Wochenende?«

… und schmückte diese, eher belanglos anmutende Frage, mit einem laszivem Blick, der sich gewaschen hatte. Juliette machte unserem Burschen gegenüber schon des Öfteren zweideutig eindeutige Bemerkungen, aber zu mehr kam es nie. Er antwortete und es gelang ihm nur mit Mühe nicht auf diesen Blick anzuspringen:

»Hallo July, nein miserabel. Und wie geht es Dir - …

und warum bist Du heute hier? Wir haben uns ja schon lange nicht mehr gesehen!«

»Ja, der Toni, unser Fahrer, der ist krank. Aber mir geht's soweit ganz gut! Und warum war das Wochenende so ‚miserabel'?«

Baudelaire ignorierte die Frage erstmal, scharwenzelte um sie herum und meinte dann

»July!«

»Ja?«

»Moment, ich helfe Dir – das ist sonst zu schwer!«

dann griff unser Bursche, statt nach dem gut gefüllten Kartoffelsack, den sie schon mühsam vom Auto runter gewieft hatte, zu einem Bund frischen Schnittlach und schnupperte daran. Jetzt kam er wieder auf ihre Frage zurück und brummelte:

»Weil ! … naja. Ach nicht so wichtig.«

»Nein?«

»Ja!«

das machte Juliette nur weiter neugierig. Sie verdrehte die Augen und hakte nach

»Was, nein oder ja?«

worauf er brummig erwiderte

»Halte ein! Es ist nicht wichtig.«

»Na ja, scheint ja ein wichtiges Geheimnis zu sein. Du machst mir Angst!«

konterte sie gekonnte und scherzhaft; und grinste dabei.

»Tja, es ist eben ein so wichtiges ‚geheimes' Geheimnis, dass es für Dich unglaublich unwichtig ist.«

Sie musste lachen, aber versuchte es nochmals mit ihrem lasziven Blick. Ein erneuter Anlauf:

»das ist ja spannend. Du machst mir Angst, aber ich find Dich spitze!«

Doch just in diesem Moment kam Kiki des Weges. Kiki war die kleine rundliche gute Seele aus der Verwaltung, die eigentlich schon im Rentenalter war. Sie hatte an dem Montag nicht frei. Denn sie kümmerte sich um Reservierungen und erledigte seit Jahren zuverlässig die Buchhaltung. Kiki war gerade bei der Post gewesen und hatte einen Einschreibe Brief abgeholt.

So wurde wieder nichts aus einer möglichen ‚Fingerwickelei' für Juliette. Juliette war zwar gerade eher auf ‚Yologamie', Baudelaire wäre allerdings ein guter Fang für sie gewesen.

Unser Bursche hatte schon immer Glück bei den Frauen. Die Mädels, mit denen er in der Schulzeit angebandelt hatte, wussten davon zu erzählen. Auch die, mit denen er in der Ausbildung etwas anfing. Und dann und wann ergaben sich auch Paarungsversuche über die Arbeit, auch diese Damen wussten davon zu erzählen. Sie hatten Bammel wenn er den Raum betrat, jammerten, wenn es ihn weiterzog, aber freuten sich, wenn sie ihn einmal wiedersahen. Ihm war es wurscht egal, wo er sich mit den Damen vergnügte, wo ein Wille war, war schließlich auch ein Feldweg. Und dann: Zuerst ein herzhafter Kuss und schließlich zog er die Geliebte in seine Arme. Er war ein fescher Bursche, unser Baudelaire. Und lachen konnte er, schön und kräftig lachen.

Kiki wedelte mit dem Einschreibe Brief und funkte Juliette damit, wenn auch unbeabsichtigt, ordentlich dazwischen:

»... huhu - hier ist Post für Dich Baudelaire!«

und unser Spitzenkoch wandte sich interessiert dem Brief zu; nahm und öffnete ihn eilig. Nachdem er den Inhalt kurz überflogen hatte sagte er, bis über beide Ohren strahlend:

»Schön! Mal was Erfreuliches. Dann hat das also geklappt. Kiki: Vielleicht gibt's bald was zu feiern!«

Juliette stand da, wie bestellt und nicht abgeholt. Sie zuckte mit den Schultern und verdrehte enttäuscht ihre blauen Augen. So mühte sie sich noch mit den rotfleischigen ‚Emmalie Kartoffeln' ab, welche Baudelaire´s Köche für ihre Farbenspielerein brauchten. Sie konnte sich kaum bewegen in ihrem engen gelben Kleid, das jetzt auch nicht mehr so gelb war. Dann verabschiedete sie sich lautstark:

»... tschüss Ihr Hübschen. Ich muss dann auch mal wieder weiter!«

Kiki und Baudelaire drehten sich erschrocken um. Küsschen links, Küsschen rechts »... tschüss Du Hübsche!« sagte er zu Juliette. Während Kiki und Juliette sich ebenfalls verabschiedeten, drehte unser Bursche sich um, rümpfte die Nase und sagte zu sich langsam

»... puhhh´ riecht wirklich verflixt irritierend!«

Juliette stieg in den Wagen und fuhr davon, während Baudelaire sich wieder zu Kiki herumdrehte. Auf dem Weg zur Tür fragte er sie:

»... und sonst, war noch irgendwas Wichtiges, als ich vorhin bei der Arbeit war?«

»Ja... also zunächst einmal das Architektur Büro Egon Bruchhaus für eine Jubiläumsfeier ... «

»a ha.. .ja weiter«

» ...und dann das Autohaus Rost, die wollten eine Geburtstagsfeier für zwanzig Leute! Dann Elektrohaus Schlag, Feinbäckerei Helmut Ofenloch für eine Reservierung, Spedition Schleicher ... «

»… ja ja ist ja schon gut! Halte ein! Gabs´ sonst noch irgendwas brennend Wichtiges?«
»Brennend? Eine junge Dame hat angerufen und wollte sich auf die Ausbildungsstelle bewerben.«
»A ha gut! Wie hat sie ausgesehen? Ach nein war ja ein Telefonat.«

Dann verschwanden die beiden im Gebäude.

Damit Sie ein besseres Bild von der Situation vor Ort bekommen, möchten wir Ihnen allerdings noch ein wenig Baudelaire´s Restaurant beschreiben. Dort gab es einen roten Teppich und mit weißen Decken gedeckte Tische, auf denen unser Spitzenkoch seine Gaumenfreuden servierte; für die er bereits einiges an Anerkennung erhielt, weil sie so sagenhaft lecker waren.

Er war ein Koch, der ansonsten relativ sportlich und ausgeglichen war, weil er sich seine Zeit so frei hielt, dass er täglich neben der Arbeit auch Bewegung und Ruhe hatte. Natürlich achtete er auch auf seine Ernährung, sonst hätte es insgesamt kaum möglich sein können, das er für Frauen so attraktiv war.

Nichtsdestogeringer war es die Krux daran, dass ihm seine vernünftige Ernährung gar nicht bewusst war, denn er hatte sich nie so richtig Gedanken darüber gemacht; und wusste deshalb auch nie eine einleuchtende Begründung, wenn ihn die Leute danach fragten. Außerdem hielten die Leute Baudelaire auf den ersten Blick immer für viel jünger als der Bursche es tatsächlich war und indem er sie raten ließ, machte sich einen Spaß daraus, weil er die Antwort ja meistens schon kannte. Dann hatten sie reichlich Mühe ihm sein Alter zu glauben.

Sie spekulieren jetzt sicher schon, wie alt der Bursche wohl gewesen sein mag, wenn er immerhin schon Spitzenkoch war und wir möchten Ihnen den Spaß auch nicht verderben und kommen gleich darauf zurück. Baudelaire hatte meist einen Dreitagebart, was ihn ja eigentlich auch älter wirken ließ. Meist trug er auch eine Kochmütze, die so hoch wie eine Salatgurke lang war. Häufig waren es die Frauen, die von ihm wissen wollten wie alt er war.

Den größten Bogen machte allerdings unser Bursche um diese ‚Altersraterei'. Denn wenn es darum ging, das Alter der Damen zu erraten konnte er nur daneben liegen. Entweder schätzte unser Bursche das Alter richtig, dann lag er deswegen daneben, weil die Frauen dachten »... ach her je, sehe ich wirklich schon so alt aus, wie ich bin?!« Schätzte er sie zu jung ein, dann dachten sie »... ach her je, ich möchte aber nicht wie ein Püppchen aussehen!« Und die letzte Möglichkeit war natürlich der schlimmste anzunehmende Fall. Und da kannten Frauen keinen Spaß!

An der Hauswand des Restaurants strahlten abends Lichter empor und der Empfangsbereich erwartete die Leute mit einem goldenen verschnörkelten Holzpult, auf dem ein großer Terminkalender lag. Denn viele Leute wollten in „Baudelaire´s Restaurant" einen Tisch reservieren – nicht bloß weil er wie ein richtiger Koch aussah und leckere Gaumenfreuden zu bieten hatte, sondern weil er ein Geheimnis kannte, von dem alle guten Köche wussten, welches sie aber nicht in der Ausbildung lernten: Unser

Spitzenkoch interessierte sich wirklich für die Bedürfnisse seiner Gäste.

Vielleicht stellen Sie sich jetzt ein typisches Sternerestaurant vor, in dem Sie schon einmal Ihren Gaumen verzaubern ließen. In der wirklichen Welt bekommen Hotels bis zu fünf oder manchmal auch sieben Sterne für die Ausstattung, nicht aber für die Qualität. Restaurantköche bekommen bis zu drei Sterne für Qualität und Kunst, nicht aber für die Ausstattung. Zwar empfand auch Baudelaire es für viele Jahre als sein Non-Plusultra, die Augen und Gaumen der Leute zu begeistern. Er spielte mit dem Essen.

Nichtsdestoweniger lies Baudelaire irgendwann Sterne Sternschnuppen sein und schwebte bereits in einer anderen Sternengalaxi. In dieser neuen Galaxi sammelte er sich bereits tausend und einen Stern zusammen. Jeder Gast ein Stern. So besann er sich zurück auf seine Vision, die er vor seiner Ausbildung hatte.

Damals, direkt nach seinem Abitur, als er ziemlich ideell unterwegs war, war es Baudelaire vor allem wichtig, den Menschen gutes Essen zu bereiten. Darum entschloss er sich für eine Ausbildung zum Koch. Baudelaire definierte ‚gutes Essen' heute wieder wie damals und setzte seine Priorität wieder mehr auf die Ausgewogenheit. Baudelaire optimierte die Speisen mehr in Richtung ‚was ist gut für den Körper' und verband dies mit, was ist gut für Gaumen und das Aug'... - nennen Sie es ruhig ‚übliches Restaurant'. Ja, er betrieb nunmehr ein übliches Restaurant, aber ein Kleinod. Ein Geheimtipp. Er kaufte sehr gute Produkte ein, aber keine exotischen. Er fertigte selbst, nichts kam aus der Tüte, nichts kam aus der Dose.

Der Bursche hatte noch eine weitere Schwäche, solange er nicht unter der Haube war: Ein Schwäche für die ‚Sternengalaxi' der attraktiven Frauen, aber das haben wir ja gerade schon bei Juliette beobachten können.

Jetzt können Sie sich ausrechnen, dass jemand, der noch alberne Scherze über das Alter der Frauen machte und in der Küche auf Klassiker wie Robin Thicke, Tone Loc oder INXS groovte; dann von mancher Frau für dreißig gehalten wurde. Obgleich ihn die Frauen ‚deliziös' fanden, das muss man sagen!

Baudelaire dachte, dass wenn sich die Leute in einem feinen Restaurant zum ersten Mal zum Dinner trafen, waren sie oftmals ein wenig zurückhaltend. Sie fürchteten sich davor, dass sie die Etikette nicht einhalten könnten. Denn in jedem Restaurant wurden unterschiedliche Regeln gelebt. Die allgemeine Etikette war zwar wichtig, obgleich die Leute immer daran denken sollten, dass es immer Besonderheiten gab, die sie zu einer Gesellschaft zugehörig machten oder nicht. Oder manchmal fürchteten sie auch, sie könnten zu leger oder sogar zu schick gekleidet sein. Frauen war es ein großes Anliegen, dass sie sich der Situation entsprechend geeignet kleideten, und ihre Männer .... – die Männer trugen schick zurückhaltend, denn ihr Schmuck waren die Damen. Es war wie beim Paartanz, bei dem der Mann aufforderte und führte. Immerhin fürchteten Frauen auch, ihre Männer mit der Kleidung nicht beeindrucken zu können oder andere Frauen könnten geeigneter gekleidet sein. Und unser Spitzenkoch hatte in all den

Jahren beobachtet, dass Männer manchmal gelangweilt davon waren, gleichwohl sie genau wussten, dass es mit den Damen anders nicht lief. Wenn man das nicht wüsste, könnte man sich sogar fragen, ob die Männer ihnen manchmal überhaupt zugehört hatten, wenn Frauen über ihre Kleider und Handtaschensorgen klagten.

Das Ding war: Baudelaire brachte die Leute zusammen. Alle fühlten sich wohl und verspeisten ihre Leibgerichte auf seiner Speisenkarte rauf und runter. Die Speisenkarte war bei Baudelaire bisher eine alte Schiefertafel, auf der jeden Tag eine neue Geschichte geschrieben stand. Er ging nämlich abends immer um die Tische herum (er hatte immerhin mehrere Räume mit Tischen ...) und unterhielt sich mit den Leuten. Dabei schaute er sie an, wenn sie ihre Geschichten erzählten. Er kraulte sich den Dreitagebart, nickte bestätigend und hatte immer ein paar Tropfen leckere Sauce auf seiner Kochjacke. Die Kochjacke war nicht weiß, sondern bunt gemustert mit gelben Knöpfen und täglich hatte seine Mütze eine andere Farbe.

Und so kamen die Leute äußerst gern in sein Restaurant, reservierten teilweise um Wochen im Voraus, reichten seinen guten Ruf an Freunde weiter und sprachen auch auf der Arbeit mit Kollegen darüber, die ihrerseits auch reservierten. Bald verbrachte Baudelaire lange Abende damit zu, andere Leute zu bekochen, und er begann, ein beträchtliches Vermögen aufzubauen; selbst wenn er seine Speisen gar nicht teuer anbot. Er dachte sich immer, er könnte mehr Geld verlangen, aber das war ihm peinlich.

Ein Menú kostete bei ihm beispielsweise nicht viel mehr

als beim Schnellrestaurant, nur wenige Häuser entfernt. Durch seine gute Vorbereitung gelang ihm allerdings eine günstige Kalkulation. So waren die Leute zufrieden und er auch. Anders als beim Schnellrestaurant, das auf der ganzen Welt tausende von Filialen hatte, konnten die Leute bei unserem Spitzenkoch sogar sicher sein, dass sie langfristig Freude an ihrer Gesundheit behielten. Übrigens hatten viele Freunde und liebe Menschen aus seiner Familie ihm schon zu höheren Preisen geraten;

»Baudelaire, Deine Gerichte sind fabelhaft und Du solltest Deine Preise anheben!«

»Warum?«

hatte Baudelaire immer nur wieder entgegnet,

»... das haben mir sogar schon Gäste gesagt!«

Dazu müsste man erklären, dass sich hin und wieder Leute in sein Restaurant verliefen, die nur deshalb in ein Spitzenrestaurant gingen, weil sie sich damit rühmen wollten, in einem solchen Spitzenrestaurant gegessen zu haben. Sie hatten immer großen Kummer gehabt wegen der Leute, die in seinem Restaurant am Nachbartisch aßen, aber nicht so teuer gekleidet waren wie sie selbst. Baudelaire fiel jedoch auf, dass er manchmal die gewöhnlich gekleideten Leute attraktiver fand, als die teuer gekleideten. Alle Leute, die in sein Restaurant kamen, waren schick gekleidet und doch sah man den Kleidern an, ob sie schwindelerregend teuer oder auch für den Otto-Normalverbraucher erschwinglich waren.

Also arrangierte Baudelaire hin und wieder exklusive Abende, die im Zeichen von Champagner & Lobster standen und denen wirklich nur die Geldbeutel der betuchteren Leute standhalten konnten. So fühlten sich die betuchteren Leute viel wohler, weil sie unter gleichgesinnten einen Abend verbrachten. Baudelaire wusste nicht so recht, was er von dieser Zweischichtengesellschaft halten sollte. Er war nicht nur erfolgreich, weil er die Gabe besaß, die Leute um den Gaumenverstand zu kochen. Er verstand auch die Geheimnisse eines guten Gastgebers.

Zunächst einmal wusste er, wie er die Leute dazu motivierte, sich für einen Abend in seinem Restaurant so heraus zu putzen, dass sie selbst zu den Hauptdarstellern des Abends wurden, denn er bot ja mit seinem Restaurant nur die Tapete, auf der sich alles abspielte. Selbst wenn viele Leute dachten er hätte die Hauptrolle. Doch der Koch mit der bunten Kochjacke sah sich eher in einer Art Nebenrolle und nur als Moderator für die Leute.

Erkundigte sich beispielsweise eine Dame bei ihm »Glauben Sie, dass ich mit dem Kleid meinen Mann beeindrucken kann, Baudelaire?« dann fragte er: »Was bedeutet für Sie beeindrucken?« Das half den Leuten, über ihren Wunsch nachzudenken, und so half er ihnen ihre Antworten zu finden, die sie glücklich machten.

Die gesamte Menschheit beschäftigte sich mit der Frage, welche Form der Ernährung denn nun die sinnvollste für die Leute war und zufällig wusste Baudelaire auch über die Ernährung ein wenig bescheid. In der Gastronomie war das eher eine Besonderheit, weil die Köche es mit einer Vielzahl kultureller Spezialitäten und Kulturen zu tun hatten, die es kochtechnisch zu beherrschen galt.

Gleichzeitig forschten Wissenschaftler weltweit danach,

welche Ernährungsform die gesündeste für die Leute sei. Beinahe täglich meldeten Zeitungen neue Erkenntnisse darüber. Besonders Illustrierte erfanden immer wieder abenteuerliche Diäten, mit denen sie ihre Auflagen und damit ihre Gewinne steigerten. Doch ‚Diät' ist ein komisches Wort und in dies ist auch kein ‚Diät Buch'. Auch unser Spitzenkoch war der Ansicht, dass die Leute mit diesem Wort im Grunde meistens einen Zwang verbanden; also etwas negatives, weil sie eine Einschränkung in ihrer Essqualität sahen und dabei steht das Wort einfach nur für Ernährung. Die Leute konnten sich also genauso gesund ernähren wie ungesund; und sie konnten genauso gesund diäten, wie ungesund.

Baudelaire hatte wohl eine Form der Ernährung gelernt, die den Menschen gut zu tun schien und er wollte herausfinden, was das Besondere daran war. Die Kochausbildung war eine wilde Zeit, so dass er das damals eigentlich nie so richtig bewusst gelernt hatte. Vielleicht waren es die Passagen, die er „einfach nur auswendig" lernte, um Punkte zu sammeln. Bewusst verstanden hatte er diese komplexen Zusammenhänge irgendwie nie. Doch jetzt besann er sich darauf.

Er unterhielt sich als Koch mit seinen Gästen, um herauszufinden, was sie beim Essen liebten. Schon das mochten die Leute. Denn, manchmal waren sie auch in Restaurants, in denen ein Menú viel teurer war als bei Baudelaire, das Essen überhaupt nicht lecker geschweige denn gesund war; und unterhalten hatte sich auch keiner mit ihnen.

Mit den etwas besser betuchten Leuten hatte Baudelaire kaum gute Gespräche, denn sobald er genau wissen wollte, was ihnen besonders geschmeckt hatte, sagten sie nur »Baudelaire, natürlich hat es sehr gut geschmeckt, wie immer ...«. Die einfacher situierten Gäste sagten auf die gleiche Frage eher Dinge wie »Baudelaire, das Essen hat sehr gut geschmeckt, weil es einem das Gefühl gibt, dass es ausgewogen ist«.

Mit den Geheimnissen eines guten Gastgebers, seinem Ernährungswissen und seiner Kochkompetenz, war Baudelaire also ein ziemlich guter Koch, was bedeutet, dass er die eine Gesellschaft genauso glücklich machte, wie die andere. Manche Leute waren Fan seiner ausgewogenen Küche und andere Fans seiner Sterneschnuppen.

Und trotzdem dachte unser Spitzenkoch über eine Veränderung nach. Er war nicht zufrieden, weil er ganz deutlich sah, wie sich viele Leute schwer darin taten, sich gesund zu ernähren. Sowohl ein paar Häuser weiter im Schnellrestaurant, als auch überall auf der Welt.

Baudelaire sucht eine Antwort ...

Baudelaire hatte sein Restaurant in einer Stadt mit vielen Fahrradwegen, die häufig von schönen alten Allee-Bäumen zur Straße getrennt wurden. Diese Stadt war berühmt dafür, eine der grünsten Städte mit den größten innerstädtischen Parks weltweit zu sein. Ihre Bewohner nutzten die Parks wie Bewohner andernorts ihr Wohnzimmer. Aber die die Leute grillten dort auch, sie trieben Sport oder erholten sich ganz einfach. Diese Stadt unterschied sich auch in der Hinsicht von anderen Städten der Welt: Die meisten Leute gingen immer noch einem gut bezahlten Beruf nach und konnten sich auf eine funktionierende Regierung verlassen. Es gab alle möglichen Zeitungen und jeder hatte genügend Alternativen sich zu informieren und weiterzubilden. Bildung zu allen nur erdenklichen Themen. Es gab freie Universitäten, Abendkurse und jede Menge Büchereien.

Obwohl dem Stadthaushalt nach alles besser lief als in vielen anderen Städten, gab es hier dennoch Leute, die sich gerade nur das Nötigste für den täglichen Bedarf leisten konnten und sogar immer mehr von solchen Leuten, die sich Mittags in aller Öffentlichkeit schon eine Flasche Bier aufmachten. So hatte die Regierung dieses Landes erst kürzlich eine Untersuchung veröffentlicht, aus der hervorging, dass beinahe jedes vierte Kind übergewichtig war. Baudelaire las darüber in der Zeitung und so dachte er über solche

Dinge nach. Die Regierung hatte aber noch andere Probleme mit Kindern: Einige Kinder gingen gar nicht erst zur Schule, weil sie von anderen Kindern über Soziale Internet-Netzwerke, gemobbt wurden. Und wieder andere Kinder gab es erst gar nicht, weil vor allem bildungsstarke Erwachsene immer weniger Kinder in die Welt setzten. So kam Baudelaire darauf, dass dies möglicherweise auch dazu führte, dass die Leute sich selbst immer weniger Geld in die gemeinsame Rentenkasse einbezahlten und später - im Lebensabend, nicht einmal das Nötigste für den täglichen Bedarf - geschweige denn eine Mietwohnung, sich würden leisten können.

Mobbing konnte sowohl Erwachsenen am Arbeitsplatz, als auch schon Kindern in der Schule passieren; und obwohl alles so gut lief, häuften sich die Mobbingfälle; und die Regierung hatte sogar schon ein Gesetz dagegen erlassen.

Es gab auch viele erwachsene Leute, die übergewichtig oder überaus unglücklich mit ihrem Köper waren, so dass sie sich selbst mit Abnehmprogrammen zu behandeln versuchten, indem sie alle möglichen Zauberprodukte kauften oder sich an zahlreichen Kohlrezepten diverser Illustrierten ausprobierten. Eine beliebte Methode nackt gut auszusehen sahen viele Leute auch darin, dass sie sich bei einem Chirurgen unters Messer legten oder Mitglied in einem Fitnessstudio wurden, welches sie anschließend dann doch nicht besuchten. Nichtsdestotrotz kamen diese Leute auch in Baudelaire´s Restaurant - ... und das nicht gerade selten. Einer Statistik der Regierung zu Folge lagen über die Hälfte der Leute mit ihrem Body-Maß-Index außerhalb der gesunden Zone.

Und das ging sogar weiter: Einmal im Monat machte sich unser Sternkoch nicht nur Gedanken, sondern er half auch ehrenamtlich bei der Essenausgabe für Obdachlose mit. Und dort traf er eben solche Leute wie Günther, den er beispielsweise fragte:

»Günther, haben Sie heute auch schon genügend Wasser getrunken?«

»Ja, ja ... – im Bier war viel Wasser.«

»Sie wissen schon wie ich das meinte – haben Sie auch nur Wasser getrunken?«

»Ja, ja ... – ich weiß das ich mehr trinken sollte ...!«

doch im Grunde genommen war es ihm doch egal. Denn Günther glaubte, dass es doch nicht so dramatisch sei, einen Tag mal wenig zu trinken. Doch die Tage vergingen so schnell, so schnell wie er jeden Tag diesen Gedanken hatte. Warum auch nicht ..., könnten Sie jetzt sagen. Doch sein Problem war es auch, dass er schon zweimal einen Herzstillstand hatte und der Arzt ihm verordnete, er möge darauf Acht geben ausreichend zu trinken. Weil Günther schon recht alt war, könnte es beim nächsten Mal sicher nicht gut ausgehen, und er könnte dabei drauf gehen.

Günther hatte eine Menge anderer Probleme: Er hatte niemals richtige Eltern gehabt, die für ihn gesorgt und ihn großgezogen hätten, mit Freunden und Frauen hatte es auch nie so recht geklappt und stark übergewichtig war er auch. Leider hatte Baudelaire keinen Einfluss auf den Speiseplan der Obdachlosen, denn der wurde von Beamten in der Stadtverwaltung dirigiert. Günther bewegte sich den ganzen Tag nicht und trank zu viel Bier.

In Baudelaire´s Restaurant ging es ganz anders zu als bei den Obdachlosen: Die Gesellschaft, die zu ihm zum Dinner kam, bekam generell immer eine Karaffe Tafelwasser serviert und immer wieder nachgereicht. Auch zum Espresso bekamen die Leute immer ein Gläschen Wasser. Baudelaire hatte einmal davon gelesen, dass ein ausgeglichener Stoffwechsel nur dann möglich ist, wenn dem Körper etwa ein Liter Wasser pro zwanzig Kilo Körpergewicht zur Verfügung stehen. Diese Regel hatte er Günther natürlich auch gesagt, was allerdings viel interessanter ist: Darauf hin sah er es als eine Serviceleistung für seine Gäste an, sie mit viel Wasser zu versorgen. Interessant war, dass in Folge dessen die Weinbestellungen zunahmen. Er fuhr also sehr gut damit und seine Gäste fühlten sich tatsächlich wohler. Zum Beispiel ging häufig ein junges Paar in sein Restaurant zum Essen.

»Wie hat es Euch geschmeckt?«

fragte Baudelaire sie. (Sie waren bereits per Du)

»Danke, sehr gut. «

sagte Lorraine.

»Was hat Euch heute besonders gefallen?«

Das war so seine Art – er hakte immer noch mal nach und wollte es genau wissen.

»Was uns heute aufgefallen ist? Hm.. also was wir sehr angenehm finden ist, dass Ihr Euch seit ein paar Wochen um Wasser kümmert. «

worauf ihr Freund, Darnell zustimmte

»Ja, das ist uns aufgefallen. Wir hatten uns gestern sogar darüber unterhalten ... «

Lorraine und Darnell waren Mitte dreißig und hatten Erfolg in Ihren Berufen; er war Projektmanager, oder so ähnlich. Baudelaire hatte nicht ganz verstanden was er genau machte. Er verstand es jedenfalls, Dinge zu organisieren und wohl auch seine Kollegen in der Firma bei speziellen Vorhaben unter einen Hut zu bringen. Das merkte Baudelaire auch an der Art wie er für seine Freundin und sich die Tischreservierung ‚fixte'. Scheinbar gab es für die simpelsten Vorgänge immer auch spezielle Wörter, die meistens englisch waren, obwohl wohl alle seine Kollegen gar kein Englisch untereinander sprachen. Es kam Baudelaire wie eine Geheimsprache vor. Seine Freundin war Grundschullehrerin, sie verstand es also, Dinge so zu beschreiben, dass auch Baudelaire sie gleich verstand. Bei ihrem Freund brauchte er hingegen manchmal fasst ein Bedeutungswörterbuch.

Er hatte auch andere Paare in seinem Restaurant, die ein bisschen wie Loreen und Darnell waren, aber nicht so glücklich. Sie hatten immer noch eine Kleinigkeit auszusetzen, daran hatte sich Baudelaire bei Zeiten einmal überlegt die Leute anders zu fragen, um zu sehen wie die Reaktionen der Leute sind. Sie haben es sicher schon gemerkt: Bei dem jungen Paar fragte er gezielt, was ihnen besonders gefallen hatte. Im Allgemeinen hatten die Leute tatsächlich Schwierigkeiten damit, denn es forderte ihnen Denkleistung ab. Bei einigen Leuten hielt er sich dann etwas zurück. Genau genommen hielt er sich bei den unglücklichen Paaren zurück. Wobei es ihm Rätsel aufgab, weil er sich ja nur erkundigte, um sein Restaurant für seine Gäste noch besser zu gestalten. Denn was ihm am meisten am Herzen lag war, dass die Leute eine angenehme Zeit in seinem Restaurant verbringen konnten und er ihnen mit seiner Arbeit Freude bereitete.

Die unglücklichen Leute beklagten sich immer zu, vor allem über die Kantine bei ihrer Arbeit und darüber, dass sie keine Zeit hätten. Weder Zeit zum selbst kochen - beispielsweise abends - noch genügend Zeit für die Mittagspause. Weil sie immer viel zu tun hatten, hatten sie auch jede Menge Geld und immer etwas zu Essen in der Nähe. Andererseits war es nicht so, dass sie das glücklich machte, denn entweder waren sie nach der Mittagspause im Büro so müde, dass sie in den folgenden Besprechungen mit Kollegen fast einschliefen, oder sie hatten nach dem Essen erst richtig Hunger bekommen. Gleichzeitig fragten sie sich schon, wie das andere machten. Bei den unglücklichen Leuten in Baudelaire´s Restaurant, waren wieder die Übergewichtigen in der Überzahl. Entweder hatten sie stets etwas zu meckern, oder sie waren einfach schlecht gelaunt. Was ja etwas anderes ist. Es gab aber auch solche Leute, die sehr schlank und trotzdem unglücklich waren. Das waren meistens junge hübsche Frauen. Die Vielfalt der Gäste in Baudelaire´s Restaurant war also ebenso bunt wie seine Kochjacke.

Viele Leute fühlten sich kurioser Weise immer unwohl, und das bereitete ihm überaus Kopfzerbrechen; und Baudelaire verspürte den Wunsch in sich, sich um sie kümmern zu wollen. Hin und wieder kam es vor, dass sich die unglücklichen Leute ihm doch öffneten. Nur sagten sie es eher aus sich heraus, ohne dass er etwas fragte. Sie sprachen ihn direkt an, wenn sie wissen wollten, warum seine Saucen ‚so leicht' und trotzdem lecker waren - tatsächlich hätten sie die leichten Saucen zu Hause gerne nachgekocht, aber sie hatten ja kaum Zeit.

Eines Abends dachte er sich, ob er solche Leute geradezu inspirierte, ihm solche Fragen zu stellen. Das ging sogar soweit, dass er von ihnen zuweilen Berichte über den Zustand ihres Stuhlgangs erhielt. Das machte ihn dann doch stark stutzig und er empfahl ihnen daher einmal einen Arzt zu konsultieren. Solche Themen waren ihm peinlich und sie gehörten aus seiner Sicht auch nicht in ein Restaurant. Er unterhielt sich auch mit anderen Spitzenköchen darüber, um zu erfahren welche Erfahrungen sie mit glücklichen und unglücklichen Gästen hatten. Die Kollegen allerdings beschäftigten sich lieber mit physikalischen Fragen: Etwa in welchen Aggregatzuständen sie Spinat als Suppe servieren konnten. Natürlich hatten auch sie zufriedene und unzufriedene Gäste in ihren Restaurants – eine bunte Mischung von allem, wie bei ihm. Doch aus dem was sie sagten, zog Baudelaire das Resumé, dass sie darin weder eine Verantwortung noch einen Zusammenhang mit ihrer Arbeit sahen.

All dies fand Baudelaire äußerst interessant, brachte ihn aber nicht vehement weiter. Er verzweifelte beinahe daran und hatte das Gefühl, diese unzufriedenen Leute nicht unterstützen zu können. Selbst wenn sie immer wieder einen Tisch reservierten - ihn beschäftigte es immer mehr!

Außerdem hatte er an sich beobachtet, dass ihn Gespräche mit solch unglücklichen Leuten viel mehr anstrengten, als sie ihm Freude bereiteten, wie etwa Gespräche mit dem jungen Paar Loreen und Darnell. Um selbst nicht unzufrieden zu werden, fragte er sich sogar, ob er mal eine Auszeit nehmen sollte. Das junge Paar war erst kürzlich für ein halbes Jahr auf Weltreise gewesen, was ihn reichlich inspirierte. Darnell nannte es „Sabbatical", worauf Baudelaire erst einmal wieder nachfragen musste.

> *»Baudelaire, ich sehe das Du unglaublich erschöpft ausschaust!«*
> *»Das ist nicht gut, wenn Ihr als meine Gäste das merkt. Das tut mir leid!«*
> *»Du könntest ein paar Wochen schließen und Dich erholen – das könnte Dir gut tun!«*

Unser Spitzenkoch hielt das für eine gute Idee. Vielleicht eine kleine Auszeit? Da er jedoch Rücksicht auf seine Gäste nehmen wollte, müsste er die Auszeit so einrichten, dass sie ihm dazu diente das Problem zu lösen, was ihn so beschäftigte. Er wollte ein noch besserer Gastgeber werden. Und was sollten seine Mitarbeiter während dieser Zeit tun?

Und so kam es, dass er sich zu einer Reise entschloss, und überall sollte es sich ausgehen, dass er ein wenig mehr darüber erfuhr, wie die unzufriedenen Leute sich selbst zufriedener machen könnten. Wenn es denn einen Weg gäbe, überlegte er, dann würde es ihm auf einer entspannten Reise gewiss auffallen.

Baudelaire entdeckt etwas Bemerkenswertes...

Unser Gastgeber begann damit den Leuten, oder besser gesagt seinen Stammgästen zu verkünden, dass er ein paar Wochen Ferien machen wolle. Er nutzte die Gelegenheit und lud sie zu einem ‚Abschieds Menú' ein, bei dem er ihnen – wie eingangs erwähnt, etwas ganz Besonderes kredenzen wollte.

Diesen Plan schmiedete Baudelaire freilich nicht alleine. Sein gesamtes Team stand hinter ihm - und immerhin hatte er einige Köche, Personal im Service, Verwaltung und mehrere Auszubildende.

Eines Tages trommelte er das Team in der Küche zusammen. Sie warteten ungeduldig und rätselten, was denn der besondere Anlass sein sollte, denn so eine Art Vollversammlung, noch dazu in der Küche gab es selten. Dann kam der Chef und führte ihnen mit Kiki, der guten Seele, einen kleinen Sketch vor: Er bereitete eine Vorspeise, dann wechselte er die Rolle und spielte einen Gast. Der folgende Dialog (er mit Kiki) war, wie er täglich im Restaurant vorkam. Einen dieser flachen Dialoge; einen dieser Nörgler Dialoge. Die Nörgler waren eine ganz spezielle Gästefraktion.

Anschließend stellte er Fragen und lies sein Team selbst analysieren. So konnte das gesamte Team erleben, dass es ein

Problem gab. Als sie damit fertig waren, applaudierten alle. Die Auszubildende aus dem Service trat hervor und fragte:

»Aber wie kann man das verbessern?«

Alle schauten sich an, murmelten, nickten und stimmten sich gegenseitig zu: »Ja, sie hat Recht.« »Was ist Dein Plan Baudelaire?«. Baudelaire lächelte und meinte

»wir machen eine Auszeit. Wer Urlaub nehmen möchte, nimmt Urlaub. (Pause) … bestenfalls unbezahlt! Und wer weiter arbeiten möchte, den bringen wir bei Kollegen unter, die suchen alle Leute und rufen sowieso dauernd an. Dann lernen die auch mal wie arbeiten geht. Die Kollegen!«

allgemeines Gelächter, Zustimmung Beifall.

»Wer will Urlaub machen? Hände hoch!«

… dabei formte er Daumen und Zeigefinger zu einem Revolver! Wieder Gelächter. Einige hoben die Hände. Baudelaire griff nach einer Schampusflasche und hob sie in die Luft. Er verkündete:

»Es lebe der Urlaub. äähhm – es lebe die Zufriedenheit! Jetzt hebt die Hände ähmm Gläser! Gemeinsam schaffen wir das!«

Kiki drehte das Küchenradio hoch. Es folgte eine kleine Küchenparty: Cha-Cha Musik erklang. Baudelaire groovte sich ein, shakete mit den Schultern; dann schnappte er sich Kiki, die gute Seele; es tönte Corazon von Carole King aus den Lautsprechern. Alle standen im Kreis herum, klatschten. Dann die süße Auszubildende aus dem Service mit einem Solo – sie trug eine schicke weiße Bluse und einen schwarzen Rock; und shakete´ mit ihren Argumenten. Das sah man zwar nicht so genau, aber es ‚groovete'. Bis dann später alle tanzten. Ein guter Grund, eine gute Party.

Der Abend des ‚Abschied Menús' war nun gekommen und während die eine Gästefraktion von seinen Ferienplänen erfuhr, wünschte der ein oder andere ihm viel Spaß und sagte beispielsweise:

»Du hast Recht Baudelaire, Du solltest Dich erholen. Mit der Gastronomie hast Du Dir ja nicht gerade die schönsten Arbeitszeiten herausgesucht ... «

Soweit die Ansicht derer, die an und für sich auch mit sich selbst zufrieden waren. Die andere Gästefraktion war ein bisschen von seinen Ferienplänen enttäuscht und diese Leute sagten zu ihm Dinge wie:

»... dann können wir wohl eine ganze Zeit lang keinen Tisch bei Dir reservieren?!«

Also tatsächlich diejenigen Leute, welche Baudelaire ebenso wenig zufrieden zu stellen verstanden.

Baudelaire hatte eine bessere Hälfte und auch ihr wollte er irgendwie beibringen, dass er Ferien machen wollte. Sie war übrigens der Grund, weshalb er sich nicht von Juliette verführen lassen wollte. Am liebsten wollte er mit seiner besseren Hälfte gemeinsam planen, mit ihr verreisen und mit ihr eine schöne Zeit verbringen. Bis auf den Termin war er da sehr flexibel und ob es eine Arbeitsfahrt oder ein echter Urlaub werden würde, wusste er ja selbst noch nicht. Er wollte jetzt bestenfalls Prioritäten setzten und schließlich fragte er sie: »Fleur, hättest Du nicht Lust mit zu kommen? Wir könnten eine schöne Zeit haben ...!?«

Baudelaire und Fleur liebten sich. Sie hatten es jedoch – seit sie ein Paar waren, nicht hinbekommen, gemeinsam so etwas zu unternehmen. Bis auf ein paar verlängerte Wochenenden lebte jeder sein Leben. Das wichtigste war ihm jetzt, aus dieser Pseudobeziehung, etwas Richtiges zu machen; diesem ‚Rumgeeiere' ein Ende zu setzten. Er fühlte sich so nicht wohl. Sie hätten sich bereits verloben oder beispielsweise zusammenziehen können. Nur passte es immer irgendwie nicht. Entweder er hatte zu viel mit dem Restaurant um die Ohren oder sie wollte unbedingt ein Projekt zum Abschluss bringen. Fleur war sehr emanzipiert und gleichzeitig sehr darauf bedacht ihrer Karriere noch den letzten Feinschliff zu verpassen. Sie arbeitete viel (für ihren Arbeitgeber). Sie arbeitete in einem großen Lebensmittelkonzern, welcher genau jene Convenienceprodukte – mit den ‚E´s' und Glutamaten, herstellte, welche viele seiner Kochkollegen ihren Gästen antaten. So hatte er auch Fleur einmal auf einer Gastronomiefachmesse kennen gelernt.

Auf solchen Fachmessen hatten Gastwirte und Hoteliers immer wieder die Gelegenheit, sich durch ein überaus großes Angebot allerbester Produkte inspirieren zu lassen. Neben Lebensmitteln wird dort von Küchengeräten bis hin zu Möbeln unvorstellbar viel angeboten, besonders waren in jenem Jahr aber Convenienceprodukte das Leitthema der gesamten Messe. Sie sollten den Köchen in der Küche viel Arbeit abnehmen, besonders aber die irrsinnig neuen Produkte, die Fleurs Konzern gerade auf den Markt gebracht hatte. Convenience ist so ähnlich wie Vorkochen und Vorwürzen in großen Mengen, haltbar machen in Verpackungen jeglicher Art ... – und das alles in einem. Diese Geschichte wird übrigens auch darüber erzählen, wie unser Spitzenkoch einen neuen Weg gefunden hat, sich in der Küche noch besser zu organisieren. Obwohl er seinen Gästen eigentlich nur etwas Gutes tun wollte – und das alles ohne ‚E´s' und die vielen anderen ungesunden Zutaten.

Fleur wurde extrem gut dafür entlohnt, dass sie Produkte

kreierte, die den Köchen und deren Gäste auf allen Kontinenten gefielen. Und auch dafür, dass sie vielseitig einsetzbar waren und möglichst günstig. Nämlich günstiger als die Produkte der anderen Konzerne.

Wenn Baudelaire mit Fleur übers Wochenende wegfuhr, sprachen sie auch über die Arbeit, was meistens mit einem kleinen Streit ausging. Denn Fleur hatte zwar schon viel in ihrer Karriere erreicht, aber sie war noch jung und sah nichts Schlimmes darin, wenn Tiere in Massen gehalten und Gemüse mit umstrittenen Giften gedüngt wurden. Letztlich diente es ja auch dem Erfolg ihres Konzerns. »Convenience ist zurzeit unheimlich gefragt und wenn wir da nicht mithalten ... « sagte sie beispielsweise zu ihm, während sie am See spazieren gingen.

Nachdem unser Bursche Fleur offenbarte, mit ihr gerne auf eine Entdeckungsreise gehen zu wollen, war sie erkennbar verunsichert. Denn sie wollte nicht einfach Hals über Kopf einen Urlaubsantrag einreichen, weil sie sich gerade mitten in einem neuen Projekt befand, für eine asiatische Convenience-Kollektion, für die sie gerade außerordentlich viele Geschmacksverstärker ausprobieren musste, damit den Gaumen der Konsumenten möglichst wenig in den Sinn kam, dass überhaupt solche Zutaten verwendet wurden. Obgleich es bei Fleur nie ganz ohne solche Tricks ging.

Er hakte also nochmal nach:

> *»Fleur, Schatz! Wir sind nun schon lange ein Paar, schaffen es bloß nie einmal einen schönen Urlaub zu verbringen. Das kommt mir so halbgar vor (er überlegt) ... ja, wie ein weiches Ei, was zu weich gekocht wurde.«*

»Ich schaffe es wirklich nicht. Warum fällt Dir das ausgerechnet jetzt ein? Du bist selbstständig und kannst es Dir aussuchen.«
»Tja, und Du bist angestellt und hast Dir das ausgesucht.«
»Sehr witzig! Aber …«
»Was Aber? Ich habe es schon so häufig angesprochen und Dir passt es ja nie. Das fühlt sich nicht gut an. Mir macht das keinen Spaß, weil ich nicht weiß was daraus mal werden kann.«
» … was macht Dir keinen Spaß?«
»Dieses Geeiere! Ich fände es schön, wenn wir die Zeit mehr gemeinsam verbringen könnten.«

Darauf sagte sie nichts. Sie stand am Fenster und schaute gedankenverloren hinaus. Baudelaire verstand Fleurs Entscheidung zwar irgendwie, dennoch war er verständlicherweise enttäuscht. Denn er sinnierte, ob gemeinsame Urlaubsfotos und gemeinsame Erlebnisse nicht wichtiger waren, als Produkte, die weder den Menschen, den Tieren, noch der Umwelt gut taten. Weil er vor Fleur bestenfalls nur ähnliche Erfahrungen mit Frauen gesammelt hatte, nahm er Fleur´s Sichtweise mal zur Kenntnis und fügte dann hinzu:
»Kein Problem, vielleicht schaffen wir es im Sommer für zwei Wochen. Dann unternehme ich eben allein etwas.«

Am nächsten Morgen, als sie gemeinsam zu Hause frühstückten, erzählte Fleur, wie der Alltag in ihrem Labor regelrecht anstrengend für sie war. Sie hatte gerade wirklich viel zu tun und ihre Chefs hatten ihr anstelle eines weiteren Kollegen nur einen Studenten gewährt, der seine Diplomarbeit machte. Einerseits war das natürlich fabelhaft für den Konzern, weil Diplomarbeiten die Kontakte mit den Universitäten aufrecht erhielten, doch ihrer Arbeit nützte es wenig.

Eigentlich hatte sie sogar das Gefühl, dass der Student ihr mehr Zeit raubte, als dass er ihr Arbeit abnahm. Das war äußerst schwierig für Fleur, denn beklagte sie sich bei ihren Chefs darüber, riskierte sie jederzeit, diese auch zu verstimmen, und wenn sie in ein paar Monaten wieder ihr Gehaltsgespräch hatte, dann würden die sich auch daran erinnern ... – Sie wissen schon wie wir das meinen.

Baudelaire verstand nicht recht, weswegen sie den Studenten nicht einfach dazu bewegen konnte, Dinge für sie machen zu lassen. Allerdings hatte sie nicht – wie er, einen speziellen Kurs besucht, der sie für solche Aufgaben wie Mitarbeiterführung qualifizierte. Andererseits hatte sie hin und wieder ‚Workshops' im Konzern besucht, die ihre ‚Social Skills' fördern sollten. Baudelaire verstand die Begriffe erst gar nicht und sie hörten sich für ihn an wie Ausdrücke, die von der Personalabteilung speziell erfunden wurden, um möglichst freudig zu klingen, und Fleur sich deshalb nicht wundern brauchte, wenn sie mit einem Studenten überfordert war. Baudelaire hatte immerhin mehrere Auszubildende, einige Köche und noch ein wenig mehr Personal im Service; und er hatte jede Menge Freude während der Arbeit mit ihnen.

Er hatte ihr allerdings noch nicht den wirklichen Grund für seine Ferien verraten, denn die meiste Zeit hatte

Fleur das Wort und ihm von ihren äußerst schwierigen Laborprojektsorgen erzählt. Als das Baudelaire nun sichtlich ermüdete, ging er dazu über erste Fakten zu schaffen, indem er Fleur ihren letzten Gedanken zu Ende denken ließ und er sie dann fragte

»Welche Möglichkeiten siehst Du, Dein Problem zu lösen?«

Sie stellte die Kaffeetasse ab und schaute Baudelaire an. Sie hatte plötzlich rote Wangen und fragte ihn, ob er ihr denn gar nicht zugehört hätte.

»Doch, doch! Nur welche Möglichkeiten siehst Du?«

Baudelaire sah, dass sie ihre Arme plötzlich verschränkte wie jemand, der sich verschließt oder sich irgendwie angegriffen fühlt. Er lehnte sich über das Tischeck und umarmte sie, und sagte dann aber nicht was er wirklich dachte:

»Du hast vollkommen Recht, das war eine blöde Frage von mir!«

In Wirklichkeit hatte er auch bei seinen Ex-Freundinnen den Eindruck, sie wollten ihm das Lösen ihrer eigenen Probleme überlassen ...

Er erklärte ihr den wahren Grund für seine Ferien und wieso er herausfinden wollte, wie sich die unzufriedenen Leute selbst zufrieden machen konnten. Allerdings wollte er von ihr auch gerne wissen, weshalb sie gerade so reagierte. Und tatsächlich: Sie entgegnete ihm, dass sie seine Frage als persönliche Kritik aufgefasst hatte. Das Gespräch ging am Nachmittag noch ein wenig weiter, sogar soweit, dass sie sich abermals lebhaft darüber stritten, ob sie überhaupt ein gutes Paar abgäben.

Zwar wusste er längst, aus seinen vergangenen Liebschaften,

dass Frauen in Beziehungen unendlich denkbequem waren, allerdings war es gut, dass er sich dieses Phänomen einmal mehr vor Augen führte. Denn jetzt hatte er das starke Gefühl, dass er dem Phänomen der ‚Denkbequemlichkeit' auch bei seiner Recherche entsprechende Bedeutung beimessen sollte. Wenn er die unzufriedenen Gäste mit konkreten Fragen löcherte, musste er nämlich auch gehörig aufpassen, weil er sie damit beinahe auf die Palme brachte. Und das war bemerkenswert, denn für unseren Spitzenkoch - der auch ein wenig gebildet war, war das Argument das entscheidende rhetorische Mittel. Denn auch für Aristoteles war die Rhetorik die Kunst der Überzeugung, nicht die der Überredung.

Baudelaire fährt auf eine Messe

Baudelaire entschied, zunächst einige Fachmessen zu besuchen. Sein Team war inzwischen - bei verschiedenen Kollegen, untergekommen und so eine Fachmesse war für ihn wirklich Arbeit und kein Urlaub. Er war länger nicht dort gewesen, und solche Reisen schienen ihm äußerst gut geeignet, um vor seinen Ferien noch ein paar Inspirationen zu bekommen. Baudelaire erinnerte sich an die Zeit in der er sein Restaurant eröffnete. Damals besuchte er auch spezielle Fachmessen und Seminare, die ihn zum Glück auf die entscheidenden Ideen brachten. Inzwischen gab es merkbare Entwicklungen in der Gesellschaft, dass sich die Leute ungeheuer für biologisch erzeugte Produkte, vegane und andere Ernährungsweisen interessierten. Die Zeitungen schrieben darüber, Kochsendungen im Fernsehen beschäftigten sich damit und in den sozialen Netzen - im Internet, wurden diese Themen überaus häufig ‚geteilt' und heftig diskutiert. Wobei es dabei häufig mehr um Werte, als um das Grübeln über Ernährung ging. Da blieben Konflikte nicht aus, wie etwa Veganer, die Tierschutz predigten und vielleicht auch keinen Honig aßen. Doch braucht man nicht sowieso Bienen, damit Äpfel oder welches Obst und Getreide auch immer, überhaupt geerntet werden können … ? Das fand Baudelaire schon einigermaßen mysteriös, nach dem Motto ‚Wasch mir den Pelz, aber mach mich nicht nass'.

Jedenfalls war das Thema Vegan en vogue und so beschloss er, auch eine spezielle Fachmesse für biologische Lebensmittel zu besuchen. Baudelaire hatte mit Fleur auch einige Male in veganen Restaurants gegessen und dabei gemerkt, dass Vegetarierinnen und Veganerinnen auffallend hübsch waren, auch wenn er sie nur zur Tür hereinspazieren oder nur am Tisch sitzen sah.

Als er in den Zug stieg, hatte der Schaffner eine schöne Nachricht für ihn. Das Computersystem der Bahn war zusammengebrochen, so dass sämtliche Sitzplatzreservierungen durcheinander gerieten, und so bekam er einen Sitzplatz in einem Abteil mit fünf attraktiven Damen. Ausnahmsweise servierte die Bahn als Entschädigung für die Unannehmlichkeiten Getränke auf Kosten des Zugs, so dass es im Abteil ziemlich gemütlich wurde.

Unser Spitzenkoch fühlte sich unglaublich glücklich, dort zu sitzen und er sah, dass ihn seine Abteilgenossinnen häufig anlächelten, und er sagte sich, dass ihm das wohl im Großraumabteil nicht passiert wäre. Während der Zug langsam Fahrt aufnahm und aus der Stadt heraus fuhr, begann er mit dem Grübeln. Weshalb fühlte er sich so unbeschreiblich glücklich, jetzt in diesem Abteil zu sitzen?

Er konnte seine Beine besser ausstrecken und hatte sympathische Gesprächspartnerinnen, sowie eine Ablenkung von der alltäglichen Arbeit. Seine Beine konnte er zwar zu Hause auch ausstrecken, aber das stimmte ihn nicht so glücklich, wie in diesem Moment und in diesem Abteil.

Seine Augen wanderten durch das Abteil und nahmen jedes erdenkliche Detail auf, welches ihm an den Damen spontan auffiel. Eine Dame lächelte verlegen und musterte ebenfalls ein wenig die anderen vier Damen; sie schienen zusammen zu gehören, da sie sich in ähnlichem Dialekt unterhielten, den Baudelaire aber nicht so deutlich verstand. Immerhin kannten sich die Damen wohl länger.

Nach einer Weile begannen sie ein Gespräch. Die Dame, welche ihm gegenüber saß und jetzt mit ihrer Musterung fertig war, fuhr zur gleichen Messe wie Baudelaire. Ihr Name war Caterine, und sie fragte ihn, ob er zum ersten Mal zu dieser Messe reiste. Baudelaire stimmte dem zu. Caterine ließ durchblicken, dass sie die Messe bereits ein bisschen kannte, denn sie hatte dort als Ausstellerin zu tun und würde dort viele ihrer Kunden treffen, die spezielle Geschäfte hätten, in denen ausschließlich biologisch produzierte Lebensmittel verkauft würden.

»Nicht so günstig wie im Discounter und viel preiswerter …«

merkte sie an und deutete sich dabei mit ihrem Zeigefinger an die Stirn, als hätte sie gerade eine zündende Idee gehabt.

Auf dieser Messe gab es alle möglichen Spezialanbieter. Sie lieferten biologische und fair produzierte Produkte für Lebensmittelhändler und für die Gastronomie.

Caterine war etwa Mitte dreißig und erzählte von ihrem Mann und ihren Kindern; sie hatten eine ausgewogene Ernährung, weil ihre Mama Ökotrophologie studiert hatte und darüber Bescheid wusste.

Baudelaire hatte die Ökotrophologie nie so richtig

verstanden, aber er bat Caterine, ob es ihr nicht möglich sei, ihm ein paar wesentliche Erkenntnisse dieser Wissenschaft - nicht so übertrieben kompliziert, zusammen zu fassen.

Und dann hörte er sich sagen:

»Mit zu viel Verwissenschaftlichung verwert man den Leuten auch irgendwie den Zugang zu wertvollem Wissen.«

»Ja, ein wenig kompliziert ist es inzwischen schon geworden.«

stimmte Caterine ihm zu,

»... aber Forscher haben in den letzten Jahren auch erstaunliche Entdeckungen machen können«

»Was genau meinen Sie zum Beispiel mit erstaunlich?«

»Dass Kalorien nicht gleich Kalorien waren, war bereits den Römern bekannt, aber erstaunlich war es, erklärte sie, dass erst im letzten Jahrhundert nachgewiesen werden konnte, dass Eiweiß nicht gleich Eiweiß ist. «

»Eiweiß nicht gleich Eiweiß? Das ist interessant! Wie muss ich das verstehen? «

Dazu sollten Sie wissen, dass Baudelaire bereits eine eiweißreiche Ernährung hatte; er hatte aber noch nie von dieser Erkenntnis gehört. Es erschien ihm überaus hilfreich mehr darüber zu erfahren, denn die Tafelkreide in seinem Restaurant kannte bisher lediglich Gewichtsangaben für Steaks oder Preisangaben zu den Menús. Wenn er etwas Besonderes von dieser Reise mitbringen wollte, dann sicherlich auch eine Botschaft, die er auf das ‚Menú Schiefer' kritzeln konnte.

Sie hatten noch die Hälfte der Strecke vor sich und nachdem die vier Damen ausstiegen, konnten sie ganz ungestört weiter sprechen.

»Was glauben Sie, wie viel Eiweiß ein Mensch am Tag benötigt, um seine Muskeln erhalten zu können? «

fragte sie ihn, als sie ihre schwere Daunenjacke auszog. Es war inzwischen warm geworden im Abteil.

»Ich schätze mal zweitausend Kalorien am Tag ... ? «

sagte er.

»Ich sehe, sie wissen es nicht! Die meisten Leute wissen es nicht, deshalb ist es nicht so schlimm, wenn sie es nicht wissen. «

»Wie viel ist es denn nun? «

»Kalorien sind die kleinen Tierchen, die Nachts heimlich Hosen enger nähen«

sagte sie und lachte

» ... nein, nein ich meinte Eiweiß! Kalorie ist nur der Sammelbegriff für alle Energiearten, wie Kohlenhydrate, Fett und Eiweiß!" Forscher konnten mehrfach belegen, dass Frauen weniger Eiweiß benötigen als Männer, weil der Muskelanteil im Körper naturgemäß geringer ist, als bei Männern; also braucht Frau auch weniger Eiweiß, um die Muskeln zu erhalten«

»Ähm sorry, ich meinte natürlich Gramm – ich war gerade schon etwas verwirrt ... ! Und wie viel jetzt genau?«

»Ja, man gibt das nicht in Kalorien an, sondern in Gramm je Kilogramm-Körpergewicht. Bei Frauen sind es beispielsweise nullkommaacht Gramm und bei Männern entsprechend mehr.«

sagte sie und unterstrich durch ihre Gesten

»Aha ... ! Und wie viel bei Männern? «

»Etwa ein Gramm! Wie viel wiegen Sie Baudelaire? «

»Oh, dass ist jetzt aber schon indiskret ... «

schmunzelte er

» ... 90 Kilo, also benötige ich 90 Gramm täglich?«

»Ja genau so einfach kann man das selbst ausrechnen. Wenn Sie allerdings viel Sport treiben, brauchen Sie mehr. Ein Leistungssportler bräuchte über zweihundert Gramm.«

Das alles fand Baudelaire sehr interessant und er kramte seinen Notizblock aus, um sich ein paar Stichpunkte zu notieren.

»Und was meinten Sie genau damit als Sie sagten Eiweiß sei nicht gleich Eiweiß? «

»Das ist relativ einfach. Jedes Lebensmittel hat eine andere Molekülstruktur, die vom Körper entweder bestens aufgespalten werden kann oder eben weniger gut«

»Verstehe! Machen Sie mal ein Beispiel! «

»Beispielsweise können Sie sich ganz einfach merken, dass Ihr Körper Tiere besser verwenden kann als Grünzeug. Nach geschickter ist es allerdings, wenn Sie beides miteinander vermengen.«

Caterine führte ihm dann noch ein paar Beispiele dazu auf, wie etwa ‚nur Kartoffel' oder ‚nur Ei' oder ‚Eier mit Kartoffeln'; sie hatte eine adrette weiße Bluse an, die Haare mittelblond mit einem Zopf zusammengefasst; wenig Make-up und wirkte auf Baudelaire gehörig attraktiv. An Fleur dachte er in diesem Moment überhaupt nicht.

»Man gibt das in der Wissenschaft als Biologische Wertigkeit an. «

»Biologische Wertigkeit? «

schreckte er – wie aus einem Traum gerissen, auf!

»Hören Sie mir noch zu? «

»Ja ja, ... hm natürlich, Biologische Wertigkeit und Grünzeug«

stammelte er

» ... Tiere viel, Grünzeug wenig! Und die Mischung machts ´... – Best Blend quasi! «

»Ja so in etwa«

»Das ist wirklich sehr hilfreich und welches Eiweiß hätte denn beispielsweise eine exorbitant hohe Wertigkeit? «

»Raten Sie mal, was die höchste Biologische Wertigkeit für den menschlichen Körper hat! «

»Sicher ein Steak oder Eier könnte ich mir jetzt vorstellen. Ich habe keine Ahnung, verraten Sie es mir!«

»Sperma!«

»Sperma?«

»Ja Sperma! Ganz einfach weil die Moleküle ... also die Aminosäurestrukturen - Sie wissen schon; vom menschlichen Sperma der Muskelstruktur des Menschen am ehesten gleich kommen!«

» ... also 55 Gramm? Fünf Scheiben Mortadella wiegen etwa 50 Gramm. Also wenn ich mir das Gewicht mal so vorstelle!«

fragte er und grinste dabei schelmisch ... , aber es war ihm jetzt klar, dass sich die Angabe der Biologischen Wertigkeit nicht allein auf das Lebensmittel bezog, sondern immer im Zusammenhang mit dem Menschen stand. Ein Schnitzel hätte also für eine Giraffe eine andere Biologische Wertigkeit als für den Menschen. Mal ganz zu schweigen vom Sperma.

Schon seit dem Beginn ihres Gesprächs wollte Baudelaire Caterine fragen, ob sie zufrieden sei, aber er erinnerte sich, wie Fleur auf diese Frage reagiert hatte, und wollte diesmal auf Nummer sicher gehen. Inzwischen ging das Gespräch aber in eine andere Richtung und er dachte gar nicht mehr an Fleur, sondern versuchte sich auf Caterines

Ausführungen zu konzentrieren während er sich gleichzeitig auf anderer Ebene von ihr ablenken ließ; zum Beispiel von ihren attraktiven Beinen.

»Nein, rund 95 % davon sind Wasser. «

»Also doch nicht so gut? «

»Doch, aber es wäre einfacher, Sie würden täglich fünf Kilo Brokkoli essen, um ihren Eiweißbedarf zu decken, der wächst schneller nach. «

»also Moment mal ...! «

»Ja, nein ... Baudelaire! Vielleicht war das ein schlechtes Beispiel von mir! Ein Mann produziert bei einem Orgasmus etwa 4 Milliliter Sperma. Jetzt rechnen Sie sich das mal aus! Nur die Wertigkeit ist eben am höchsten. «

Indem Baudelaire nun versuchte ein realistisches Beispiel zu rechnen, gab er ihr zu verstehen, dass er sie verstanden hatte.

Es war die erste kleine Erkenntnis auf seiner Reise gewesen, aber als er Caterine ansah, wurde Baudelaire doch ein wenig unruhig. Möglicherweise würde er auch bei seinen weiteren Reisen solche komplexen Zusammenhänge erfahren und seine bisherige Unbesorgtheit nachtrauern.

Indessen sagte er sich, dass Caterine ihn gerade auf eine erste Antwort in seinem Rätsel gebracht hatte. Er schrieb also in sein Notizbüchlein, das er ja ohnehin immer dabei hatte:

„Wichtig: Biologische Wertigkeit ist wichtiger als nur die absolute Menge. Eiweiß ist wichtig um Muskeln zu erhalten. (1gr/1Kg-KG);

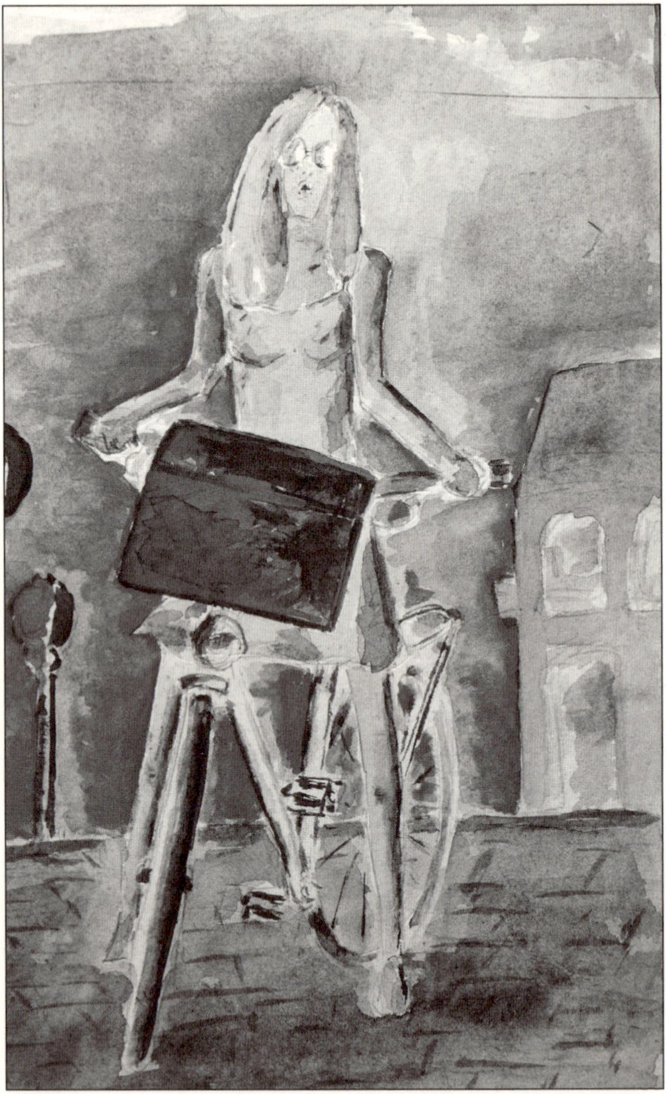

‚Messe'

selber ausrechnen mit Dreisatz. Gute Idee für Menúschiefertafel. Neue Rezepte erfinden.“

Baudelaire dachte, dass Caterine eine besonders positive Bekanntschaft war und lud sie auf ein Dinner in seinem Restaurant ein, und dass er sich auf einen Besuch von ihr freuen würde, wenn sie mal in seine Stadt käme. Daraufhin tauschten sie ihre Karten aus, um weiter in Kontakt zu bleiben.

Im Taxi, als er vom Bahnhof zum Hotel wegfuhr, machte er sich noch eine weitere Anmerkung.

„Kalorien sind Energiepäckchen. Man unterscheidet die Grundbausteine der Nahrung nach Fett, Eiweiß, Kohlenhydrate, weil der Körper sie an unterschiedlichen Stellen, mit unterschiedlicher Geschwindigkeit verarbeitet. Eiweiß länger, Kohlenhydrate schnell, Zucker noch schneller, bzw. direkte Umwandlung von Zucker in Fett, wenn man ihn vorher nicht schnell genug verbraucht.“

Baudelaire kommt in Ferienlaune...

Bei seiner Ankunft in der Messestadt war Baudelaire angenehm überrascht. Er war in einer Stadt angekommen, in der es viele Studenten und eine beschauliche Altstadt gab. Die Gebäude dort waren ein wenig kleiner als jene, die man in seiner Stadt gebaut hatte; denn dort waren sie immerhin so hoch, dass, wenn man sich im obersten Stockwerk aus dem Fenster lehnte, man sogar die Berge sah. Baudelaire kannte viele Leute die nahezu jedes Wochenende in die Berge fuhren. Im Winter zum Skifahren und im Sommer, zum Bergsteigen oder um mit dem Mountainbike eine Tour zu unternehmen. In der Messestadt war das sicher nicht so ohne weiteres möglich und er überlegte sich, wie die Leute hier wohl am Wochenende ihre freie Zeit gestalteten. Die Straßen waren schmaler und unwahrscheinlich sauber. Das Gefiel ihm alles so gut, dass er sich ordentlich viele Bilder im Kopf abspeicherte. Früher hatte er in solchen Momenten immer gleich Fotos gemacht, aber das fühlte sich irgendwann nur noch so an, wie bei etwas dabei zu sein und nicht, es richtig zu erleben. Er fand auch an den Fassaden der Restaurants und Cafés ausgesprochen Gefallen. Die Leute auf den Straßen glichen exakt denen, die man in Baudelaire´s Stadt antraf.

Unser Spitzenkoch war Mittags mit dem Zug angekommen und hatte bereits im Hotel eingecheckt. So schlenderte er gemütlich durch die Altstadt und begegnete dabei auch gar nicht wenigen Studentinnen, und in der ein oder anderen Gasse lief ihm sogar eine äußerst Hübsche über den Weg – aber viel hübscher, als er sie aus seiner Stadt kannte. Sie schienen es eilig zu haben und waren ein bisschen viel mit ihren Telefonen beschäftigt; ähnlich wie in seiner Stadt; man hatte den Eindruck, dass ihnen die virtuelle Welt wichtiger war, als die reale Welt.

Aus der Straßenbahn, die ihn zum Hotel zurück brachte, sah er eine Burg. Es war bereits dunkel geworden und die alte Burg wurde mit einzelnen Strahlen beleuchtet. Sein Hotel befand sich ebenfalls auf dem Burgberg, mit Blick auf die historische Altstadt und das Hotel war vermutlich ebenso alt wie die Burg. Das alles fand Baudelaire fabelhaft und er sagte sich, dass es schon ein wenig begann, sich eher wie Ferien anzufühlen, obwohl es ja eine Geschäftsreise war.

‚On Top' hatte Baudelaire einen Freund, der auch Koch war und in dieser Stadt wohnte. Sie hatten gemeinsam auf einem Kreuzfahrtschiff gearbeitet, aber statt sich Sternschnuppen zu verdienen, war er Systemgastronom geworden und hatte jetzt ein paar ‚Schnellrestaurants' mit Sprechanlagen für Autofahrer. Er segelte gerne und studierte jeden Tag ein wenig die Zahlen seiner Schnellrestaurants. Zwar war er vom Beruf her Koch – wie Baudelaire, nur dass er schon seit Jahren keine Küche mehr mit Kochjacke betreten hatte.

Donny lud Baudelaire zum Abendessen ein; in einem renommierten Restaurant, oben auf dem Burgberg. Es war ein einzigartiges Erlebnis: Man sah die Lichter entlang der historischen Stadtmauer und den angeleuchteten

Rathausturm. Donny war allerdings mehr mit dem Menú beschäftigt und hatte weniger die Augen für die Aussicht.

»Etwas vom Rind oder möchtest Du einmal etwas Veganes ausprobieren?«

fragte er Donny.

»Hey mein Guter! Was Veganes?«

»Ja, ´was Veganes! Grünzeug!«

»... achso, ja ich weiß schon was vegan ist! Mich wundert nur, dass ausgerechnet Du mich das fragst. Was magst Du denn am liebsten?«

»Ich bin Secoundhand Vegetarier: Kuh futtert Gras - ich futter Kuh!«

Donny sah um Welten älter aus, als zu seinem letzten Treffen mit Baudelaire. Er hatte äußerst grobporige Haut, lichtes Haar und auch horrend viele graue Haare bekommen. Donny wirkte außerdem gewaltig müde. Er erzählte Baudelaire, dass er häufig ‚zwischendurch' aß und meistens in seinen eigenen Schnellrestaurants; was vermutlich viel ‚Secoundhand Grünzeug' bedeutete.

Baudelaire erzählte ihm von seiner Zug-Bekanntschaft und wollte von Donny wissen, wie der über seine Gesundheit nachdachte. Was er denn dafür tat und wie zufrieden er mit seinem Leben war und Donny tat ihm ein wenig leid. Als Donny ihm aber erzählte, wie viel er mit seinen Schnellrestaurants verdiente, war Baudelaire zunächst mal sprachlos, hatte dann aber deutlich weniger Mitleid. Deutlich weniger!

Donny fand Baudelaire´s Fragen sogar amüsant und lachte darüber, aber es war kein authentisches Lachen, wie die

Leute es haben, wenn sie wirklich zufrieden waren. Er verriet Baudelaire, dass er bisher zu wenig Zeit hatte, darüber nachzudenken. Das sei übrigens auch ein Grund, weshalb er sich schon auf den Verkauf seiner Schnellrestaurants freue. In ein paar Jahren würden seine Verträge auslaufen und dann könnte er sich mit der Ablöse das Leben versüßen.

»Und dann bist Du glücklicher und zufrieden?«
wollte Baudelaire wissen. Donny überlegte und entgegnete dann, dass schließlich viele Leute eine ramponierte Gesundheit hätten, wenn sie jahrelang intensiv gearbeitet hatten. Sie hatten Probleme mit dem Herzen, und viele andere Leiden. Oftmals hatten sie auch eine gescheiterte Ehe hinter sich, weil sie sich auch keine Zeit nahmen, um mit ihrer Familie etwas zu unternehmen; wie beispielsweise übers Wochenende in die Berge fahren oder einfach eine Fahrradtour in die nähere Umgebung zu machen, um das Leben ausgiebig zu genießen während es gerade stattfand. Diese Leute kannten bis dahin nur ihre Arbeit und wussten auch manchmal nicht so recht was sie mit sich anstellen sollten.

»Ich werde wohl zurechtkommen - viele kommen damit auch klar.«
sagte Donny.

»Wer kommt damit klar?«
fragte Baudelaire.

»Meistens diejenigen, die einfach weiter arbeiten, mein Guter!«
antwortete Donny.

Baudelaire fragte Donny, wie er derzeit seine Freizeit gestaltete. Donny schwärmte vom letzten Segeltörn, den er zwei Jahre zuvor mit Freunden unternommen hatte und von einigen Fußballspielen, die er in der VIP Lounge verfolgte. Schließlich war er ein gern gesehener Sponsor des Fußballclubs in der Messestadt; und der spielte immerhin in der ersten Liga. Baudelaire fand es bloß komisch, dass Donny nicht von einem regelmäßigen Hobby erzählte, was er vielleicht einmal in der Woche oder im Monat pflegte. So wie Baudelaire, der es immerhin schaffte – gemeinsam mit Fleur, hin und wieder tanzen zu gehen; sie besuchten zu Beginn ihrer Beziehung - so häufig es ging, meistens Montagabend einen Tanzkurs. Sie hatte früher einmal in einer Showtanzgruppe getanzt und war glücklich, dass Baudelaire sich auch dafür interessierte. Donny hatte also die meisten freien Minuten ebenso mit der Arbeit verbracht, weil es einfach dazu gehörte, Kontakte zu pflegen. Kurz: Er hatte kein Hobby.

Während Baudelaire´s Restaurant auch seinen Namen trug, betrieb Donny seine Schnellrestaurants unter fremden Namen, wofür er Lizenzgebühren zahlte. Der Vorteil war, dass er einen berühmten Namen nutzen konnte, den die Leute schon kannten und sich nicht um die Werbung zu kümmern brauchte. Außer vor Ort, beispielsweise als Sponsor des Fußballclubs.

Sie sprachen noch ein wenig über ihre Visionen. Donny war es am wichtigsten, möglichst früh genügend Geld zusammen zu bekommen, um finanziell unabhängig zu sein (erinnern Sie sich: Baudelaire ging es eher darum, die Leute glücklich zu machen), und nebenher betete er Marketingsprüche rauf und runter.

Die Lizenzgebühren wurden also auch dafür verwendet,

dass ausgefuchste Marketingmenschen einen erheblichen Teil ihrer Zeit in phantasievolle Werbesprüche und märchenhafte Fotoretuschen steckten; (Donnys Speisenkarte wurde hauptsächlich mit Bildern von den ‚Speisen' beworben) und weil Bilder mehr als tausend Worte sagen, erzählten diese Bilder meist Lügenmärchen; an welche Donny auch schon fast selbst glaubte. Sein Franchisegeber war einer der besten Kunden von Fleur´s Konzern und nicht nur das, sondern scheinbar auch einer der besten Kunden von Photoshop. Weichzeichner und Freisteller waren seit Jahren im Photoshop-Webshop ausverkauft, denn es handelte sich längst nicht mehr um einfache Fotos, sondern es waren Fotokollagen, die in den Speisenkarten der Schnellrestaurants abgebildet wurden.

Alle wussten das, es stand in den Nachrichten, Statistiken und die Krankenkassen hatten auch regelmäßig darüber berichtet. Und unser Spitzenkoch hatte mitbekommen, dass nicht wenige Leute (solche die in Schnellrestaurants wie denen, die von Donny betrieben wurden) immer mehr zunahmen und unglücklich waren. Gleichzeitig gingen die Leute, die in seinem Restaurant eher zur unzufriedenen Fraktion zählten, ebenfalls hin und wieder in Donny´sche Schnellrestaurants.

Donny sagte, es wundere ihn gar nicht, denn mit den vielen schweren Saucen, ‚E´s' und den Glutamaten sei das eben so eine Sache: Nach einer Weile gewöhnten sich die Leute an den Geschmack und waren nicht Willens genug, dem zu widerstehen. Er wusste schließlich wovon er sprach, denn er war ja selbst darauf reingefallen. Glutamate verstärken den Geschmack im Mund, wo die Verdauung ja bereits anfing. Diese Leute hatten ständig Appetit, aber Appetit ist nicht gleich Hunger.

»Andererseits, weshalb gebt Ihr dann immer noch solche Zusätze ins Essen? «

wollte Baudelaire von Donny wissen.

»Damit wir weiter Geld verdienen!«

entgegnete Donny und lachte.

Obwohl sie hier nicht auf einer Linie waren, bereitete es ihm Freude, mal wieder mit Baudelaire zusammen zu sitzen, wie in alten Zeiten.

Baudelaire macht Annäherungsversuche...

Als Baudelaire am nächsten Morgen aufwachte, hörte er Lily bereits fröhlich unter der Dusche gechillt Robbie Williams* pfeifen. Wie ein Star - obwohl ja Stare eher singen, aber Lily pfiff. Sie pfiff jedenfalls wie dieser Vogel:

> *»fü fü fü.. fi fü fi fü. Mister Bojangl come back and dance and dance and dance please ... fü pfü fü.. fi fü fi fü.«*

Selbst wenn er noch etwas von den zahlreichen veganen Cocktails benebelt war, so bereitete ihn das Gepfeife doch Freude. Weiche lange Haare hatte Lily gehabt, ein paar Sommersprossen und ein süßes Lächeln im Schlaf.

Mister Bojangles lag Baudelaire nun im Ohr! Er griff beherzt die Bettdecke, richtete sich auf dem Bett auf und wippte sich im Takt in den Stand. Sie sang immer noch weiter:

> *»Mister Bojangles ... fü fü fü.. fi fü fi fü. ... he grabbed his pants for a better stance, oh, he jumped so high and he clicked up his heels... Mister Bojangles fü fü fü... fi fü fi fü. Mister Bojangles«*

er groovte, hüpfte, wippte stehend auf dem Bett; wirbelte das Handtuch wie ein Lasso; sein Po war frei ... Lily kam um die Ecke und lachte. Es war skurril, der groovige Sound und dazu seine Bewegungen im doppelten Takt.

[*wenn das Lied auch von Bob war, Baudelaire hatte Robbie im Kopf.]

Es war üblich, dass Messen sogenannte ‚Kick-off Partys' veranstalteten und weil ‚vegan' voll im Trend war, fand sich in diesem Jahr ein Hauptsponsor, der leckere Weine und Spirituosen so herstellte, dass er sie als vegan und außerdem besonders nachhaltig anpreisen konnte (sie müssen nämlich wissen, dass die meisten Weine nicht vegan waren, was mit einem komplizierten Herstellungsverfahren zusammenhing, aber das nur am Rande). Nachhaltig übrigens auch für Baudelaires Schädel, der jetzt brummte. Lily kam aus dem Bad und hatte nur ein Frottierhandtuch umgewickelt - um den Kopf, um sich damit ihre Haare zu trocknen.

Baudelaire wollte mit Donny nach dem Dinner nur auf einen Absacker auf die Party vorbei schauen, aber am Ende waren sie fast die letzten Gäste, weil sie sich vor der Bar festgequasselt hatten; Lily war hinter der Bar.

Der Hauptsponsor hatte keine Kosten und Mühen gescheut, um Lily in einem äußerst komplizierten Verfahren, aus unzähligen von Bewerberinnen, zu casten; um seine nachhaltigen Getränke dem geneigten Fachpublikum attraktivstmöglich zu präsentieren. Und so kam es, dass Baudelaire auch jetzt noch Gefallen an ihr fand.

Als sie sah, was Baudelaire da machte, lächelte sie ihm zu. Lily hatte die Hände vor die Brust verschränkt und tänzelte durch den Raum, um ihre Kleider zusammen zu glauben.

»fü fü fü... ich muss um neun auf der Messe sein!«

---

sang sie nach der Melodie, die sie eben noch gepfiffen hatte. Dann sang er:

»Wie spät ist es fü fü fü..fi fü fi fü. Mister Bojangles?«

Und Lily antwortete singend:

» ... fi fü fi fü schon halb acht und mein Rad steht noch bei der Bar.«

»... dann können wir nicht zusammen gemütlich frühstücken?«

hörte er sich zurück singen, machte eine letzte Drehung auf dem Bett und fragte dann, allerdings etwas nüchterner

»Lily! Wie viel hattest Du gestern eigentlich getrunken?«

»Ich? Ich hab 'nur Wasser getrunken!«

Lily war Mitte zwanzig, und er erinnerte sich, dass sie ihm an der Bar von ihrem Studium in Sportwissenschaften erzählt hatte, aber er erinnerte sich nicht genau – vielleicht war es auch Sport und Deutsch auf Lehramt. Solche Jobs an der Bar machte sie nur gelegentlich, um sich hin und wieder einen Urlaub leisten zu können. Ihre Eltern unterstützten sie nämlich sogar mit einer eigenen Wohnung in der beliebten Altstadtgegend, der inzwischen irrsinnig teuren Messestadt.

»Wann hast Du Deine Termine auf der Messe?«

fragte sie jetzt ihn.

»Ich bin nur zur Inspiration und für neue Ideen hier! «

»Achso! Ja dann kannst Du ausschlafen?«

»Naja ... – ich wollte die Zeit schon nutzen!«

»Das ist Dir ja bis jetzt gut gelungen. Hast Du noch Zeit für Hors-d'œuvre?«

schmunzelte sie und warf sich noch mal zu ihm aufs Bett. Was jetzt geschah, brauchen wir nicht ausführlich zu erzählen, denn Baudelaire und Lily versteckten sich natürlich unter der Decke, wo sie sich aneinander kuschelten und machten, auf was wir hier nicht näher eingehen werden. Lily hatte sich jedenfalls schon mit samtiger Bodylotion eingecremt, und der Fliederduft der Creme regte die Geruchssinne unseres Burschen derart an, dass dies für reichlich Originalität unter der Bettdecke sorgte.

Kurz vor neun saßen sie in einem Taxi, welches die beiden zu Lily´s weißem Hollandrad brachte. Das Rad hatte einen stylish magentafarbenen Korb vor dem Lenker und der Taxler lud es in den Kofferraum, so dass es noch zur Hälfte aus dem Auto herausragte. Dann chauffierte er sie weiter raus aus der Stadt zum Messegelände.

Später am Mittag hatte Baudelaire schon einige Neuheiten in den Messehallen gesehen und setzte sich auf eine Bank, draußen im Messepark. Die Sonne schien und er nahm seinen Notizblock, um sich einige Anmerkungen zu machen. Das Geplätscher vom Brunnen im Park beruhigte ihn aber so sehr, dass er sehr müde wurde, also legte er sich auf eine Parkbank und schloss die Augen und nickte ein.

Kurz danach liefen Leute an ihm vorbei und weckten ihn durch ihr lautes Gespräch gleich wieder auf. Es folgten nun einige Notizen in seinem Notizblock:

„Veganer Wein für die Weinkarte“

Er versuchte sich zu erinnern und ein Weilchen später fiel ihm ein, dass, wenn er neue Rezepte erfinden würde, er lieber auch gleich Fotos von den Kreationen machen sollte. Weil er früher gerne fotografierte, hatte er bereits Kenntnisse darin und schrieb weiter:

„Makroobjektiv, für Foodstyling“

Und dann sagte er sich, dass er schon irgendwo Platz in seiner Restaurantküche dafür finden würde. Donny´s Werbung – oder besser gesagt, die Werbung, die man in der Marketingabteilung seines Lizenzgebers kreierte, hatte ihn dazu inspiriert. Sein Ziel war es aber nicht, es ihnen gleich zu tun; und er wollte keine Mogelpackungen stylen. Seine Vision waren neue Rezepte und Gerichte, die man nicht so simpel mit einem Wort wie „Schnitzel“ umschreiben konnte, weil sie die Leute ja noch nicht kannten, wollte er sie fotografieren. Also schrieb er sich noch ein paar weitere Stichpunkte auf:

„Buch über Foodfotografie, Table Top oder Hohlkehle“

... um diese Dinge zu besorgen.

Lily schrieb ihm gerade eine Nachricht aufs Handy und fragte ob sie sich am Abend wieder sehen würden; gefolgt von einem gefühlten Dutzend Emoji´s, die ihren Gemütszustand deutlicher machen sollten. Unser Bursche hatte sich ein wenig über die Nachricht erschrocken, trotz der lustigen Emoji´s. Denn er war noch etwas müde und konnte deshalb erst einmal keine Denkleistung für Lily erbringen; oder anders gesagt: Er hatte versucht, sein moralisches Problem, dass er jetzt hatte, zu verschieben. Doch da waren sie wieder, seine drei Probleme: Er hatte Hunger, wolllte sich bei Fleur melden und hatte die Nacht mit einer anderen Frau verbracht. Was war nun wichtiger?

Wäre da nicht die Absacker-Eingebung von Donny gekommen, der natürlich wusste wo in seiner Stadt die besten Partys waren.

Nach dem Powernap auf der Parkbank flanierte er am Brunnen vorbei und folgte der Beschilderung zum Messerestaurant. Zu seiner Enttäuschung hatte das ‚Restaurant' dann aber eher den Charme einer Kantine. »Wie hat es Ihnen geschmeckt?« fragte die ‚Tabletzusammenträgerin' in der Messekantine ihn garantiert nicht. Stattdessen schmiss die Frau mit der schlechten Haut und dem grusigen Make-up lautstark das Besteck in einen Eimer, der sich auf der oberen Fläche ihres Edelstahl-Geschirr-Rangierwagens befand.

Baudelaire war schon auf vielen Messen unterwegs gewesen, überall in der Welt und ganz gleich wo er war, auf Messen waren Essen und Getränke meistens auf unterem Kantinen Niveau, extrem teuer und ungemütlich war es auch. Baudelaire fühlte sich nicht wohl, musste aber ‚irgendwas' zu Essen bekommen. Wenngleich das alles recht ungemütlich war, erinnerte er sich doch daran, dass er diese Reise machte, um Ideen für seine Gäste zu bekommen, und er wollte sich nicht darüber aufregen, sondern einen Nutzen daraus ziehen.

Es müsste einen Zusammenhang geben, überlege Baudelaire: Zwischen ‚schlechtem' Essen auf Messen und den speziellen Anforderungen, die an einen Kantinenkoch gestellt wurden.

Unser Spitzenkoch dachte sich, dass der Zusammenhang vielleicht schlichtweg nur der war, dass das Wort Restaurant verbraucht war. So ähnlich wie bei Donny´s Schnellrestaurants, bei denen es sich im Grunde auch nur um skalierbare Imbissbuden drehte. ‚Verbraucht' vielleicht auch in dem Sinne – dachte er sich weiter, dass der inflationäre Gebrauch des Wortes „Restaurant" dazu führte, dass es heute nichts mehr Wert sei. Doch Baudelaire war ein Visionär, also notierte er einen weiteren Gedanken in seinem Block:

„Neues Wort für ‚echte' Restaurants erfinden."

Denn in einer Neubenennung sah er die Möglichkeit, seine Qualität wieder von den anderen abzugrenzen.

Baudelaire kalkuliert scharf...

Unser Bursche zog weiter durch die Messehallen und ließ sich von den Standdekorationen ebenso inspirieren, wie von deren Beine. Am Vormittag schaute er sich aber auch andere ‚Geräte' an; beispielsweise innovative Küchengeräte. Jetzt war er in einer Halle, in der überwiegend Möbel und Geschirr und solche Dinge angeboten wurden. Sein Ziel war es, zunächst einen Überblick über die Messe zu bekommen, sich am nächsten Tag ein paar Highlights anzusehen, und vielleicht auch ein paar Kontakte zu knüpfen.

Viele Aussteller kannten sogar sein Restaurant, weil er den Boulevardblättern und den Gastronomie Magazinen hin und wieder für Interviews zur Verfügung stand. In der Halle mit den Spirituosen fielen ihm zuerst wieder die ‚Geräte' vor den Ständen auf. Dort war auch der Hauptsponsor mit den veganen Weinen vertreten, weshalb er Lily natürlich dort antraf. Sie war aber gerade mit einem Kunden im Gespräch, so dass er nicht stören wollte und gleich einen kompetenten Verkäufer ansprach:

»Guten Tag, entschuldigen Sie!?«

»Do you speak english?«

entgegnete der ihm allerdings mit italienischem Akzent. Worauf Baudelaire ihm mit einem Sprachmix entgegen kam:

»Si certo, but German or Italian are easier.«

Der Verkäufer lächelte, und fragte

»Parl' Italiano?«

was so viel bedeutete, dass er wissen wollte, ob er sich mit Baudelaire tatsächlich auf Italienisch unterhalten konnte. Übrigens war es international eine außerordentlich wichtige Messe, weshalb es üblich war, dass die Leute sich auf Englisch austauschten.

»Si, certo! Aber nur rein wenig.«

Baudelaire interessierte sich sehr für diesen neuen veganen Trend, weil er das Gefühl hatte, dass er auch von großem Nutzen für seine Gäste sein konnte. Also fragte er den Verkäufer nach den Konditionen für Restaurants, die ja andere Mengen brauchten, als beispielsweise große Supermarktketten. Im Laufe des Gesprächs wollte er noch wissen, ob der italienische Winzer bereits andere Restaurants in seiner Stadt belieferte und wo er denn genau herkommen würde. Der Verkäufer selbst kam gebürtig aus Rom und der Winzer, für den er arbeitete war aus der Toskana.

Der Verkäufer bot ihm an, einmal die Weine zu probieren, aber Baudelaire bedankte sich und wollte nur ein Wasser denn er hatte ja die Weinkarte am Abend zuvor schon ausführlich rauf und runter probiert. Baudelaire fühlte sich erstaunlich gut, es muss wohl gute Qualität gewesen sein. Wie es der Zufall wollte brachte Lily ihm das Wasser, als der Verkäufer kurz nach hinten verschwand, um Baudelaire noch einige Prospekte rauszusuchen.

»Heute Abend können wir gerne etwas Essen gehen. Schick mir bitte einfach eine Nachricht, wann ich Dich zu Hause abholen soll!"«

»Ja, wunderbar!«

sagte sie und streckte ihr Kreutz, die Arme nach hinten fallend... er:

»Vielleicht hast Du auch schon eine Idee, wo wir hingehen könnten, dann reserviere ich dort einen Tisch!«

Lily lächelte und meinte, während sie ihren Rücken weiter dehnte:

»ja, ich überlege mir etwas … - ach und Du hast übrigens einen ganz schönen Bang! Ich glaube ich bekomme einen Muskelkater.«

»Willst Du damit etwa sagen, ich war zu streng zu Dir Süße?«

»nein nein … Du warst sehr zärtlich zu mir«

sie legte ihre Hand auf seine Schulter und küsste ihn hinters Ohr und meinte dann noch, er solle sie aber abends beim Essen nicht einladen. Im selben Augenblick kam der Verkäufer zurück und sie zuckte auf. Gerade noch rechtzeitig, denn was wäre passiert, wenn er es mitbekommen hätte.

Später am Abend: Lily öffnete die Tür. Weil sie noch nicht ganz fertig war, sollte Baudelaire für einen Moment raufkommen. Sie hatte ihr Handtuch diesmal um den Oberkörper gewickelt und bat ihn herein.

»Willst Du etwas trinken?«

fragte sie ihn und flitzte um die Ecke in die Küche.

»Ein Wasser?!«

Sie brachte ihm das Wasser und sagte dann

»Hallo, erst mal!«

und küsste ihn (obgleich sie ihn nur rechts und links auf die Wangen küsste!)

»Erzähl mal, wie war Dein Tag?! Auf der Messe hast

Du ja eine sehr gute Figur abgegeben.«
fragte er eher beiläufig, während sie verschwand, um sich weiter umzuziehen.

Später im Restaurant, das Lily ausgesucht hatte, offenbarte sie ihm, dass sie ‚eigentlich' gar keine solchen Sachen machen wollte - mit fremden Männern und so weiter; und es ihr einerseits lieber wäre, wenn sie sich nicht wieder treffen würden. Baudelaire fand diesen Gesichtspunkt sehr stichhaltig. Andererseits fühlte sie sich wohl und geborgen in seiner Gegenwart.

Am nächsten Morgen fühlte er sich ganz und gar nicht gut. Er verließ sein Zimmer und beschloss ein brauchbares Frühstück zu sich zu nehmen und entdeckte ein großes und überaus lecker dekoriertes Buffet mit frischen Früchten. In seinem Hotel, an der Omelett-Pfannkuchen-Station, fiel unserem Burschen auch die attraktive Frühstücksköchin auf. Diese Fülle an Qualität führte ihn zu weiteren Überlegungen, etwa ob Hotels wie dieses, die er wegen ihrer Qualität so liebte, nicht einfach ins Messekantinen-Business einsteigen könnten. Immerhin betrug der Mehrpreis - von ‚nur Zimmer' zu ‚Zimmer mit Frühstück', nur eine Hälfte dessen, was er mittags in der Messekantine ausgab. Leider konnten die Leute nicht einfach mal aus dem Messe Areal raus, nur um sich etwas zu Essen zu besorgen; sie waren nämlich auf die Kantinen angewiesen. Wie eine Zwickmühle! Weil er selbst Gastronom war, wusste er bereits, wie diese Kantinen kalkulierten – etwa so wie Donny.

Wenn eine Hotelkette einmal Messe-Restaurants

übernehmen sollte, wäre es umso schöner, wenn die Mitarbeiterinnen am Buffet ebenso scharf wären, wie das bezaubernde Lächeln hinter der Omelett-Pfannkuchen-Station, die Baudelaire natürlich im Blick hatte. Sie lenkte ihn nun schon ein wenig davon ab, dass er sich seinen Messetag so ‚einkaufszettelmäßig' gestalten konnte, wie er es sich vorstellte. In seinem Notizblock entstand aber doch eine Routenplanung, die ihn möglichst effizient durch die Hallen führen sollte, wo es unter anderem einen Protein-Eis-Hersteller, eine Ei-Ersatz-Fabrik und jede Menge Hanf gab.

Als unser Spitzenkoch fertig mit dem Frühstück war, freute er sich darauf, mehr über diese Dinge zu erfahren und machte sich mit einem dieser Leihfahrräder auf den Weg zur Messe, die jetzt von den Öffentlichen Verkehrsbetrieben überall herumstanden.

Es mag an dem erfrischenden Sauerstoffkick gelegen haben, denn beim Radeln sind ihm noch erstaunlich kluge Geistesblitze durch den Kopf geschossen. Genauso blitzartig fanden die dann auch Platz im Notizblock! Baudelaire hatte plötzlich das Gefühl, es sei eine gute Idee, wenn er die komplette Speisenkarte überarbeitete. Ein komplett neues Konzept musste her und gleichzeitig beschlich ihn aber auch ein unsicheres Gefühl dabei, denn er hatte Zweifel, ob die Gäste es akzeptieren würden. Also wollte er auf der ganzen Linie ‚scharf kalkulieren'.

Im Notizbuch geschrieben stand:

„Schärfer kalkulieren, um gesündere Waren zum

gleichen Preis anbieten zu können. Schärfere Klamotten für den Service, um die neuen Gerichte interessanter zu machen. Weniger ist leer. Und das Konzept komplett neu überdenken."

In diesem Augenblick vibrierte sein Telefon – unser Spitzenkoch hatte es steht's lautlos eingestellt, und er nahm den Anruf an. Es war der Verkäufer von dem Italienischen Winzer, der ihn nun fragte, ob die Möglichkeit bestünde gemeinsam eine Promotion Aktion zu starten. Dann rief Fleur bei ihm an, um sich zu erkundigen, wie es denn auf der Messe so lief.

Baudelaire emanzipiert sich...

Auf dem Hanfstand gab es Hanfsamen, Hanfmehl und Hanfproteinpulver. Unser Spitzenkoch hatte nicht einmal eine ungefähre Ahnung davon, was er damit kochen sollte. Es gab außerdem Hanföl und Hanfschokolade. Die Kundin, mit welcher der Verkäufer gerade sprach, hatte eine gewisse Ähnlichkeit mit Fleur. Entweder lag es an der Frisur oder am Lächeln; oder an beidem!

Der Gedanke an Fleur führte dazu, dass er sich ein wenig schlecht fühlte. Freilich würde sie kaum erfahren, was mit Lily lief, aber es beschäftigte ihn. Das Ding war nur: Wenn Fleur mit unserem Burschen auf die Messe gefahren wäre, hätte er Lily gar nicht erst getroffen – zumindest nicht so ausführlich (Sie verstehen!). Mit Fleur hätte er genug zu tun gehabt; so dass für solche Leichtsinnigkeiten gar kein Raum gewesen wäre, weshalb für dieses Malheur doch wohl ebenso ein klitzekleines Bisschen auch Fleur die Verantwortung trug. Je länger unser Bursche dem Grund auf die Spur ging, desto weniger schlecht fühlte er sich.

Er schaute sich noch ein wenig auf dem Hanfstand um und entdeckte eine Broschüre mit Rezeptideen. Obgleich ihn die Vorschläge nicht so richtig angesprochen hatten und er grübelte auch weiter nach, allerdings nicht über Rezepte, sondern über Lily. Weil er von dem, was passiert war, noch etwas irritiert war und er Lily sehr sympathisch fand (und sie ihn ja auch). Besonders irritierend war es für ihn, dass sie sogar mit ihm ins Hotel gekommen war und ihn scheinbar immer sympathischer gefunden hatte. Vielleicht hatte der Alkohol seinen Blick fürs Ganze benebelt. Lily lebte gerade ihre Unabhängigkeit aus und fand kurzweilige Liaisonen mit Messebesuchern sicher weniger mühselig, als sich während ihres Studiums unentwegt mit einem Lebenspartner rumschlagen zu müssen. Schließlich fuhren die meisten Messebesucher ja nach der Messe wieder nach Hause in die Stadt, in der sie lebten.

Als sie noch auf der Kick-off Party gewesen waren und Lily ihm von ihrem Lebensplänen erzählte, hatte sie unserem Burschen anvertraut, was für ein freiheitsliebender Mensch sie sei.

Baudelaire hatte immer wieder Frauen kennen gelernt, die sich charakterlich für äußerst freiheitsliebende Menschen hielten. Auffällig war für ihn, dass all jene, die Dreißig noch nicht erreicht hatten. Wohingegen jene, die gerade ihren Dreißigsten gefeiert hatten oder älter waren, darüber gar nicht sprachen. Sie sprachen mehr darüber, dass sie Probleme mit dem Charakter der Männer hatten, die es nach ihrer Auffassung nie ernst meinten. Wohlgemerkt jene, die er etwas persönlicher kennen gelernt hatte.

Zurück zum Messestand, wo sich unser Spitzenkoch gerade schlau machte: Der Hanfverkäufer hatte nun Zeit und unser Spitzenkoch konnte die Gelegenheit nutzen, sich erst einmal vorzustellen. Bevor er ihn nach Preisen fragte, kam erst einmal die Frage auf, was er mit den Hanfprodukten – wie

Hanfprotein oder Hanfmehl, überhaupt anstellen konnte und ob man davon auch ‚breit' werden konnte. Das sei die am häufigsten gestellte Frage, sagte der Hanfverkäufer und beruhigte ihn aber auch gleich. Man müsste da schon einen ganzen Güterzug voller Hanfmehl essen, um ausreichend THC (das ist das beflügelnde Harz in der Cannabispflanze) ins Blut zu bekommen. Zum Thema Verwendung sagte er

> *»Sie können damit Müsli verfeinern oder Smoothys machen.«*

Baudelaire überlegte kurz und entgegnete

> *»Ich habe allerdings ein Restaurant, in dem meine Gäste etwas ‚Richtiges' zu Essen erwarten, gebe es da auch etwas? Schmusemüsli ist wohl eher für's Frühstück geeignet. Was ist denn eigentlich das Interessante am Hanf?«*

Sie plauderten noch ein wenig und es kamen immer mehr wissenswerte – gar nützliche Informationen zusammen, die es alle Wert wahren, im Notizbuch notiert zu werden. Der Verkäufer weiter:

> *»Unser Hanfprotein Pulver ist gluten- und laktosefrei, leicht verdaulich, reich an wertvollen Nährstoffen, Omega-Fetten, Mineralien und Ballaststoffen. Zudem weist es ein optimales Aminosäureprofil bla bla bla … [wir verkürzen den Vortrag an dieser Stelle] und ein ideales Fettsäuremuster auf bla bla .... Der hohe Mineralstoff- und Vitamingehalt macht es zum gesündesten und nahrhaftesten Proteinpulvern auf dem Markt.«*

> *»In der Kürze liegt die Würze! Können Sie mir das in*

Kurzform erklären?«

»Nun ja, ist sogar nährreich, dass sich monatelang, ohne die Gefahr Nährstoffmangel zu erleiden, nur von Hanfprotein ernähren könnten. Es enthält alle essenziellen Aminosäuren, die der menschliche Körper benötigt, er aber nicht selber herstellen kann, sondern über die Nahrung aufnehmen muss! Das ist einmalig!«

»Da sieht man´s mal wieder: ‚Essen kommt wies es kommt!' Okay das hab ich verstanden.«

»Vielleicht noch ein Tipp, weil Sie nach Rezepten gefragt hatten: Wenn Sie Pfannkuchen herstellen wollen, nehmen Sie einfach 30 % Hanf Protein Pulver, den Rest Haferflocken, Dinkelmehl und Olivenöl. Mehr braucht ´s nicht. Außer Salz natürlich. Damit können Sie super leckere Pfannkuchen zu Gemüse oder Obst backen.«

Als nächsten Punkt galt es einen Stand mit Kassensystemen aufzusuchen. Diesmal war das Standpersonal nicht überaus attraktiv, und unser Bursche war ziemlich erleichtert darüber, denn zu viel weibliche Schönheit konnte ihm auch ungeheuer mühselig sein.

Der Kassensystemverkäufer brachte Rechenbeispiele: Hier und da sei eine Kasse heut zu Tage nicht mehr allein für die Grundrechenarten zu gebrauchen, sondern verhalf – durch geschickten Einsatz, auch zu gehörig mehr Produktivität. So konnten Gastronomen mit gleichem Personalaufwand bis zu drei oder viermal produktiver sein; was einerseits dazu führte, dass der Umsatz stieg und andererseits sich das Servicepersonal besser auf die Wünsche der Gäste eingehen konnte. Was freilich nur dann funktionierte, wenn das Personal entsprechend auf die Systeme geschult sei. Der Umsatz stieg durch die Verkürzung der Aufenthaltsdauer, weil die Tische in gleicher Zeit von mehr Gästen frequentiert wurden. Das alles fand Baudelaire ausgesprochen interessant, weil auch viele seiner Kollegen bereits von solchen Kassensystemen schwärmten. In der Betriebswirtschaftslehre nennt man diesen Effekt übrigens ganz einfach ‚bessere Kapazitätsauslastung', wodurch sich die Deckungsbeiträge erhöhen lassen.

Jetzt wo er bereits beschlossen hatte, sein gesamtes Konzept auf den Prüfstand zu stellen, musste er die Speisenkarte ohnehin neu in sein Kassensystem eingeben. Sie tauschten also Kontaktdaten aus, um weiter in Verbindung zu bleiben.

Eine Umstellung war vielleicht auch deshalb für unseren Spitzenkoch attraktiv, weil er die Sonderwünsche seiner Gäste besser damit erfassen konnte. Das neue System bot sogar eine ausgeklügelte Gästeverwaltung (Datenbank), die so ähnlich funktionierte wie Karteikarten bei einem gut organisierten Friseur. Man konnte damit Portionsgrößen, Allergien und vieles mehr erfassen und abspeichern. Aber man konnte sie nur erfassen! Bisher hatte Baudelaire sich das alles im Kopf gemerkt, sagte sich aber, dass er – so herum gedacht, noch angemessener auf die Bedürfnisse der Leute eingehen könnte, wenn das System damit auch etwas Schlaues berechnen würde.

Je mehr er sich notierte, desto klarer wurde seine Vision

und die weiteren Punkte auf seiner Messeroute für diesen Tag sollten nur noch letzte Puzzleteilchen sein, um das neue Konzept runder gestalten zu können.

Er blieb an einer Lounge Insel stehen, um wieder etwas in seinen Notizblock zu schreiben. Die Messegesellschaft hatte Flächen frei gehalten, und dort einladend bequeme Sofas und Sessel aufgestellt. Solche Lounge Inseln dienten dazu, dass die Besucher – zwischen ihren informativen Gesprächen, die wie bei Baudelaire sehr viel Denkleistung erforderten, eine ruhige Minute fanden. Dieses Loungekonzept wurde von den Besuchern gut angenommen und natürlich auch von unserem Spitzenkoch, also machte er es sich bequem. Er schrieb und ließ gelegentlich seinen Blick schweifen; beobachtete die Leute, die vorüber gingen und dann fielen ihm noch einige Bilder auf, die an den Wänden, zwischen den Couches hingen.

Die Messegesellschaft nutzte die Lounge Inseln gleichzeitig auch für eine Bilderausstellung. Bei den Bildern handelte es sich um Vergrößerungen von technischen Fotografien. Baudelaire war neugierig geworden und betrachtete die Bilder genauer: Eine Universität beschäftigte sich wohl mit dem Thema der ‚Lebensmittelverschwendung' etwas genauer, so dass Forscher auf eine Idee gekommen waren, wie man dieses Problem durch die Abschaffung des Mindesthaltbarkeitsdatums in den Griff bekommen konnte. Die Angabe des Mindesthaltbarkeitsdatums auf Lebensmitteln, war schon seit einigen Jahrzehnten gesetzlich vorgeschrieben. Baudelaire ließ es sich nicht nehmen und las auch die Bildunterschriften, was ihn aber selbst mal wieder ein wenig verwirrte. Obwohl er den Unterschied zwischen Mindesthaltbarkeitsdatum und Verfallsdatum sehr genau kannte, musste er sich doch anstrengen, den Text zu verstehen. Er wünschte sich schon länger, dass die Verantwortlichen in der Politik hierfür neue Wörter kreierten oder es durch eine klare Handlungsaufforderung ersetzen würden: Statt nur ‚Mindesthaltbarkeit' lieber ‚Du kannst dieses Produkt noch über den Tag X hinaus verzehren - solltest dann nur schauen, riechen, schmecken etc.' Auch er vermochte sich diesen Satz immer selbst aus der Datumsanzeige abzuleiten, weil es ja bei jedem Produkt andere Kriterien gab. Vielleicht wäre hier ‚mehr' Text gleich weniger ‚Abfall'.

Ein paar Forscher präsentierten – erstmals nach langer Forschungsarbeit, Fakten zur tatsächlichen Lebensmittelverschwendung: Achtzig Millionen Leute warfen jedes Jahr über zehn Millionen Tonnen Lebensmittel in den Müll - was pro Tag und Einwohner etwa dem Gewicht einer durchschnittlichen Salatgurke oder zweier Steaks entsprach.

An der Loungewand befand sich eine Fotografie, die einen Chip zeigte. Dieser Chip konnte an Lebensmitteln angebracht werden und erkannte automatisch wann ein Lebensmittel nicht mehr zu genießen war.

Caterine hatte unserem Spitzenkoch im Zugabteil bereits zu der gewichtigen Erkenntnis gebracht, dass kleinere Menschen ja wesentlich weniger Energie und insbesondere Eiweiß brauchten, als größere Menschen. Wir sagen deshalb ‚insbesondere Eiweiß', weil ausschließlich Eiweiß die Funktion hat, vorhandene Muskeln zu erhalten. Und

Eiweiße sind, wie Sie sicher wissen, auch viel teurer als Kohlenhydrate.

Er überlegte noch einmal, kritzelte seinen ersten Gedanken wieder durch und vervollständigte ihn durch seine ‚Theorie der gerechten Portionsgrößen':

„Kassensysteme mit Gästestammdaten (Portionsgrößen, Allergien, Lieblingsgerichte) Müllvermeidung und gerechte Portionsgrößen für kleine und große Menschen)"

Denn durch Zufall hatten die ausgestellten Forschungsergebnisse Baudelaire noch auf einen weiteren Vorteil ‚gerechter Portionsgrößen' gebracht und die Erfahrung mit seinen Gästen hatte ihn gelehrt, dass die Leute immer auch eine Begründung dafür brauchten, wenn etwas verändert wurde; und Baudelaire wollte ja sehr viel verändern, also suchte er nach möglichst vielen Begründungen.

Auf dem Gang, zwischen den Messeständen, begutachtete er die anderen Messebesucher. Natürlich war es wie überall eine gute Mischung. Kleine Leute vermischten sich mit großen Leuten. So ein Mann mit hundert Kilo brauchte nach seinen Berechnungen etwa 100 Gramm Eiweiß am Tag und so eine Frau mit 50 Kilo demnach nur 50 Gramm oder gar weniger, weil – wie Caterine ihm verraten hatte, Frauen entsprechend einiges weniger an Muskeln zu erhalten hatten. Baudelaire ergänzte seine Notizen um

„Frauenteller / günstiger???"

und jetzt war ihm freilich nicht entgangen, dass in den vergangenen Jahren eine große öffentliche Auseinandersetzung darüber stattfand, dass sich Frauen in ihren Berufen häufig unfair bezahlt fühlten. Auch Baudelaire hatte mit vielen seiner Gäste immer wieder darüber gesprochen und selbst die Position vertreten, dass man das ändern müsste. Alle seine Mitarbeiter erhielten beispielsweise den gleichen Stundenlohn. Von Fleur wusste er hingegen, dass sie weniger auf dem Gehaltszettel stehen hatte, als ein Kollege, der genauso alt war und der sogar mit ihr studiert hatte. Immerhin knapp dreißig Prozent.

Je gründlicher er jedoch darüber nachdachte, desto greifbarer wurde eine neue Idee und er fragte sich, weshalb man nicht ein relatives Grundgehalt definierte, beispielsweise in Gewerkschafts-Tarifverträgen, und dann – je nach Mensch, ein absolutes Gehalt errechnete. Arbeitgeber könnten dazu die Körpergröße, das Geschlecht und einen ‚gesunden' Body-Maß-Index nutzen, um ein ‚proportionales Gehalt' zu errechnen.

Denn es war tatsächlich so, dass etwa 50-Kilo-Frauen im Vergleich zu einem 100-Kilo-Mann (und das hatte er grob überschlagen, während er auf der Loungeinsel sinnierte) immerhin nicht nur die absolute Hälfte an Eiweiß brauchten, sondern er schloss daraus, dass sie auch nur die Hälfte dafür aufwenden mussten.

Er war gerade völlig zufrieden und so sah er, wie ein paar weitere Buchstaben in den Notizblock wanderten:

> ***„Beispiele zur Veranschaulichung finden, z. B. Anzahl der Hühnereier für Frau/Mann pro Monat und Kosten. Wie viel Eiweiß hat ein Ei? Was wiegt ein Ei? Rechenweg für Kassensystem?"***

Die Antworten würden ihn zu einer neuen Idee führen,

ihm fehlten allerdings gerade Informationen und die Zeit, diesen Gedanken weiter zu spinnen.

Zufällig hatte er noch diese Ei-Ersatz-Fabrik auf seiner Messeroute. Unser Spitzenkoch ging weiter durch die Messehalle mit den Gastronomiemöbeln, aber an diesem Tag verspürte er keine Müdigkeit, denn er erwartete weitere Inspirationen.

Surprise, Surprise – die Ei-Ersatz-Fabrik hatte an diesem Tag sogar eine Verkostungsaktion mit einem TV-Koch-Star am Stand. Jérome! Baudelaire kannte ihn sogar aus seiner Lehrzeit. Jérome kam aus Frankreich und dort hatten beide gemeinsam an der Küste der Süd Bretagne ihre Ausbildung begonnen.

»Bonjour! Was für ein Zufall!«

... sagte Baudelaire.

»Hey, salut meine Freund! Comment ca-va?«

Sie lachten und umarmten sich!

Baudelaire möchte keinen Hanf anbauen...

Als die Abendsonne die Altstadt schon rot einfärbte, ging Baudelaire Jérome bei seinem Hotel abholen, da sie zusammen zu Abend essen wollten.

Zuvor hatte unser Spitzenkoch auf der Messe noch immens wichtige Informationen zusammen getragen.

Beispielsweise besuchte er die Messestände zweier Firmen, die Protein-Eis und einen Ei-Ersatz versprachen.

Sie nannten es Protein-Eis, weil der Anteil des Eiweiß im Protein-Eis beträchtlich höher war, als es sonst der Fall für industriell gefertigtes Speiseeis war. Das Eis war in Becher gefüllt und darauf geschrieben stand, dass ein Becher mindestens 20 Gramm Eiweiß enthielt. Diese Idee, die absolute Eiweißmenge pro Becher anzugeben, gefiel ihm irrsinnig gut, denn so konnte er sich leicht ausrechnen, dass etwa fünf solcher Becher seinen persönlichen (mindest) Eiweißbedarf decken konnten. Zumindest wenn es danach ging, was Caterine ihm im Zug darüber erzählte.

(Protein ist übrigens nur ein anderes Wort für Eiweiß. Wie Zoo und Tiergarten.)

Das viele Eiweiß wurde mittels geheimer Rezeptur mit industriell hochverarbeitetem Milch-Eiweiß-Konzentrat im Eis versteckt; und drei Sorten (von denen aber auch eine vegan war), die er probierte hatte, schmeckten ihm überraschend gut. Weil er sonst eher skeptisch gegenüber industriell gefertigtem Eis war, war das schon bemerkenswert. Außerdem brachte das Eis Baudelaire auf Ideen für Zutaten seiner neuen Rezepte, welche er noch erfinden wollte.

Die Ei-Ersatz-Fabrik stellte allerdings eine vegane Pulvermixtur her, welche aus einer komplizierten Rezeptur bestand. Baudelaire dachte bei solchen Mixturen immer zuerst an Fleur, weil sie auch solche Mixturen erfand. Die komplizierte Ei-Ersatz-Pulver-Mixtur sollte im wesentlichen das Hühnerei in Geschmack und Konsistenz imitieren. Jérome - sein alter Bekannter, hatte auf dem Messestand der Ei-Ersatz-Fabrik zahlreiche Crepes und Omelettes damit produziert und die Leute so angelockt.

Das Omelette kam in Optik und Konsistenz außergewöhnlich nah an das ‚echte' Ei-Omelette heran. Allerdings - und der Gedanke war unserem Spitzenkoch erst auf dem Weg ins Hotel gekommen, der Eiweißgehalt war – absolut gesehen, wesentlich geringer.

Die Fabrik wollte mit dem Produkt vermutlich nur Veganer-Neulinge ansprechen, die sich zwar schon vegan ernährten, gewohnheitsbedingt allerdings noch Lust auf ein Rührei hatten. Der Mensch war schon immer ein Gewohnheitstier und hatte Bilder im Kopf und am Gaumen, weshalb die Mixtur wohl eher dazu diente, den Leuten die Umstellung

von tierischen auf pflanzliche Ernährung zu erleichtern. Es war eine wasserbindende Zutat namens Pfeilwurzelmehl enthalten, gegen die grundsätzlich nichts einzuwenden war, aber wo bekamen die Leute dann ihr Eiweiß her?
Denn die meisten Veganer aßen aus ethischer Überzeugung keine tierischen Produkte, brauchten aber auch Eiweiß.

Abends, auf dem Weg zum Restaurant, erzählte Baudelaire Jérome von seiner Feststellung. Auch Jérome fand diesen Gedanken äußerst interessant. Beide waren sich einig, dass insbesondere die Massentierhaltung eine schlechte Sache sei – zumindest so, wie sie momentan praktiziert wurde; und sie waren sich auch im Klaren darüber, dass sie als berühmte Köche (Jérome hatte auch vor ein paar Jahren eine Sternschnuppe erhalten) den Verbrauchern gegenüber eine riesengroße Verantwortung hatten. Schließlich standen beide in der Öffentlichkeit und wollten mit gutem Beispiel voran gehen.

Auf dem weiteren Weg zum Restaurant flanierten die beiden zwischen zahlreichen reizenden Fachwerkhäusern entlang, die direkt in der Altstadt lagen. Es gab dort keine Straßen für Autos, sondern kleine Treppchen und viele Terrassen vor den Lokalen, die den Menschen viel Platz zum Bummeln und Verweilen boten. Der Abend im Restaurant verlief zunächst sachlich, und sie überlegten sich ein kreatives Rezept nach dem anderen ... – leider tranken sie auch jede Menge dunkles Bier, so dass uns diese Rezepte und Gedanken heute leider nicht zur Verfügung stehen. Sie pulten nämlich mehr an den Bierdeckeln, anstatt sie mit Rezepten zu bekritzeln. Obendrein wurde unser Bursche durch die Kellnerinnen ein wenig abgelenkt und es wurde immer gemütlicher, als Donny sich zu späterer Stunde noch dazu gesellte.

Die Ei-Ersatz-Mixtur war also noch nicht das „gelbe vom Ei“ gewesen. Jérome war das ein wenig unangenehm, weil er ja eine Menge Geld dafür bekam, diese Mixtur anzupreisen. Als Testimonial hatte er eine Menge Verantwortung übernommen, aber wusste auch keine bessere Lösung. Jérome hatte jetzt auch ein wenig Angst vor der schlechten Presse, die ihn nun erwarten könnte. Baudelaire meinte zum Spaß:

»Da lachen ja die Hühner!«

Weil Donny ein bisschen später gekommen war, beschloss er, nur eine Kleinigkeit zu Essen, und da traf es sich gut, dass Baudelaire und Jérome ihre (für diese Region typische) große gemischte Platte nicht ganz geschafft hatten.

Diesmal waren die Kellnerinnen dermaßen hübsch, das es unserem Burschen wieder ein wenig mühselig wurde.

Jérome verkündete derweil mit auffällig viel Lächeln, dass seine Freundin seit ein paar Monaten schwanger war und das er sich sehr glücklich mit ihr fühlte, weil sie viel ‚Gemeinsamzeit' miteinander verbrachten. Übrigens erwähnte Jérome auch, dass es ihm - damals in der Phase vor seiner jetzigen Freundin, immer wie eine Behinderung vorkam, wenn ihn die Attraktivitäten und Signale zahlreicher Frauen derart ablenkten!

Baudelaire begann nach einer Kellnerin Ausschau zu halten

und drehte sich zum Thekenbereich um. Er bestellte noch eine Runde dunkles Bier und für jeden einen Schnapps dazu, weil er auf Jérome´s Familienglück anstoßen wollte. Denn wie Sie sicher bemerkt haben, hatte er selbst den Eindruck an der gleichen ‚Behinderung' zu leiden wie Jérome es einmal tat; und so herzergreifend Jérome´s Geschichte auch war, so hatte Baudelaire sich auch für sein Glück gefreut. Er selbst hatte am Abend seiner Ankunft in der Messestadt ja keinen so taktischen schlauen Start.

Am nächsten Morgen lächelte bereits wieder eine junge Dame unseren Bursche an, denn er war ihr gerade dabei behilflich, ihren schicken Lederkoffer auf der Gepäckablage des Zugs zu verstauen, der ihn wieder nach Hause bringen sollte. So kamen sie ins Gespräch und wie Sie es von ihm bereits kennen, dauerte es auch gar nicht lange, dass sie sich beim Vornamen kannten. Sie erzählte, dass sie eine Freundin in Baudelaire´s Stadt besuchen fuhr und er berichtete, dass er von einem Messebesuch kam.

Ein weiterer Fahrgast, der auch im gleichen Abteil saß, lauschte ihrem Gespräch, unterbrach sie und berichtete über seine eigenen Erlebnissen auf der Messe. Er war Hesse und stellte sich ihm mit „Matti" vor; dann fragte er Baudelaire:

> *»Waren se´ zuvor schon mal auf der Mess´? ... ich war nämlich auch dort!«*
>
> *»Nein, zum ersten Mal. Was hat Sie dorthin verschlagen?«*
>
> *»Och ... - ich bin Landwirt und für einen Workshop dort. Gestern durfte ich noch einen Vortrag halten, als Bauer! «*

»Ah, worüber handelte denn der Vortrag - ... ich wusste gar nicht, dass dort auch Workshops angeboten wurden!?«

fragte Baudelaire nicht wenig interessiert.

»Nähh, im Cogress Center, des is geschenüber von dene Messehalle. Ich stand Neugründern, also Start-ups wie man heut´ sacht, Rede und Antwort. Alle möglichen Themen rund um die Landwirtschaft!«
»Ah, was waren das für Start-ups? «
»Och ... - einische wollde einen Speisenheimservice über eine Internetseite anbiede; keine Ahnung wie sie das genau mit dem Postversand gedacht hatten. Dann war noch einer dabei, der einen Fairtrade Supermarkt ohne Tüten und Verpackungen eröffnen wollte. Sehr interessante Leute! Hat riesisch Spaß gemacht. Es gab auch noch viele andere Konzepte gegebbe: Einer wollt e´ Dutzend Weine einheitlich durchnummeriere, damit dene Leut´ im Supermarkt die Auswahl leichter fiel. Das war e´ reine Marketingidee und kein neues Produkt. Ned schlecht, aber isch hat so ´was schone mal in Holland gesehen.«
»Und welche Funktion hatten Sie dabei; ich meine – wie konnten Sie denen konkret weiterhelfen?«
»Och ... – manche wollde einfach bloß wisse, wie se bestimmte Lebensmiddel direkt beim Bauern beziehe konnte. Und was mache´ Sie eigentlich?«
»Ja! Ich habe ein Restaurant, läuft auch gut, nur würde ich gerne ein anderes Konzept ausprobieren. Ich war erst mal nur auf der Messe, um mich inspirieren zu lassen. Und nach welchem Schema liefen diese Workshops ab? «

»Ach ... – die Leut´ ham sich in Gruppen aufgeteilt und ihr Konzept zwei Tach lang, bis spät in die Pubbe ausgetüftelt. Ich war so eine Art Mentor, aber ned´ der einzische – es gab noch einen Juristen, Leut´ vom Gastroverband und e´ Koch. Die hatten alle schon viel Erfahrung im Foodbereich. Also mit Lebensmittel Einzelhandel, Großhandel, Produktion, Gastronomie oder Dienstleister - Lieferdienste und so weiter.«

»Spanndend«

meinte Baudelaire

»... und sagen Sie mal, haben Sie eigentlich schon mal Hanf angebaut? Oder was für ein Landwirt sind Sie eigentlich, Matti? Ich meine, vielleicht haben Sie ja auch nur Hühner im Stall ... ?! «

»Kartoffele ... – wie kommen se denn auf Hanf? Hanf hat ich noch ned auf dem Acker. Ist auch e´ bissi kompliziert zu beantrage, aber eigentlich für jeden Landwirt möglich. Die Regierung hat da ein extrem kompliziertes Programm, weil die Felder ständig überwacht werden müssen; damit nicht doch einer auf die Idee kommt die falsche Sorte anzubaue´. Aber wie komme se denn überhabt auf Hanf, sagen se ma´?!! «

»Ah. Ich hab´ mir auf der Messe sagen lassen, dass Hanf wohl die beste pflanzliche Aminosäurestruktur hat und es enthält auch mordsmäßig viele Vitamine und so weiter; Allerdings hatten alle Anbieter das Problem, dass sie nicht ausreichend beliefert werden.«

»Och .. ned ausreichend, ei´ warum dann ned?«

... hakte Matti nach.

»Die haben wohl Lieferengpässe und die Nachfrage

ist wohl zu hoch. Also beziehen sie es sogar aus China. Deshalb hatte ich mir überlegt mir lieber keine Hanfrezepte auszudenken. Macht ja keinen Sinn, wenn ich das Zeug am Ende selbst doch noch auf der Dachterrasse anbauen muss. Vom Genehmigungsverfahren mal abgesehen – wie Sie gerade meinten!«

Baudelaire wandte sich ausschließlich dem Bauern zu, so war er weniger von der jungen Dame abgelenkt, die immer noch dabei saß, aber bereits eingeschlafen war.

»Könnten Sie außer Kartoffeln also auch Hanf anpflanzen?«

... fuhr unser Spitzenkoch fort.

»Och ... – jo also, theoretisch wär des schon möglich, aber uns geht's ja ach so gut.«

»Was heißt das denn? Ich dachte das so viele Landwirte von der Regierung bezuschusst werden müssen, um über die Runden zu kommen?!«

»Ach ... – tja also Fläche hädde ma ja genuch. De meiste Bauer´ hätte noch genug Fläche, aber uns geht's ach so gut.«

Unser Spitzenkoch fragte sich warum Steuergelder in die Landwirtschaft flossen und es gleichzeitig Lieferengpässe gab, obwohl die Bauern genügend Fläche zur Verfügung hatten. Noch dazu bezogen die Bio-Hanfhändler ihre Rohware extra aus China. Was daran noch ‚Bio' war, leuchtete ihm nicht ganz ein. Er hielt es für angebracht mit Matti weiter in Verbindung zu bleiben, denn er war äußerst nett und konnte ihm sicher bei den Themen noch mal weiterhelfen. Also kramte er seine Visitenkarte aus dem Portemonnaie und lud auch Matti ein, ihn einmal in seinem Restaurant zu besuchen. Unter ‚Einladung' verstand er übrigens richtig ‚einladen', also Speis und Trank auf Baudelaire´s Kosten.

»Ach ... wow, des freut mich. Und Ihre Themen sind auch interessant, darum freut mich des umso mehr! Dankeschön!«

Als er den Bahnhof verließ und in ein Taxi stieg, wollte unser Bursche gern Lily und das Hors-d'œuvre mit ihr – oder besser gesagt das ‚jeu-d'œuvre', vergessen. Denn es schien ihm von großer Bedeutung für eine funktionierende Beziehung mit Fleur.

Baudelaire wird Körperspezialist

Wie Jérome auch erklärte, gab es neben seiner Freundin natürlich immer wieder schöne ‚Blumen', aber es genügte ihm sie nur zu bewundern; nicht jede wollte er - wie früher, auch ‚pflücken'.

Unser Bursche hatte noch ein wenig Strecke vor sich, da er etwas weiter außerhalb der Stadt wohnte. Derweil betrachtete er die vielen Frauen, an denen er mit dem Taxi vorbei fuhr. Es war mal wieder schwierig für ihn! Nun hätte er ebenso zu Fleur´s Wohnung fahren können, doch ihm drängte sich eher das Bedürfnis auf, erst einmal seine Gefühle zu sortieren. Darum begann er eine Konversation mit dem Taxifahrer, ohne zu wissen, dass auch dieses Gespräch wieder ein passendes Puzzleteilchen für sein Vorhaben war. Der Taxifahrer war schon etwas älter als Baudelaire, machte einen zufriedenen Eindruck und fragte ihn, ob es ihm Recht sei, wenn er sein Hörbuch während der Fahrt weiter laufen lassen würde. Grundsätzlich war das für ihn kein Problem und Baudelaire fragte, mit welchen Themen sich das Hörbuch denn beschäftige, weil er beispielsweise jetzt keine Lust auf irgendeine Romanze hatte.

Der Taxifahrer erklärte, es sei ein Fachbuch und er sei Professor für Sportwissenschaften; Taxi fuhr er eigentlich nur zum Spaß. Waldemar erklärte ihm kurz den Inhalt und weshalb er sich die Zeit für das Hörbuch nahm: Es gab in der Wissenschaft der Mediziner das Modell der drei Körpertypen und weil er gerade selbst an einem Gesundheitsbuch schrieb, waren diese Erkenntnisse äußerst wichtig für ihn. Denn er wollte herausfinden, wie man das Ernährungstiming und das jeweils richtige Training, für Athleten ‚unterschiedlicher Bauart' einfach in Wettkampfvorbereitungen einfließen lassen konnte.

Und siehe da, das Thema interessierte Baudelaire natürlich brennend. Die drei unterschiedlichen Bauarten waren Ectomorph, Mesomorph und Endomorph und er hatte davon noch nie gehört. Inzwischen hatte Waldemar auf den Playbutton seines Radiodisplay getippt. Zwar beschrieben die ‚drei Körpertypen' lediglich die Äußerlichkeiten, doch wie das Hörbuch ihm später verriet, stammte das Modell ursprünglich aus der Psychologie.

Waldemar hielt sein Taxi gerade vor Baudelaire´s Haustüre, als noch ein letztes Kapitel in dem Hörbuch begann. Baudelaire zahlte, blieb aber noch eine Weile im Taxi sitzen:

Forscher wollten eigentlich nur herausfinden, ob sie auf Grund der unterschiedlichen ‚Körperbautypen' auf den Charakter der Leute schließen könnten. Die Sache mit dem Charakter hatte man dann zwar wieder verworfen, aber in der Medizin wurde es weiter genutzt, um unterschiedliche Reaktionen auf bestimmte Lebensmittel besser kategorisieren zu können.

Äußerlich unterschieden sich die drei Körperbautypen – die man eigentlich ‚Somatotypen' nannte, ganz offensichtlich und so war es auch kein Wunder, dass es früher oder später einen Forscher auf die Idee brachte diese Auffälligkeit genauer zu untersuchen.

Für Waldemar zeichnete es sich jedoch ab, als sollte es alles andere als einfach werden, eine simple Anleitung für optimale Nährstoff-Verhältnisse zu entwickeln und damit meinte er übrigens das Verhältnis von Fett, Kohlenhydrate, Ballaststoffe und Eiweiß. Für unseren Spitzenkoch zeichnete es sich ebenfalls ab, als sollte es alles andere als einfach werden, ein geeignetes Gäste-Karteikartensystem zu entwerfen. Da genügte sein Gaumenverstand alleine nicht, sondern hier durfte er tatsächlich noch recht viel Denkleistung erbringen. Er dachte sich, dass er sich ja zum Glück schon zu seinen Ferien entschlossen hatte, womit er sich bereits genügend Zeit zum Nachdenken reserviert hatte. Das beruhigte ihn wieder ein wenig. Wie sie sich vorstellen konnten, lag ihm auch in diesem Fall sehr viel daran, weiter mit Waldemar in Kontakt zu bleiben und so tauschten sie ihre Kontaktdaten aus; und natürlich erhielt auch Waldemar eine Einladung in Baudelaire´s Restaurant.

Zu Hause angekommen, rief er Fleur an, und die freute sich, hatte jedoch zu tun. Sie bat ihn Verständnis dafür zu haben und ob sie sich nicht am nächsten Tag treffen konnten. Schließlich arbeitete sie gerade an einer Produktmixtur, die verbessert werden sollte. Baudelaire begann seine Klamotten auszupacken und sich einen Kräutertee zuzubereiten.

Beim duftenden Kräutertee schaute er aus dem Fenster und über die Dächer der anderen Häuser hinweg. Dabei dachte er sich, wie es wohl aussehen würde, wenn in der Stadt jeder seine eigene prächtige Hanfplantage auf der Dachterrasse hätte, nur weil Bauern wie Matti Subventionsmüde waren. Und über den Dächern sah er, was ihn schon einige Male aufgefallen war: Einige Dachterrassen waren unglaublich verwahrlost, weil die Leute vielleicht so viel Zeit mit ihrer Arbeit verbrachten, wie beispielsweise Fleur, dass sie wiederum keine Zeit fanden ihre Terrasse auch zu nutzen. Als er sich sonst die Terrassen anschaute, sah Baudelaire, dass die Leute sogar ihren Unrat auf die Terrasse stellten; er dachte, dass die Leute vermutlich noch nicht mal Zeit hatten ihren Müll runter zu tragen. Vermutlich war es so, dass für viele nach dem Abitur der Ernst des Lebens mit Fragen wie »wo kriege ich nachmittags noch ein Frühstück her?« begann. Heute schaute er genauer hin und dabei fiel im auf, dass eine Terrasse – genau gegenüber, tatsächlich mit Hanf begrünt war.

Zur selben Zeit telefonierte Fleur mit Kiki, der guten Seele. Kiki kannte Baudelaire seit vielen Jahren. Fleur hatte sie angerufen und wollte mit ihr über Baudelaire sprechen. Kiki erzählte gerade von einer Liebe aus vergangenen Zeiten:

> *»… naja, eines Abends kam er zum Essen zu mir, also in die Wirtschaft in der ich gekellnert hatte.« »Du hattest auch mal gekellnert? Das wusste ich gar nicht.«*

…darauf Kiki:

> *»ja ja, sicher – das hau auch riesengroßen Spaß gemacht. Aber heute bin ich zu alt dafür«*

Fleur wollte die Geschichte weiter hören:

> *»… und, was war dann?«*
>
> *»tja, dann kam er auch am übernächsten und am über-übernächsten Tag. So ging das eine ganze Woche. Irgendwann fragte er, ob ich einmal Lust hätte mit ihm*

einen Spaziergang zu machen, den machten wir dann auch – und was soll ich sagen … es war wunderschön. Am See sagte er mir, dass er mich liebt.«

…dann Fleur wieder:

»… und dann?« »… dann war weiter nichts – wir trafen uns zwei Woche erstmal nicht, weil er im Urlaub war. Aber dann trafen wir uns wieder und … «

Fleur:

»… und!? Wie war er im Bett?« »… soweit waren wir noch nicht und später dann, nach ein paar Monaten zog er aus der Stadt weg, weil er woanders einen besseren Job bekommen hatte!«

Fleur:

»… wie gemein! Dann hatte er Dich doch nicht geliebt«

Kiki:

»… weiß nicht – vielleicht schon. Ich wollte mich damals noch nicht so richtig festlegen; hatte ja gerade mal meine Lehre gemacht.«

Sie sprachen noch eine Weile weiter. Ob Fleur die Botschaft aus der Geschichte verstanden hat, werden wir sehen.

Baudelaire fragte sich derweil, ob er sich eine neue Freundin suchen sollte, um ein erfüllteres Leben führen zu können; wie beispielsweise Jérome, der gerade Papa wurde. In diesem Moment hätte er mit ihr gemeinsam über die Dächer der Stadt blicken können. Er ließ seinen Blick durch sein Wohnzimmer schweifen wo er auch ungeheuer viele Urlaubsfotos an der Wand hängen hatte – denn er fotografierte ja auch gerne.

In Wirklichkeit hatte unser Bursche sogar noch äußerst viele Erinnerungsfotos aus Urlauben in einer Kartonschachtel und auf denen er aber gemeinsam mit seinen Exfreundinnen zu sehen war. Deshalb fragte er sich noch einmal, ob er sich wirklich eine neue Freundin suchen sollte, denn es bestand hochgradig die Gefahr, dass es wieder nur eine neue Exfreundin werden würde, wenn er selbst nichts an seiner Einstellung änderte.

Nichtsdestoweniger arrangierte er sich mit seinem Gewissen und schloss einen Pakt, indem er sich vornahm, es Fleur offen zu sagen. Natürlich wollte er ihr offen sagen, wie unglücklich er mit ihr war, jedoch wollte er ihr nicht die Geschichte von Lily erzählen! Er hatte auch schon eine Idee wie er es ihr sagen wollte, denn sein Ziel war, dass er mit Fleur glücklich wurde.

Unser Spitzenkoch kramte nach seinem Notizblock und schaute auf sein Gedankensammelsurium, dann trug er die Quintessenz aus der Taxifahrt mit Waldemar nach:

„3-Körpertypen nachlesen u. bei Gästestammdaten berücksichtigen“

Er merkte, dass er bereits weit gekommen war, und dennoch war er längst nicht am Ziel. Mit einem richtig innovativen Gastronomiekonzept hatte das noch nicht so viel gemein. Immerhin brachte ihn das auf einen weiteren tollen Einfall: Nach seiner Rückkehr aus seinen Ferien wollte er ein Konzept formulieren und es bei einer großen Feier seinen Freunden, die alle schon mächtig viel Erfahrung in der Gastronomie hatten, präsentieren. Bei der Gelegenheit würde er dann auch all jene interessanten Reisebekanntschaften zur Feier einladen. Notiz:

„Termin für Feier festlegen und Gästeliste vorbereiten.“

„Wichtig: Biologische Wertigkeit ist wichtiger als nur die absolute Menge. Eiweiß ist wichtig um Muskeln zu erhalten. (1gr/1Kg-KG); selber ausrechnen mit Dreisatz. Zusammengesetzter Dreisatz. Gute Idee für Menú-Schiefertafel. Neue Rezepte erfinden.“

„Kalorien sind Energiepäckchen. Man unterscheidet die Grundbausteine der Nahrung nach Fett, Eiweiß, Kohlenhydrate, weil der Körper sie an unterschiedlichen Stellen, mit unterschiedlicher Geschwindigkeit verarbeitet. Eiweiß länger, Kohlenhydrate schnell, Zucker noch schneller, bzw. direkte Umwandlung von Zucker in Fett, wenn man ihn vorher nicht schnell genug verbraucht.“

„Veganer Wein für die Weinkarte“

„Makroobjektiv, für Foodstyling“

„Buch über Foodfotografie, Table Top oder Hohlkehle“

„Neues Wort für ‚echte' Restaurants erfinden.“

„Schärfer kalkulieren, um gesündere Waren zum gleichen Preis anbieten zu können. Schärfere Klamotten für den Service, um die neuen Gerichte interessanter zu machen. Weniger ist leer. Und das Konzept komplett neu überdenken.“

„Frauenteller / günstiger?“
„Beispiele zur Veranschaulichung finden, z. B. Anzahl der Hühnereier für Frau/Mann pro Monat und Kosten. Wie viel Eiweiß hat ein Ei? Was wiegt ein Ei? Rechenweg für Kassensystem?“
„3-Körpertypen nachlesen u. bei Gästestammdaten berücksichtigen“
„Termin für Feier festlegen und Gästeliste vorbereiten.“

Baudelaire ‚überschwebte' seine Notizen erneut. Er saß erneut an einem Fenster und fuhr aus der Stadt hinaus; nur hob er diesmal im selben Moment ab weil es kein Zug, sondern ein Flieger war, der sich gerade auf der Startbahn befand. Dann schwebte er über die Stadt in der er lebte, und durch das kleine Fenster sah er hauptsächlich Wolken, die so dicht waren, dass er das Gefühl haben konnte, der Flieger stünde.

Aktuell fiel ihm nichts weiter ein, was er seinen Notizen Raffiniertes hätte hinzufügen können, stattdessen flog unser Bursche nun zum Segeltörn und dachte natürlich an Lily. Beim Essen hatte sie ihn gefragt:

»Ich finde toll was Du machst. Dein Restaurant ist erfolgreich und Du ruhst Dich nicht darauf aus! Woher nimmst Du so viel Motivation?«

Er war überrascht von ihrer Ansicht gewesen und fragte sich seinerseits, was Lily mit der Feststellung in Wirklichkeit bezwecken wollte. Sie legte wieder ihre Hand auf seine – sah ihn an, und fügte hinzu:

»Ich könnte das nicht!«

Baudelaire verstand diese Bewunderung natürlich auch als besondere Wertschätzung für sein Tun. Bewunderung bedeutete aber auch, dass sie sich vielleicht doch mehr von ihm gewünscht hätte. Und das ging ihm doch ein klein wenig nahe. So nah das ihm dabei ein bisschen wohler wurde.

Sie zogen nach dem Essen noch weiter, um in eine gemütliche Kneipe zu gehen. Übrigens eine extrem gemütliche, wie sich später herausstellte. Sie schlenderten also durch die knuffigen kleinen Gässchen und Baudelaire legte seinen Arm um Lily´s Taille. Weil sie wegen ihrer hohen Schuhe auf den Pflastersteinen etwas vorsichtiger gehen musste, fühlte sie sich gleich etwas besser. Wenn sie alleine gegangen wäre, hätte es so ausgesehen, als hätte sie einen Gehfehler gehabt, aber nichtsdestotrotz einen ungeheuer attraktiven Gehfehler! Unseren Burschen inspirierte das, keine Frage; denn wenngleich er wusste, dass Frauen dachten, dass es dämlich ausschaut: Er fand es immer sehr sexy, wenn attraktive Frauen mit hohen Absätzen langsam und bedacht – wie ein Flamingo, über unwegsamen Boden schritten. Deshalb verspürte er eine ungemeine Lust, Lily wieder auf sein Zimmer mitzunehmen. Übrigens hatte er aber auch große Zweifel, ob das so eine gute Idee war. Sie gingen [wenn man das überhaupt als „Gehen" bezeichnen konnte] weiter bis zur nächsten Kneipe. Lily meinte, dass sie dort häufiger mit Freunden war und man dort ungestört reden konnte. Unser Bursche dachte, dass sie ihn wohl kaum mit in eine Kneipe schleppen würde, in der sie Leute kannte, wenn sie sich nicht mehr von ihm erwartete. Freilich war sie verlegen, auch wenn sie gleichzeitig ungemein gut gelaunt war und viel mit ihm lachte.

Also saßen sie wenig später in dieser Kneipe, und dort spielten ein paar Studenten Tischkicker, ein paar andere spielten Dart und es lief Loungemusik. Loungemusik war für Baudelaire die Art Musik, bei der er entweder Yoga machen wollte oder sich angenehm unterhalten konnte; sie hörte sich so an, wie sich Loungeinseln in Messehallen mit viel Getümmel anfühlten, wenn man eine Pause machte. Es war in jedem Fall eine extrem gemütliche Studentenkneipe.

Wenn Lily lachte fiel Baudelaire auf, dass es noch ein echtes Lachen war. Von Fleur kannte er das so nicht und schon wieder wurde ihm wohler. Es war ein Hin und Her seiner Gefühle. Trotz der unglücklichen Situation unterhielten sie sich sehr gut, es machte ihm Spaß, allerdings war es wohl doch keine so gute Idee gewesen, sie noch mal zu treffen. Es war eben doch ein Abschied.

Als sie wieder aus der Kneipe gingen, wollte er ihr gerade in ein Taxi helfen, welches sie nach Hause fahren konnte. Es wäre das geringere Übel für unseren Burschen gewesen.

»Tja, …«

sagte er zu Lily, als er ihr gerade die Wagentüre aufmachte. Sie stoppte die Türe mit ihrer Hand und fragte:

»was tja`!?«

Baudelaire erhob seinen Zeigefinger Achseln und meinte dann:

»halte ein!«

er zuckte mit den Achseln und meinte dann schelmisch:

»hm …tja also ich kann mich ja mal bei Dir melden.
Man liebt sich ja schließlich immer zweimal im Leben.«

Sie sagte darauf gar nichts, sondern lächelte erst kurz. In Sekundenbruchteilen konnte er dann allerdings an ihren

Augen sehen, dass sie sich ein bisschen traurig fühlte. Baudelaire nahm sie in seine Arme und es hätte ihm gut gefallen, bis zum nächsten Morgen so mit ihr zu schmusen. Wobei Lily anfing mehr zu machen, als sich nur umarmen zu lassen; und sie fuhr mit ihren Händen unter sein Hemd und streichelte langsam seinen Rücken. Am nächsten Morgen war sie schon früh fort. Sie schlich leise im Bad herum, um ihn weiter schlafen zu lassen und gab ihm einen abgöttisch zärtlichen Kuss auf den Mund, um sich zu verabschieden. Diesen Moment hätte unser Bursche am allerliebsten konserviert, wenn er als Spitzenkoch doch sonst nichts mit Konserven am Hut hatte. Dies nur als Ergänzung, den Rest der Geschichte kennen Sie ja schon.

Die Geschichte geht wieder weiter im Flugzeug: Inzwischen befand es sich über den Wolken und die Sonne erhellte den gesamten Passagierraum und sein Gemüt. Er schaute weiter durch das kleine Fenster, nickte dann aber ein. Neben ihm saß eine Dame mittleren Alters mit einem Kopfhörer auf den Ohren; sie schwankte ständig mit dem Kopf rhythmisch hin und her. Dabei hatte sie ein Heft in der Hand und folgte mit dem Zeigefinger Zeile um Zeile passend zum Rhythmus ihres Kopfes. Nun, das hätten sie nie erraten: Die Dame die er diesmal kennen lernte war keine Ökotrophologin, sondern eine Musikerin. Sie war viel schicker gekleidet, als manch andere Frau im Flieger. Vornehm, farblich ausgewogen abgestimmt, jedoch nicht in dem Sinne schick, wie sie womöglich in die Oper gehen würde.

Als Baudelaire nach einiger Zeit aufwachte sah er, was seine Nachbarin machte und bemerkte ihre Notenblätter. Bei solchen Musikern und Leuten die sich viel mit klassischer Musik beschäftigten, musste er sofort an einige Gäste denken, die manchmal vor einem Konzertbesuch in seinem Restaurant zu dinieren pflegten.

Er war müde und verspürte nicht so recht die Lust, sie anzusprechen, aber bisher hatten ihn ja die Gespräche mit Mitreisenden auf vielfältige Weise weiter gebracht. Durch simples Fragen fand sie heraus, dass er Baudelaire hieß. Das führte dazu, dass sie auch bald ihren Namen nannte. Die Dame hieß Melodie und sie war eine berühmte Komponistin; Melodie schrieb außerdem Liedtexte für Popstars, die in Italien aus den Hitparaden nicht wegzuhören waren. Einmal durfte sie sogar für einen Film, der in Monaco spielte, die Musik komponieren. Sie unterhielten sich weiter angeregt und lachten über die zahlreichen Gemeinsamkeiten ihrer beiden Berufe. Auch Melodie liebte ihren Beruf. Wie sie vielleicht schon mitbekommen haben, gingen ja viele Menschen ihren Traumberufen nach, wenngleich sie ihn immer noch nicht eingeholt hatten. Oder, wie die Leute zu sagen pflegten: »sie änderten ständig ihr Leben, statt ihr Ändern zu leben«.

Dann nickte er wieder ein und wachte erst wieder auf als Melodie ihn am Knie berührte. Sie war gerade im Begriff, sich wie eine Lapdance Tänzerin über seinen Schoß zu bewegen. Über ihn gebeugt, hielt sie sich hinter seinem Kopf am Sitz fest. Er machte die Augen auf fragte eher trocken:

»Was soll das werden?!«

Er hatte bereits den Ring bemerkt, grinste und sagte schelmisch

»Das sieht mir eher nach etwas anderem aus! Ich mag es nicht, wenn verheiratete Frauen mich angraben.«

Sie schaute erst verlegen, lächelte dann allerdings verführerisch und murmelte etwas von

»… andare in bagno«

(Sie wollte gern dort hingehen, wo der Papst auch allein hingeht; auf die Toilette.)

Die Stimmung war nun höchst knisternd! Baudelaire dachte bei sich, was für ein Jammer. Auch Melodie dachte sich: Was für ein Jammer.

Melodie ging schließlich auf die Toilette und nachdem sie zurück gekommen war, sprachen sie weiter darüber, wie sie ihre Berufe liebten und jeder für sich einer Passion nachgingen, die sie mit ihren Berufen verbanden: Beide liebten die ständige Veränderung.

Vielleicht war es das, was Lily von ihm wissen wollte, als sie ihn nach seiner Motivation fragte, die ihn tagtäglich antrieb.

Unser Spitzenkoch fand diese Parallelen außerordentlich interessant und so sollte er sich später ein paar Gedanken dazu notieren. Diesmal genügten ihm aber nicht nur Worte und weil er ein Gedankenmodell festhalten wollte, legte er so eine Art Mindmap an. Eine Mindmap verknüpft einzelne Gedanken, etwa so miteinander, wie eine Spinne ihr Netz baut, nur dass es kreuz und quer noch weitere Verbindungen gibt. Diese Vorgehensweise half ihm schon häufiger, auch als er damals versuchte sein aktuelles Restaurant als Konzept auf Papier zu bringen. Er konnte nämlich viel über Geschäftsideen notieren, aber Bilder sagten auch ihm immer mehr als tausend Worte!

Melodie war einfallsreich und so beherrschte sie mehrere Kreativitätstechniken, welche sie sich im Laufe der Zeit angeeignet hatte und immer wieder anwandt´. Deshalb benutzte sie das auch zum Zeitvertreib bei jeder Gelegenheit. Zu Baudelaire gebeugt fragte sie (sinngemäß auf Italienisch):

»E adesso! Hätten Sie Lust auf ein Spiel? «

Er sagte, dass würde ihm sicher Spaß machen, auch wenn er sich insgeheim sagte, dass er mit einer Kochmütze voll Schlaf auch ganz gut fliegen würde; allerdings sah er auch die Chance etwas dazu zu lernen, was ihn bei seinem Projekt weiterbringen würde.

Und dann begann Melodie ihm zu erklären, wie das Spiel funktionierte. Sie unterhielten sich übrigens in italienischer Sprache; aber weil dies hier kein Buch über Sprachen ist, erhalten Sie eine Zusammenfassung.

Sie summte ihm eine Melodie vor, die für Baudelaire scheinbar so klang wie ‚Reggea Night' von Jimmy Cliff. Er groovte auf dem Fliegersessel mit, stimmte ein und sang dann laut:

»… we come together when the feeling is right. ba ba ba… det det det … ba ba ba«

Baudelaire tanzte im Sitz kurz einen Reggaeton an. Die Schultern tanzten rhythmisch, die Hände überm´ Kopf …

‚Menstyling' ist eben die halbe Miete. Sie lachte, rockte ein wenig mit und sang dann

»No, no! Ba ba ba… es ist eine altra Musik. Ganz anders. Etwa so da da … di di da … ba ba ba «

Und dann stylte sie und tanzte auch im Sitz. Jetzt hatte sie ihr Solo.

Doch Baudelaire hatte nun schon einen Ohrwurm und bekam ihn nicht mehr heraus. Als sie später am Gepäckband standen und auf ihr Gepäck warteten, sang er ihn wieder, seinen Ohrwurm:

»Oh! And we'll be jammin' till the morning light. ba ba ba… det det det … ba ba ba. Oh la la«

Nichtsdestotrotz erklärte Melodie ihm noch im Flieger weiter, dass sie an einer Komposition für einen Werbefilm arbeitete. Die Musik dafür sollte später wie ein Ohrwurm wirken, aber sie brauchte noch Ideen und ganz spontan konnte er ihr dabei helfen einen Geistesblitz zu entwickeln. Baudelaire kannte dieses Gefühl nur zu gut, denn auch er hatte die Erfahrung gemacht, dass er sich manchmal selber in einen Denkflow hinein initiieren musste, um Geistesblitze zu provozieren - weil von selber kam da nichts. Letztlich befand er sich ja sogar gerade selbst, genau in diesem Augenblick, auf einer Entdeckungsreise durch neue Sternegalaxien. Seine Methode war die Reise und jetzt war er unbeschreiblich neugierig, wie der „Planet" Melodie es anstellte und Ideen aus sich herauskitzeln konnte, indem sie einfach nur ein Spiel spielte. Sie meinte

»… das Spiel geht darum, opposti zu entdecken, die eigentlich analogie sind.«

Und Baudelaire, verdrehte die Augen, grinste und fragte dabei:

»Gemeinsamkeiten entdecken, die Gegensätze sind?«

»No, umgekehrt: analogie entdecken, die opposti sind!«

Sie lachte und zwickte ihn am Arm.

Es war ein ‚Geistesexperiment', in dem er versuchen sollte, typische Fachbegriffe oder Fertigkeiten, aus seinem beruflichen Umfeld, in die Sprache der Musik zu übertragen. Und umgekehrt übertrug sie Begriffe aus ihrer Musikwelt in die Welt der Köche. Abwechselnd musste jeder von ihnen einen Begriff nennen, den der andere dann übertrug. Sie fingen beim Buchstaben A an. Es ging also darum Gemeinsamkeiten und Gegensätze zu entdecken und als sie beim Buchstaben A eine Verbindung zum Wort ‚Aperitif' (das fiel Baudelaire spontan ein) finden sollte, sagte sie darauf ‚Auftakt'. Darauf folgte der Buchstabe B und sie sagte ‚Blasmusik', worauf er ‚Blähungen' antwortete. Das Schöne an solchen Nebenbei Spielen ist nämlich, dass man die Zeit in entspannter Atmosphäre verbringt. Sie lachten beide unüberhörbar, so dass sich der halbe Flieger zu ihnen herumdrehte. Nicht etwa, weil es die Leute störte, sondern weil es sie wurmte, nicht zu wissen, worüber die beiden lachten. Vielleicht hätten sie gerne mitgelacht.

Das Spiel gefiel Baudelaire, denn sie hatten unbeschreiblichen Spaß. Melodie machte sich übrigens – so wie Sie es von Baudelaire ja auch schon kennen, hin und wieder ein paar Notizen. Wie könnte es anders sein, aber zufälligerweise sollte sie eine Werbemusik für talentierte Küchengeräte komponieren, die mit dem Internet verbunden waren.

Er notierte sich eifrig:

„Nebenbei Spielen macht Spaß; Gäste durch irgendein Spiel auf neue Rezepte neugierig machen.“

Als der Flugkapitän gerade damit begann, zuerst auf Italienisch und dann auf Englisch, durch die Lautsprecher zu verkünden, dass sie bald landen würden und jeder wieder seine Sitze vorklappen sollte.

Als der Flieger sank, kamen sie noch einmal in beträchtliche Turbulenzen, bei denen sich die nette Stewardess sogar festhalten musste und den Leuten wurde dabei deutlich, wie vernünftig es war, dass sie sich wieder angeschnallt hatten.

Am Gepäckfließband warteten schrecklich viele Leute auf ihre Koffer und Melodie erzählte, dass ihr Gepäck einmal ausversehen in eine andere Stadt geflogen wurde, als sie selbst. Damals war es aber kein Direktflug und sie bekam ihr Gepäck erst fünf Tage später, als sie schon wieder zu Hause war, von einem Kurier zugestellt. Baudelaire hatte wieder seinen Ohrwurm. Dann sagte Melodie, er möge sie einmal, gemeinsam mit Fleur, bei ihr zu Hause in Italien, besuchen kommen. Deshalb kam es wie es kommen musste. Sie tauschten ihre Adressen aus und unser Spitzenkoch ließ sich die Gelegenheit auch nicht nehmen, sie zu seiner großen Feier einzuladen.

Er hatte noch einen - einigermaßen kurzen, Weg vor sich, um den Freund zu treffen, mit dem er einen gemeinsamen Segeltörn geplant hatte. Dieser war bereits den Abend zuvor angereist und wartete in einem Hotel. Also nahm er ein Taxi und ließ sich in Richtung Innenstadt kutschieren. Auf dem Weg zum Hotel fuhr der Taxler an der Marina vorbei, was Baudelaire einen Blick auf die traumhaft schönen Segelboote gewähren ließ. Einige Boote waren noch mit einer Persenning abgedeckt, weil es noch recht früh in der Segelsaison war.

Baudelaire macht eine seltsame Entdeckung

Das Taxi fuhr auf den Hotelparkplatz und aus dem Fenster sah unser Bursche, wie zwei beängstigend attraktive Italienerinnen durch die Drehtüre gingen. Er hatte im Laufe seiner Gastronomiekarriere ein Auge dafür bekommen, woher die Frauen stammten. Baudelaire sagte sich, dass sich auf diesem Segeltörn wohl schöne Erinnerungsfotos knipsen ließen. Der Freund, mit dem er verabredet war, war übrigens Donny. Obgleich Sie das sicher schon erraten haben, denn wir erwähnten ja schon, dass Donny gerne segelte, aber in letzter Zeit nie dazu kam. Umso erfreulicher war es für Baudelaire, dass er sich die Zeit für einen gemeinsamen Urlaub mit einem alten Freund genommen hatte.

Was wir aber noch nicht anmerkten, war, dass auch sein Freund Jérome gerne segelte, allerdings kommen wir darauf später noch einmal zurück.

Er ging also ins Hotel, checkte ein und ließ sich die Zimmernummer von Donny geben, um diesen erst einmal zu begrüßen:

»Buongiorno, wie war Dein Flug!«
»Hey, mein Guter! Gut und Deiner?!«

Donny hatte schon am Vorabend einen Spaziergang durch die historische Innenstadt gemacht, und er hoffte, dass sie heute Glück mit der l´Ostaria hatten, in der man laut Reiseführer angeblich lecker Essen konnte. Baudelaire fragte ihn, für wann er einen Tisch reserviert hatte, und ob die zwei Damen aus der Hotel-Lobby denn auch mitkämen. Donny wusste zwar nichts von den zwei Damen, aber er verstand die Anspielung und wie es so seine Art war, stieg er sofort darauf ein und blaffte:

»Ja klar! Und das sind auch die beiden Mitseglerinnen, mein Guter!«

und er grinste dabei noch nicht einmal.

Segler verstehen unter ‚Mitsegeln' das gleiche wie etwa Arbeitskollegen, wenn sie eine Fahrgemeinschaft bildeten. Beim Mitsegeln gibt es den Unterschied, dass alle Segler natürlich auch mal ans Steuer dürfen ohne sich gleich ein eigenes Segelboot kaufen zu müssen. Natürlich nur, wenn sie auch segeln konnten. Mitsegeln ist unterhaltsamer und günstiger.

Donny und Baudelaire hatten sich spontan für diesen Törn entschieden und über einschlägige Foren im Internet noch zwei freie ‚Hand gegen Koje' Plätze gefunden (so nennt man Mitsegeln auch). Sie überlegten nicht lange und machten Nägel mit Köpfen. Nachdem immerhin der größte Teil ihrer Anfragen gar nicht beantwortet wurden, war es auch kein Problem für sie, mit zwei Segelanfängerinnen zu segeln.

Auf dem Weg zur l´Ostaria kamen sie an Straßenmusikern und einem Hütchenspieler vorbei. Donny blieb stehen und fragte Baudelaire, ob er denn wüsste, was man einem Hütchenspieler am besten auf einen Grabstein schreiben würde, weil er darüber etwas Interessantes in einem Reiseführer gelesen hatte.

»Halte ein! Moment! [PAUSE] ähm... keine Ahnung!« sagte Baudelaire und ahnte gerade schon eine von Donny´s „Verschauklungsgeschichten" ...

»Haha, ja! So was änliches!«

»Hm... – was ist denn bitte so ähnlich wie ‚keine Ahnung'?«

»Eine Legende besagt, dass im 13. Jahrhundert - hier auf der Insel, einst ein berühmter Hütchenspieler gelebt haben soll. Als er nach einer Lungenentzündung starb, hatte er sein Geheimnis mit ins Grab genommen. Bis zu seinem Tode, mein Guter, wusste nämlich niemand – und ich sage Dir wirklich ein niemand, ... niemand wusste unter welchem Hütchen er seine Goldmünze - auf der ein Clown geprägt war, versteckte. Auf dem Friedhof hatte er deshalb drei Grabsteine bekommen, auf denen noch heute geschrieben steht: ‚Hier ruht Salvatore der berühmte Hütchenspieler' und auf den Steinen links und rechts daneben steht jeweils 'oder hier'! «

„Haha... - Du bist auch so ein ‚Rächer der Becher' ... – Du Schwätzer!«

Selbst wenn die Hütchenspieler-Legende von Donny nur frei erfunden war, so brachte sie Baudelaire auf eine prächtige Idee für seine Untersuchungen; deshalb ergänzte er am nächsten Morgen seine Aufzeichnungen wie folgt:

„Gäste durch Spannung begeistern."

Beim Segeln handhaben es die Leute so, dass sie gemeinsam an Bord kochten und einkauften; damit die Grundbedürfnisse bei solchen Törns entsprechend reibungslos befriedigt werden können. Der Einfachheit halber meldet sich zu Beginn des Törns immer ein Freiwilliger, um die Bordkasse zu führen. Das kann man sich so vorstellen wie das Führen einer Klassenkasse oder Vereinskasse in einem Fußballverein.

Von der Bordkasse werden dann Benzin für das Boot, Süßwasser, Liegegebühren und die notwendigen Lebensmittel für gemeinsames Kochen, bezahlt. Deswegen ist Segeln immer ein wenig so wie eine Klassenfahrt. Und so kam es, dass Donny und Baudelaire sich schon wenige Stunden später, gemeinsam mit zwei älteren Damen vor dem Thunfischdosenregal im Supermarkt - nahe der Marina, wiederfanden, nachdem unsere zwei Segelprofis mit den beiden Österreicherinnen zuvor am Bierdosenregal die Regeln ausgehandelt hatten, dass die Bierdosen - bei diesem Törn von der Gattung der Lebensmittel - im engeren Sinne, ausschlossen und deshalb nicht aus der Bordkasse bezahlt werden durften. Eine Marina war übrigens weiter nichts, als ein gebräuchliches Synonym für einen Hafen, in dem man sein Segelboot gegen eine Gebühr sicher an einen Steg binden konnte.

Die Bootseignerin, bei der die vier gerade erst an Bord gingen, hatte noch ein paar Dinge zu erledigen, wie beispielsweise ihre Wäsche zu waschen und ähnliches. Frieda war rundlich, aber man konnte auch sagen fest. Sie hatte beim ‚ersten Hallo' in der Kajüte erzählt, dass ihr Lebensabschnittsgefährte in zwei Wochen auf einer anderen

Insel an Bord kommen wollte und sie hatten einen Sohn, der bereits verheiratet und glücklicher Vater zweier Kinder war. Auf der Yacht, die etwa zwölf Meter lang war, hatte sie sogar schon einmal den Atlantik überquert. Damals fuhr sie mit ihrem Lebensabschnittsgefährten von Brasilien bis nach England.

Die eher ausschweifenden Geschichten beruhigten die beiden älteren Damen – die übrigens Schwestern waren, erheblich. Denn Elenore und Hanna kamen aus Österreich, wo man ja bekanntlich nicht übermäßig Gelegenheit hat, auf einem Meer zu segeln und sie waren blutige Segel-Anfängerrinnen. Elenore hatte noch nie auf einem Segelboot gesessen, konnte aber immerhin schwimmen und war furchtlos, was wiederum Donny und Baudelaire direkt beruhigte; und Hanna war vor ein paar Jahren schon einmal auf dem Wolfgangssee in einem Elektroboot mitgefahren.

Einige Zeit später befand sich die Crew im nahegelegenen Supermarkt. Nachdem sie noch an ein paar weiteren Regalen Halt machten hatten, füllte sich der Einkaufswagen mit Zutaten für ein unwahrscheinlich interessantes Abendessen. Die Damen mochten weniger Gemüse und keinen Fisch, aber sie liebten Nudeln. Gleichzeitig erwarteten sie von Baudelaire, das er ihnen ein ausgewogenes Essen kredenzte. Er und Donny hatten den Fehler gemacht den beiden Österreicherinnen bereits zu erzählen, dass sie Köche waren, obwohl ihre Erwartung eher die war, im Urlaub einmal nicht kochen zu müssen.

Baudelaire brachte das auf eine Idee. In seinem Restaurant hatte er die Erfahrung gesammelt, dass meistens Frauen weniger Lust auf bestimmte Lebensmittel hatten; und natürlich fragen Sie sich jetzt zu Recht, ob er nur 'so ein Gefühl' hatte oder ob er diese Feststellung auch wissenschaftlich hätte belegen können. Genau genommen war er aber ein Mann des Handwerks und kein Akademiker; wissenschaftliches Arbeiten gehörte also nicht unbedingt zu seinen Kernkompetenzen, wie etwa wunderbar hübsch dekorierte und leckere Speisen zuzubereiten; weshalb man ihn ja bereits mit Sternen bedacht hatte.

Auf dem Rückweg zur Marina sprach er die beiden noch mal darauf an und erkundigte sich, ob sie Unverträglichkeiten hätten; und was sie denn mit 'nicht mögen' konkret meinten. Natürlich wollte er auch wissen was sie denn so richtig gerne mochten. Unser Spitzenkoch sagte

»Die Welt ist voller ... «

... brach dann aber den Satz, den er gerade zu Ende formulieren wollte abrupt ab. Denn er wollte nicht den gleichen Fehler machen, der ihm einst bei zahlreichen unzufriedenen Gästen unterlaufen war; schließlich hatten sie ja noch eine Woche Törn vor sich. Stattdessen fragte er die beiden Schwestern, was sie denn schon übers Segeln gehört hatten und auf was sie sich besonders freuten.

Während Donny seit dem Supermarkt an seinem Handy rumspielte, um es für die Marina vorzubereiten – wo er versuchen wollte einen WiFi Zugang zu bekommen (fast wäre er gegen eine Laterne gelaufen, weil er die ganze Zeit aufs Display schaute), erzählten Elenore und Hanna, dass sie schon immer gerne reisten. Allerdings hatte sich so ein Segeltörn bis zu diesem Zeitpunkt nie ergeben. Baudelaire sagte zu sich, dass sich die meisten Dinge im Leben vermutlich wohl auch nicht ‚ergeben', wenn man nichts dafür unternimmt – also fragte er, wie sie es denn jetzt hinbekommen hatten. ‚Über fünf Ecken' fand er schließlich dann noch heraus, dass die beiden in ihrem ganzen Leben noch nie Fisch gegessen hatten, ohne die Schwestern direkt danach gefragt zu haben. Bei sich zu Hause gab es wohl nie Fisch - meinte Elenore, und so ahmten sie dies ihr ganzes Leben lang nach, was ihnen ihre Eltern einst vorlebten. Ohne darüber nachzudenken, stellten die beiden älteren Damen für sich selbst fest, dass sie deshalb keinen Fisch mochten.

»Wenn Ihr Fisch nie gegessen habt, wie könnt Ihr dann sagen, dass Ihr ihn nicht mögt?«

fragte Baudelaire und Donny ergänzte seinen Gedanken:

»Sieh es mal so meine Gute, Ihr seid ja auch noch nie gesegelt und jetzt wollt ihr gleich eine ganze Woche auf dem Mittelmeer segeln. Was ich äußerst mutig finde. Das ist etwa so, als würdest Du mich nicht bitten, Dich einmal ein bisschen von meinem Lachsfilet probieren zu lassen – sondern Du bestellst Dir gleich eine große gemischte Fischplatte beim Griechen.«

Der Vergleich von der Fischplatte zum Segeln war jetzt vielleicht nicht allzu perfekt, bloß begriffen die beiden Schwestern allmählich, dass ihnen – wenn man Fischessen mit Segeln verglich, ihnen beispielsweise auch die schönen Strände entgingen, wenn sie es nicht ausprobierten.

Unser Spitzenkoch fand das hinsichtlich seines neuen Konzepts interessant, hatte aber gerade seine beiden Hände mit Einkaufstaschen voll - … so dass er sich keine Notiz machen konnte. Er erzählte ein wenig von seinem Vorhaben und bat die anderen, sie mögen ihm auf dem Boot daran erinnern, dass er gerade wieder einen sensationellen Einfall hatte. Er wollte ihn auf dem Boot in sein Notizbuch schreiben.

»Was für einen Gedanken denn?!«

fragte Elenore

»Hm... – das ist jetzt noch nicht zu Ende gedacht, aber es hat mit Imitation und Identifikation zu tun.«

Donny wollte wissen, was das denn mit gesunden Rezepten zu tun hätte, aber Baudelaire entgegnete ihm, dass wüsste er auch noch nicht so genau. Er habe zwar eine Vermutung, wüsste aber noch nicht wie das zusammen hing und wünschte sich, dass ihm die Segelwoche ja vielleicht die notwendige ‚Denkenergie' bringen könnte, diesen Gedanken weiter zu spinnen.

Und auch dieser Wunsch brachte ihn zu einer weiteren Erkenntnis: Immer wenn die Leute von ‚Energie' sprachen, dann benutzten sie dieses Wort für vielerlei Zusammenhänge. Einerseits drehte sich vieles um Kalorieneinheiten, dann bezog es sich auf den Körper und andererseits bedeutete es ja auch ‚Energieaufwand' für den Kopf, wenn man dachte – mit anderen Worten verbrauchte man dann ‚Denkenergie'.

Tatsächlich war es so, dass er hier über ein Phänomen nachdachte, worüber sich Philosophen auch schon den Kopf zerbrachen. Sie kamen sogar schon zu der erstaunlichen

Erkenntnis, dass jeder Mensch permanent damit beschäftigt war (und wirklich Mühe damit hatte!) seine ‚Denkenergie' für fünf verschiedene Vorgänge zu verwenden. Forscher hatten mitunter herausgefunden, dass Vorurteile – in allen Lebensbereichen, wie ‚Gefahrfilme' im Unterbewusstsein abliefen und ‚denklähmend' auf die Menschen wirkten, weil sie den Thalamus durch ‚Denkenergieverschwendung' jedes Mal überbeanspruchten. Baudelaire vermutete hier Zusammenhänge zur ‚Enttäuschung', von der so manch notorischer Nörgler geplagt war. Nörgler waren ja im Grunde immer nur enttäuscht von ihrer Erwartung.

Und für unser Urhirn gibt es ja nur ein ‚entweder oder' und alles ist ‚Gefahr' bis es durch Vertrauen zur ‚Nicht-Gefahr' wird.

Auf Grund seiner späteren Aufzeichnungen können wir aber heute annehmen, dass Baudelaire allein durch seine Lebenserfahrung auf diese Zusammenhänge gekommen war, ohne jemals zuvor von diesen wissenschaftlichen Studien gehört zu haben.

Er kam ferner zu der Annahme, dass auch das Ernährungsverhalten der Menschen immer durch Vorurteile geprägt war. Baudelaire stellte sich vor, dass im Kopf dann so eine Art ‚unterbewusster Gefahrfilm' ablief. Er fand es seltsam, dass da etwas ablief, wovon er nichts mitbekam. Durch Sortierung der Gedanken auf dem Notizblock, fand er die Idee aber richtig brillant.

Nach einer sehr lustigen Kochsession an Bord saß er am Ende des Stegs in der Abendsonne und notierte:

„Imitation vs. Identifikation und weitere Energie im Kopf verwalten.../ Aufwand / Energie / Leistung sind Denkleistungen. / Vertrauen vs. Gefahr. / Energieaufwand für fünf Grundbedürfnisse: Selbstwert, Zeit, Routine, machen, neues Denken“

Später fand er heraus, dass man diese Erkenntnis in der Philosophie bereits als ‚ABCDE-Regel' kannte und wie bedeutungsvoll sie für die Entwicklung seines gastronomischen Konzepts war.

Baudelaire ist die Wurst nicht egal.

Die Marina war hervorragend ausgestattet. Es gab erstaunlich saubere Toiletten, was nämlich an manchen Marinas nicht unbedingt der Fall war. Hier gab es zahlreiche kleinere Yachten und ulkige Fischerboote – anstelle haushoher Boote, wie man sie zuweilen in St. Tropez antraf.

Sie müssen nämlich wissen, dass Baudelaire Segeln im Grunde nicht nur wie eine lustige Klassenfahrt empfand, sondern auch ein bisschen so wie Camping. Es war eine Mischung aus Camping, Klassenfahrt, Abenteuer. Die Leute konnten zwar ihre eigenen Bordtoiletten und Duschen verwenden, doch wenn sie mit ihrem Boot in der Marina festmachten, nahmen sie auch gerne mal eine paar Minuten Weg in Kauf und spazierten über den Steg zu einer angenehmeren Dusche. Eben wie auf einem Campingplatz. Sie schliefen unter Deck in Schlafsäcken. Je nachdem wie groß die Yacht eben war, gelegentlich auch mit Bettdecke.

Nach einer unruhigen Nacht (die Fender vom Nachbarboot quietschten nämlich wahnsinnig laut, weil die Boote durch den aufkommenden Wind an den Steg gedrückt wurden und das Quietschen klang in etwa, wie wenn man Kreide auf einer Schultafel im falschen Winkel anlegte) ... also: Nach einer unruhigen Nacht, jedenfalls, schlappten Donny und Baudelaire mit Flip-Flops über den Steg zur morgendlichen Körperhygiene. Der Weg dorthin führte sie unter duftenden Pinien- und Feigenbäumen hindurch. Allein diese intensiven Düfte genügten ihnen schon, um sich in den Ferien angekommen zu fühlen. Obgleich sie spürten, dass die Übernachtung auf einer hübschen Yacht und der Blick von dieser hübschen Yacht aufs weite und freie Meer nicht alles gewesen sein konnten. Sie wollten endlich ‚Ansegeln'!

Beim gemeinsamen Bordfrühstück erzählte Frieda noch ein wenig über ihre Segelerfahrungen in diesem Revier. Sie war dort schon häufig unterwegs, so dass sie über unsagbar wertvolles Insiderwissen verfügte. Weil es ihre Yacht war und sie die Gegend gut kannte, machte sie einen Plan für den Törn. Dieser Plan sah so aus, dass sie gen Norden aufbrechen und etwa ein Drittel der Zeit darauf verwenden wollten, so dass zwei Drittel der Zeit für die Rückfahrt verblieb. Frieda gestaltete es deshalb so, da es sich von den Windprognosen her so anbot. Mit einer Motoryacht wäre es egal gewesen, dann hätten sie auch gen Süden aufbrechen können. Der Vorteil von Segelbooten ist aber, dass man mit ihnen auch ‚segeln' konnte; und genau das war es, worauf Donny und unser Bursche nun Lust hatten.

Obwohl sie Ferien hatten, mussten sie sich also Gedanken über Raum und Zeit machen und mitplanen, was so ähnlich war. Es war, wie wenn sich unser Spitzenkoch eine Wochenkarte für sein Restaurant ausdachte. Nur eben erwartete sie eine überwiegend sonnige Woche mitten auf dem Mittelmeer, umgeben von einer faszinierend schönen Natur: Nicht nur weites und freies Meer stand auf dem Menú, sondern zwischen den Gängen auch endlos lange

Strände, wunderschöne Buchten und Sightseeing in einer imposanten historischen Hafenstadt, die einer natürlichen Festung glich; und das hatte natürlich alles nichts mit Arbeit zu tun.

Als sie die Leinen lösten und die Fender (die übrigens so ähnlich wie Bojen aussehen, nur dass sie die Funktion eines Stoßdämpfers haben), reinholten, war es bereits elf Uhr. Allen Berechnungen zur Folge, sollten sie es am Nachmittag bis in eine kleine Bucht geschafft haben, in der sie ankern konnten. Frieda hatte erzählt, dass es zu dieser Jahreszeit ohne Probleme möglich sei, dort einen Ankerplatz zu finden, wohingegen in der Hochsaison man vor lauter Yachten nicht einmal mehr den Strand sehen konnte.

Elenore erkundigte sich, wie tief denn das Wasser sei. Donny lächelte und sagte dann:

»Fünf Meter, meine Gute, aber wir sind ja noch in der Hafenausfahrt.«

Die Frage nach der Tiefe war wahrhaft ‚tiefgründig' und Elenore sollte sie im Verlauf der gesamten Woche noch einige Male stellen. Sie stellte die Frage immer dann, wenn der Steuermann ein Manöver ankündigte. Ein Manöver war beispielsweise, wenn die Crew eine Wende oder eine Halse machte. Wobei eine Halse ähnlich ist wie eine Wende, eben nur mit dem Unterschied, dass man mit dem Wind im Rücken wendet, aber Segler nennen so ein Manöver dann ‚Halsen'. Das ist auch deswegen wichtig zu unterscheiden, weil dafür jeweils unterschiedliche Segelstellungen erforderlich sind. Wenn man die Segel falsch stellt, kann das Boot umkippen, aber im Grunde ‚wendet' man ... also sie wissen schon!

Denn Elenore war, wie wir bereits erfuhren, Segelanfängerin und die anderen wussten natürlich, dass sie deshalb immerzu nach der Wassertiefe fragte, weil sie Angst vor der ungewohnten Tiefe hatte. Das war aber kein Problem. Meistens kündigten Baudelaire und Donny sogar die Wassertiefe schon vor einem Manöver an und um Elenore noch ein wenig mehr Sicherheit zu geben, dachte Donny, könnte er ihr noch mit ein wenig Leichtigkeit Mut machen:

»Elenore! Der Ablauf, um von der einen Segelstellung in die andere zu gelangen, war wie eine Schrittfolge beim Tanzen.«

Elenore lächelte, schaute verwundert und fragte.

»Wos ist bittschön eine ‚Segelstellung'"?«

Sie überlegte und lachte. Etwa wieder eine ihrer Zweideutigkeiten? Donny lachte auch, stellte allerdings gleich klar:

»Na na na … meine Gute, nicht was Du denkst. Wir richten die Segel in einem bestimmten Winkel zum Wind aus. Das nennt man ‚Segelstellung'…«

»Guat … i hob scho´ ´dacht, i hät´ die letzten Jahre was verpasst … Und wann stellst´die Segel wie?"«

Donny klärt auf:

»Je höher wir am Wind fahren, desto dichter ist das Segel am Boot. Wenn wir vor dem Wind fahren, öffnen wir es weiter. Bei ‚am Wind Kurs' steht das Segel auf etwa 69 Grad zum scheinbaren Wind.«

»A eh guat … i glab des Prinzip hab ich scheinbar verstandn ´!"«

beide lachten.

Am Nachmittag, in der Bucht angekommen, interessierte sich auch Baudelaire einmal für die Wassertiefe. Donny trug später im Logbuch ein, dass Baudelaire den Anker nach 18 Seemeilen, um 16:30 Uhr MEZ, bei Flut, mit einem Meter Wasser unter dem Rumpf, und bei Wind aus Nord-Nord/West, gesetzt hatte. Klingt ziemlich penibel, aber Sie werden später noch erfahren, weshalb diese Angaben alle so wichtig waren.

‚Klomm Klomm' ertönte ein nicht zu überhörendes Pumpen. Baudelaire lag an Deck und döste ein wenig in der Abendsonne. Es war zwar ein rhythmisches Pumpen, allerdings inspirierte es ihn diesmal irgendwie nicht zu einer Melodie. Denn das Pumpen weckte ihn und erst nach kurzer Zeit realisierte er, dass jemand die Bordtoilette benutzt hatte, was wiederum bedeutete, dass es hier weder einen Steg gab, über den man zur Dusche hätte schlappen können, noch dass es überhaupt richtige Duschen gab. Die einzigen Süßwasserduschen befanden sich unter Deck und am Heck. Man konnte natürlich auch in der Toilette duschen, aber die wäre ihm viel zu eng gewesen. Der Gartenschlauch am Heck des Bootes war sozusagen eine ‚Open-Air-Dusche'.

Mittags gab es bereits eine kleine Brotzeit während der Fahrt, aber inzwischen hatte die Crew schon wieder Hunger. Frieda schraubte gerade einen mobilen Grill an der Reling fest; praktischerweise direkt neben der ‚Open-Air-Dusche', was auch sicherer war – nur für den Fall, dass mal eine Wurst in Flammen aufgehen sollte.

Frieda hatte da eine wirklich reizende Bucht in ihrem

Skipper-Repertoire. Donny und Baudelaire beschlossen ein paar ansichtskartenmäßige Landschaftsaufnahmen zu schießen, einfach nur so. Sie schauten sich die Bucht an und fanden, dass es eine echt reizende Bucht war.

Baudelaire musste an Fleur denken und hatte beim Fotografieren das Gefühl gehabt, es wäre doch schön gewesen, wenn er auch mit ihr solche ‚Gemeinsamzeit-Erinnerungsfotos' hätte machen können. Dann dachte er an Lily und auch mit ihr hätte er sich das vorstellen können - vielleicht sogar mit Bikini. Er hatte den ganzen Tag nicht an die beiden gedacht, weil Wind und Wellen ihm eine unvorstellbar gute Ablenkung bereiteten.

Er schaute erst nach dem Grill und Baudelaire fragte dann Hanna, ob sie wisse, was sie da gerade für Würste gegessen hatte. Hanna meinte

»mehr oder weniger ... wieso?«

und Baudelaire sagte:

»Die hier sind welche von fleischlosen Tieren, die ich mal ausprobieren wollte und die hier sind vom Rind. Schmeckt's Dir?«

Donny sagte nichts, aber man spürte, dass er es ein wenig amüsant fand, weil Hanna etwas irritiert die Augenbrauen anhob. Man konnte sehen, wie sie gerade noch mal gedanklich ihr ‚ich mag kein Gemüse Programm' durchging. Ihre Schwester lachte, aber sie hatte ja auch eine ‚normale' Wurst von fleischhaltigen Tieren gegessen.

Hanna sagte

»I muss zuagebn', s'hat ma guat gschmeckt! Probier' halt auch a mal eine!«

und reichte Elenore eine auf den Teller.

Nun kam sie auch nicht mehr drum herum diese Wurst zu probieren und auch ihr schmeckte sie:

»Ja, sehr lecka'! Und wiaso hast Du die g'kaft?«

wollte sie von Baudelaire wissen

»... wennst' doch gar koa Vegetaria bist?!«

»Man sagt, dass zu viele tierische Fette die Aterien verstopfen, was wohl nicht so gesund ist.«

»Fehlt uns da ned wos?«

»Was soll denn fehlen?«

Er stand auf und ging runter in die Kombüse, wo er noch die Wurstpackung liegen hatte.

In der Zwischenzeit mischte sich Frieda scherzhaft ein:

»Bei drei ist das Gemüse von meinem Grill, sonst raste ich aus!«

Alle lachten und Baudelaire kam bereits wieder nach oben:

»Haltet ein! ... hier, schau selbst, was drinnen ist und ob was fehlt!«

Auf der Packung standen zahlreiche Informationen über die Nährwerte und die Produkte, die für die Wurst verarbeitet wurden; zwar in italienischer Sprache, aber sie konnten es schnell entziffern.

»Ja mein Guter, was soll denn jetzt fehlen? Sag's halt!«

... hakte Donny diesmal auch nach.

»Najo... i woas a ned, ma isst ja ned zua Gaudi a Fleisch!«

... sagte sie, aber gab Baudelaire wieder keine wirkliche Antwort. Baudelaire versuchte ihre Gedanken zu entschlüsseln:

»Schau, vielleicht meinst Du das: Du hast hier über zwanzig Gramm Eiweiß pro hundert Gramm, also wie

in einer normalen Wurst. Das ist ja schon Mal gut. Nur eben keine tierischen Fette.«

»Und wifüi Fett hot a normale Wurst?«

wollte sie wissen.

»Wieso Fett?«

entgegnete Baudelaire.

»Ich hatte von Eiweiß, … den Aminosäuren, … den Proteinen gesprochen.«

sie schaute verwirrt und sagte

»Na dann woas ich es auch nicht! Ge´ bit´schön, spiel kein Protein Poker mit mir! Da wird´ich ganz deppert.«

»Interessierts´ Dich denn? «

versuchte es Baudelaire erneut.

»Ja sicha´, wenn aner des erklärn´ kann, dann sicher Du!«

sie schaute zwar immer noch irritiert, aber lächelte inzwischen dabei

»Ganz einfach, stell´ Dir Eier vor!«

»Na bitschön! Des´ kann ich e gut!«

antwortete sie und alle lachten.

»Ja, ich meine ganz normale Hühnereier.«

»Ja … – e´kloar!«

sagte Hanna und grinste.

»Du brauchst etwa nullkommaacht Gramm Eiweiß pro Kilogramm Körpergewicht, also müsstest Du täglich beispielsweise zehn Hühnereier essen, um Deinen Bedarf zu decken. Oder eben dreihundert Gramm Linsen. Allerdings ist es schlauer man mischt sie einfach, die tierischen und pflanzlichen Eiweiße.«

Er erklärte das noch etwas genauer, denn in den vegetarischen Würsten waren reichlich Linsen und Tofu enthalten.

»... Linsen und Tofu haben etwa die gleiche Menge an Eiweiß, darum kann man das gut rechnen. Wobei wir bei all diesen Berechnungen die Biologische Wertigkeit mal außer Acht lassen. Wir haben hier 12 Gramm Eiweiß pro 100 Gramm Würstel. Sechs Würstl sind hundertfünfzig Gramm, das sind 18 Gramm Eiweiß; also sind in einem halben Dutzend Eier so viel Eiweiß wie in einem Dutzend Würstl.«

»Jetzt hob i grod goa nix verstandn´.«

»Was hast Du nicht verstanden?«

»Woher kennst´ überhabt moan´ Eiweißbedarf?«

»Weil das so ist.«

»A so ... – und wer sogt des? Wannst ma des vielleicht amoi erklärn`konst, bitschön!«

Er wartete einen Moment, erhob dann seinen Zeigefinger und meinte

»Halte ein! «

»A so ... jetzt kommt die Lösung!«

schob sie lachend ein und er weiter

»Das kann man heute schon im Biologieunterricht lernen, aber ich hab´s aus einem Buch, weil's mich interessiert hat.«

Und natürlich weil Caterine es ihm erzählt hatte! Er vermied es übrigens, ihr die Sache mit der Biologischen Wertigkeit und den essentiellen Aminosäuren genauer zu erklären.

»A so ... – des hob i ned g´wusst. Is scho interessant, blos ess i koa hoibs´Dutzend Eier am Tag! «

»Brauchst auch kein Dutzend Eier am Tag essen, war nur ein Beispiel, um es einfach ausrechnen zu können.«

»A so... «

»... und in einem Dutzend Eiern steckt noch nicht Mal

so viel Protein, also Eiweiß, wie Du vielleicht am Tag brauchst [PAUSE] … wenn ich Dich so anschau´ … hm … [er musterte sie mit seinem Blick] vielleicht acht oder eher zehn Einer! Donny bräuchte beispielweise zwanzig Eier. Einverstanden?«

»Na, ned ganz …!«

Baudelaire fand die Reaktionen von Hanna und Elenore interessant, weil sie ihm für sein neues Konzept von Bedeutung schienen. Hanna hakte aber noch mal nach:

»Na bitschön, woher wast´ Du wievüi Eiweiß überhabt in Eiern herin ist?«

»Weil es mir das Huhn verraten hat, das es gelegt hat.«

… antwortete er, darauf Elenore scherzhaft:

»Haha, da lochen ja di´ Hühna! Bloß a Frog hob i noch: Wast´ Du a wievüi Ei in Eisen herin ist? Haha.«

»Eins?Haha!«

Er lachte, legte aber noch einen nach:

»Am meisten Eisen ist übrigens in Pferdefleisch.«

»Wos, woher wast´ Du des?«

»Ist doch logisch, wegen der Hufeisen.«

Sie lachten weiter und weiter. Frieda lachte auch, hörte aber nur zu, weil sie keine Lust hatte über Ernährung zu sprechen. Im Übrigen hatte insbesondere die letzte Frage von Hanna, Baudelaire seinen Gedanken zu Ende führen lassen, denn es machte für ihn keinen Zweck, wenn er jedes Mal, wenn er eine Berechnung anstellte, erst mal erzählen musste, wie viel Eiweiß überhaupt in den einzelnen Produkten enthalten war.

Womöglich denken Sie jetzt auch, dass die meisten Leute vermutlich auch nichts darüber wussten. Und das dachte Baudelaire auch. Wie viel Eiweiß ist in Mais, wie viel Eiweiß ist in Hühnerbrust oder wie viel Eiweiß ist in Weizenmehl? Er dachte sich, dass es schließlich unzählige verschiedene Lebensmittel gab und wer sollte sich das alles merken; und selbst in der Berufsschule hatte er das ja auch nicht gepaukt, wie etwa Vokabeln oder unregelmäßige Verben in Französisch oder Englisch. Um diesen Gedanken festzuhalten riss Baudelaire den Abschnitt mit den Nährwertangaben aus der Würstl-Umverpackung und wollte den Schnipsel gerade in sein Notizbüchlein legen. Doch Elenore nahm ihm den Schnipsel geradewegs aus der Hand. Sie studierte, was da geschrieben stand und sagte dann:

> *»Guat und wos´ meinen die eigentlich mit ‚per porzione'?«*

Baudelaire hob die Augenbraue. Auf was wollte sie nun hinaus? Er lachte und gab eine Antwort:

> »Ah, ‚per porzione' – ja ich weiß schon! Im Italienischen steht das ‚per' für ‚für' also ‚für eine Portion brauchst Du so und so viel Gramm'. Im Deutschen steht das ‚pro' für ‚je': ‚Je Portion a x Gramm ist dies und jenes enthalten'. Zumindest verstehen die meisten Leute die ich kenne, es so.«

Elenore verdrehte die Augen:

> *»Jetzt bin i verwirrt!«*

Baudelaire schob nach:

> *»Ich auch, weil es eigentlich nicht viel aussagt. ‚Pro Portion', ist Unsinn, weil ja jeder andere Portionen braucht. Die meinen vielleicht nur eine Beispielmenge, meistens eine Scheibe oder 20 Gramm von etwas. Dreisatz ist zwar einfach, um seine eigene Portion in ‚Proportion' zu berechnen, allerdings glaube ich kaum, dass da jeder immer nachrechnet. Vielleicht sollten sie die Formel dazu schreiben und eine Spalte zum selbst ausfüllen frei lassen. Das verwirrt mich auch jedes Mal!«*

Donny klatsche Beifall, erhob sein Weinglas und meinte:

»Großartig - ‚Proportion' und ‚pro Portion'! Gleiches Wort. haha! Wir sollten diesen Gedanken noch etwas mehr reifen lassen. Auf die Proportionen! Noch eine Portion Wein! Zum Wohl.«

Die Crew stieß mit den Gläsern an und ein wunderschöner Segel Tag ging zu Ende.

Baudelaire macht Rechenspiele

Eine Menge glasklares Wasser befand sich rund um die Yacht, als am nächsten Morgen (da war es schon Montag) Baudelaire einen Salto rückwärts machte. Nachdem er bereits fünf Mal ins Wasser gehechtet, immer wieder rund ums´ Boot geschwommen und wieder rauf geklettert war, kam Donny auch an Deck.

Donny war noch verschlafen, hatte gerade seine Zahnbürste im Mund und sah ausversehen wie Frieda - in ihrer natürlichen Gänze, unter der Open-Air-Dusche zugange war. Er drehte sich schnell rum und kniff sich die Augen. Er wollte das nicht wirklich sehen! Baudelaire beobachtete diese Szene zufällig vom Wasser aus, während er schwamm und sie mussten lachen.

»Klomm, Klomm!«

rief Donny Baudelaire plötzlich zu.

Und noch mal lauter:

»Klomm, Klomm!«

... und dabei grinste er, weil es immer dann ‚Klomm, Klomm' machte, wenn jemand die Toilettenspülung benutze.

»Boah.... – danke! Bis eben hat´s Schwimmen echt noch Spaß gemacht... - iiiieeh!!!«

rief Baudelaire zurück, aber er wiegte sich im glasklaren Wasser in Sicherheit, nicht irgendwelchen ‚Fekalitäten' über den Weg zu schwimmen. Denn er schwamm auch ein paar Meter Schmetterling mit geschlossenen Augen, weil er keine Schwimmbrille aufgesetzt hatte. Er liebte diesen Schwimmstil, weil er ihm, im Vergleich zu Brust oder Kraul, einfach mehr Speedgefühl gab. Als Kind war er sogar im Schwimmverein gewesen und schwamm diesen Stil so gut, dass er mehrmals Stadtmeister wurde. Der Ruhm war unserem Burschen - damals als kleiner Junge, gar nicht so wichtig: Viel mehr reizte in der als Preis ausgelobte freie Eintritt im Freibad, für immerhin einen ganzen Sommer. Jetzt haben Sie eine ungefähre Vorstellung davon, wie er da ums Boot herum geschwommen war.

Die Yacht lag immer noch vor Anker, denn bevor es wieder weiter ging, frühstückte die Mannschaft erst noch gemütlich und genoss dabei die reizende Bucht, das schöne Wetter. Keiner hatte es eilig.

Schließlich schafften sie es doch, einmal mit der Tagesplanung anzufangen. Der Wetterbericht verriet unterdessen eine Menge über den zu erwartenden Wind, und bald lichteten sie den Anker.

Nach einer weiteren Übernachtung in der nächsten idyllischen Bucht, machten Sie noch einen Tagesschlag hinüber zu einer anderen großen Insel. Diese Insel gehörte zu Frankreich und bei der Überfahrt gesellten sich fasst ein Dutzend Delfine zu Ihnen.

Für die Delfine war es wohl wie ein Spiel, denn sie tauchten abwechselnd kreuz und quer um den Rumpf des Bootes herum. Es war, als wollten sie mit dem Boot tanzen. Donny saß vorne auf der vordersten Spitze des Bootes und ließ die Beine runter baumeln. Ein Delfin drehte sich einige Male auf den Rücken, vielleicht um zu lesen welche Schuhgröße Donny hatte.

Nur wenige Seemeilen vor der Marina legte der Wind noch mal ordentlich zu, so dass Donny, der diesmal am Steuer war, endlich in den Genuss einer ordentlichen Krängung kam. Das Speedgefühl war dann noch erheblich höher. ‚Raumschotkurs' war wie Brustschwimmen und ‚Halber Wind Kurs' wie Schmetterling. Umso mehr Energie der Wind in die Segel pustete, desto schiefer lag das Boot im Wasser – das nennen Segler ‚Krängung' und es bereitete ihnen einen riesigen Spaß.

Unser Spitzenkoch sprach auch die Sprache der Franzosen ein wenig, denn er war ja gemeinsam mit Jérome in der Bretagne in die Kochlehre gegangen. Später, als Baudelaire wieder nach Deutschland zurückging, verschlug es Jérome nach Paris in die ‚Welthauptstadt des Genusses', wo er in den Küchen der besten Köche seines Landes kochte. Nur weil er sich damals intensiver mit der Sprache beschäftigte, wurde ihm überhaupt klar, woher die Bezeichnung ‚Restaurant' eigentlich stammte.

Abends bei einem Anleger-Schoppen, hatte er an Bord tatsächlich auch einen kleinen Disput mit Donny über die Wortherkunft von „Restaurant“ gehabt, denn Donny war anderer Ansicht. Sie saßen vorne am Deck. Während sich Donny einige Life Jackets wie ein Sofa zurecht modelte und es ich darin bequem machte, lehnte Baudelaire mit dem Rücken angelehnt am Mast.

Donny war der Ansicht „Restaurant" sei eine englisch/französisches Wortschöpfung und „rest" käme von „rasten", wie Pause machen – aber er konnte es nicht richtig erklären. Baudelaire hingegen glaubte es besser zu wissen, hatte aber auch eine wahre Geschichte dazu: Restaurant käme von „restaurieren" - im Sinne von *remise en état'*, was so viel bedeutete wie Rückgewinnung und sei deshalb eine rein französische Metapher.

‚Restauration' auch deshalb, weil die Leute damals - kurz nach der Französischen Revolution, kaum Geld hatten und auch nicht die Möglichkeit, sich selbst etwas Stärkendes ‚zuzubereiten'. So entstanden wohl Lokale die zunächst nur Bouillons anboten, damit die Leute sich wieder ‚restaurieren' konnten. So entstand der Begriff ‚Restaurant'. Sie können sich sicherlich vorstellen, dass unser Spitzenkoch ganz und gar nicht damit einverstanden war, dass Donny seine ‚Burgerbuden' überhaupt ‚Restaurant' nennen durfte - denn sonst bezeichnete er sie immer mit angehoben-ironischer Stimme als ‚Schnellrestaurants'.

Der Disput:

Baudelaire zu Donny:

> *»Tsss... nenn' Deine Burgerbuden doch Schnellkaramborants oder Karamborants! Und außerdem: „Wer rastet, der rostet!"«*
>
> *»Was ... ‚Karamborant' - ... wofür soll das denn stehen?"*
>
> *»Na, Dein Essen ist doch eher 'ne Karambolage für den Körper. Und Deine Fleischbrötchenmechatroniker haben von gesunder Ernährung vermutlich auch keinen Dunst."*

»Ah ... -okay! Bloß was Du verkaufst, ist auch nicht nur zum Restaurieren... ! - Du hast ja Recht und ich bin ja auch voll bei Dir, aber ich leb´ nun mal auch gut davon. Das sind keine ‚Wortspiele' mehr, mein Guter! Das sind ‚Rechenspiele'. 1:0 für Dich!"

Selbst Universitäten konnten in zahlreichen Studien nachweisen, dass das Essen - welches Donny verkaufte, der Gesundheit der Leute eher abträglich denn rückgewinnend war!

»Nein? Was denn sonst?«

… wollte Baudelaire nun wissen.

»Überleg doch mal selbst – Du bist doch hier das Genie!"

Fordernd kann ja manchmal fördernd sein und ohne selbst eine Idee zu haben, brachte Donny ihn wieder ganz unerwartet auf eine ausgezeichnete Idee; und Baudelaire suchte ja ohnehin nach einem neuen Wort für das was er verkaufte.

Unser segelnder Spitzenkoch stand erst mal auf dem Schlauch. Er lehnte seinen Kopf zurück an den Mast und schloss entspannt für einen Moment lang die Augen – und meinte nur:

»Puhh… ??!«

Donny versuchte sich nochmal besser auszudrücken:

»Also, was weiß denn ich. Du bietest Deinen Gästen doch nicht nur Wiederherstellung und kulinarisch interessante Kreationen, sondern auch Effizienz und einen gewissen Mehrwert… !«

Baudelaire hörte zu und öffnete erst dann die Augen wieder, als Donny mit seinem Plädoyer fertig war. Jetzt murmelte er, während er sich mit der Hand am Kopf kraulte:

»Stimmt, ich glaub´ ich versteh´ was Du meinst!«

Das brachte Donny auch gleich auf einen sinnigen Einfall:

> *»Also, wenn ich meine Läden ‚Karamborants' nennen soll, dann nenn Du Deinen Laden gefälligst „Pointaurant", „Plusaurant" oder „Continurant". Egal, die Leute würden es nicht mal aussprechen können!«*

Baudelaire kramte in seinem Seesack nach seinem Notizblock und notierte sich einige Wörter, während er weiter redete und zu Donny meinte:

> *»Keine schlechte Idee, aber glaubst Du die Leute haben sich vor zweihundertfünfzig Jahren Gedanken darüber gemacht, ob sie ‚Restaurant' aussprechen könnten?«*

Die ‚Pointe' fand er schon deshalb gut, weil er ja auch ein Spitzenkoch war und Pointe hieß übersetzt ja auch ‚Spitze'.

Baudelaire passiert ein Unglück

Es war inzwischen Mittwoch, als Baudelaire mit höllischen Kopfschmerzen vor dem Hafen saß. Donny saß neben Baudelaire.

Sie fragen sich eventuell schon eine ganze Weile, warum sich Segler so übertrieben viel Mühe mit einem Logbuch machten. Ein Logbuch ist so eine Art Tagebuch und so etwas Ähnliches wie eine Blackbox bei Fliegern. Beispielsweise zeichnet sie automatisch Flughöhe, Tankinhalt, Funksprüche und so weiter auf. So etwas wie eine Blackbox gibt es auch für Züge oder Schiffe. Wohingegen es auf kleinen Yachten genügt, wenn der Skipper ein Papier-Logbuch führt.

Die Einträge im Segel-Logbuch werden allerdings per Hand notiert, so wie es unser Bursche bisher auch mit seinem Notizbuch gehandhabt hatte. Das Führen eines Logbuchs hätte für Donny eigentlich von weiterem Vorteil sein sollen, denn das was er da - am Tag zuvor in der reizenden Bucht, aufschrieb, hätte er sich lieber auch noch mal durch den Kopf gehen lassen sollen.

Donny und Baudelaire starrten weiter auf den Hafen und tranken dabei einen `Café au Lait` in der Brasserie. Donny hatte ihn eingeladen.

»Macht nicht's – ist nicht so schlimm!«

sagte Baudelaire

»Na ja, war schon peinlich mein Guter, und hätte ja noch viel schlimmer ausgehen können! Das Leben ist so kurz, vor allem am Ende.«

»Ja, aber niemand ist perfekt und Fehler können nun mal passieren. Das Wichtigste ist, dass uns der gleiche ‚Dumfall' nicht noch mal passiert.«

»Du hast Recht, dass wär ′ ziemlich jämmerlich!«

antwortete Donny.

Die Windrichtung ist beim Ankermanöver deshalb entscheidend, weil sich ein Boot in den Wind legt; und es war deshalb auch gut sie zu notieren. Dreht der Wind, verändert sich auch die Position des Bootes; und weil sich der Wind in der Nacht auch mal um dreihundertsechzig Grad drehen kann, gibt es nun mal verheerend viele Möglichkeiten an Positionen, auf denen ein Boot sich befinden kann, wenn man morgens aufwacht. Beispielsweise kann da ein Steg, ein anderes Boot oder ein Strand sein.

Wenngleich die Wassertiefe - insbesondere in Korrelation zur Uhrzeit; auch immer wieder wichtig ist. Denn stellen Sie sich vor was passiert war: Baudelaire war nachts aus seiner Koje gefallen und schlug dabei gehörig mit seinem Schädel gegen die Schrankkante. Richtig aufgewacht war er dabei noch nicht einmal, aber in seinem Traum hatte er die Vorstellung, dass Boot hatte so viel Krängung, dass der Mast umgeschlagen und das Boot gekippt sei.

Er dachte, er hatte einen Alptraum, doch das laute ‚Aua!' Geschrei, welches er hörte, war aber er selbst ... ! Unsere Segelprofis hatten es beim Ankern nämlich versäumt, einmal einen Blick auf die Gezeitentabelle zu werfen. Zur Seekarte gehört immer auch eine Gezeitentabelle, aus der man für eine bestimmte Position ablesen kann, wie viel weniger tief das Wasser bei Ebbe ist.

Baudelaire hatte also beides: Einen Traum und ein schmerzhaftes Erlebnis, denn am Morgen hatte er eine große Beule am Schädel. Das Boot war nachts auf Grund gegangen und gekippt – die anderen hatten nur Glück, weil sie auf der anderen Seite vom Boot und nicht in einer Einmann-Koje schliefen.

»Vielleicht sollte ich mir das auch mal notieren.«

sagte Baudelaire während er mit seinem Notizblock in der Hand herum fuchtelte und Donny seinen ‚Café au Lait`' schlürfte. Dann laß er noch einmal, was er sich zuletzt notiert hatte:

„Für besseres Wort als Restaurant: Plus/Mehr, Erhalt/Reservoir, Bleiben/Sejour, Level/Niveau“

Nun ja, das war schon mehr als dumm von den beiden gewesen, sich einzig auf die Ortskenntnis von Frieda zu verlassen. Vielleicht hatte sie sonst immer an einer anderen Stelle geankert.

»Ich sag´s ja immer - Vertrauen ist eben gut, Kontrolle noch besser ... mein Guter!«

meinte Donny.

»Egal jetzt! Was hattest Du gestern noch mal gemeint? „Rast“? Mir fällt da gerade etwas trefflicheres ein: „Rest“!«

»Hör doch mal auf über die Arbeit nachzudenken, wir sind hier um Ferien zu machen!«

wiegelte Donny ab, aber Baudelaire hatte Spaß daran, ihn ein wenig aufzuziehen – einfach nur so:

»Haha, ja ja - schon paradox. Ein Wort zwei Bedeutungen. Du verkaufst mehr oder weniger Lebensmittel, die den Wert von Resten haben und zu mir kommen die Leute, damit ich sie wieder restauriere!«

Baudelaire notierte sich außerdem im Notizblock auf einer extra Seite:

„Besser, wenn man einen Spickzettel für diverse Manöver an Bord hat ...“

und schrieb in großen Buchstaben „SEGELN“ darüber.

Dann blätterte er noch einmal zurück und ergänzte für sein neues Konzept:

„Restaurieren vs. Reste ungleich Restaurant – neue Bezeichnung für Lokale, im Sinne von Fortsetzten/ Erhalten/Wachstum für den Körper.“

Insgeheim ging Baudelaire der Falsch-Anker-Vorfall doch ganz schön an die Nieren. Es hätte wer weiß etwas Schlimmeres passieren können ... und die Gedanken daran, dass er die Leute die er liebte, und die ihn liebten, kaum hätte wiedersehen können, wenn er dabei vielleicht umgekommen wäre, bereiteten ihm Angst.

Die Zeit verging wie im Fluge und schon bald waren unsere Segelprofis wieder zurück, in der Marina, wo sie vor einer Woche ausgelaufen waren, ohne dabei groß an ihre Alltagssorgen zu denken. Sie führten interessante Gespräche und unser Bursche dachte kaum über Fleur nach – er hatte sie nur einmal angerufen, schon weil es in den verlassenen

Buchten natürlich kein Netz gab. Baudelaire´s Notizblock füllte sich indessen mit weiteren Nährwertschnipseln der Umverpackungen, von den Dingen, welche die Mannschaft über die Woche hinweg verspeist hatte. Echte Notizen hatte er sich diesmal keine gemacht, aber er hatte das Gefühl das ihn die Schnipsel auf einen weiteren außergewöhnlichen Einfall bringen würden.

Das neue Konzept, welches er bei der großen Feier präsentieren wollte, nahm immer mehr Gestalt an und so kam es, dass Donny wieder zurück flog, weil er sich weiter um seine „Schnellkaramborants" kümmern musste; und Baudelaire, der Wochen zuvor eine weitere Woche Ferien auf der gleichen Insel gebucht hatte, fuhr mit dem Zug in Richtung Westen und kam tagsdrauf im Surfcamp an. Ein Surfcamp ist eine Unterkunft, die für gewöhnlich von einer Wellenreit-Surfschule zur Verfügung gestellt wird. Es ist wie ein Hotel, aber die Leute kochen dort zusammen, und haben meist eigene Zimmer. Manchmal gibt es auch Mehrbettzimmer.

An der Westküste der Insel gab es eine bessere Brandung, als dort wo man gut segeln konnte und wo es weiße Strände gab.

Weil die Vorsaison aber erst begonnen hatte, gab es in dem Surfcamp nur zwei Gäste: Baudelaire und Balu.

Baudelaire hatte natürlich keine Mühe, mit Balu ins Gespräch zu kommen. Sie war für seine Begriffe durchaus attraktiv, wenn auch nur körperlich, denn vom Gerede her hatte er eher den Eindruck, dass sie gewaltige Komplexe

‚Ebbe'

hatte. So war er hin und her gerissen, hielt es aber recht schnell für geistreicher, wenn er mit ihr nichts anfangen würde, weil ihn ihr Geschwätz, durch ihre ‚überintellektuelle Wortwahl', zu sehr nervte. Andererseits fühlte er sich auf den zweiten Blick körperlich zu ihr hingezogen.

Es war mal wieder schwierig. Seine drei Probleme hießen in dieser Woche Fleur, Lily und Balu.

Balu war Mathematiklehrerin und gerade dreißig geworden, kam aus dem gleichen Land wie Baudelaire, aber war bereits zum wiederholten Male in dem Surfcamp und sie machte auch keinen Hehl draus, dass sie viel vom Surflehrer Guido gehalten hatte. Darum muss man wissen, dass Balu fließend italienisch sprach. Guido war gerade frisch von seiner Frau - mit der er viele Jahre zusammen lebte, getrennt.

Guido und seine ‚Noch-nicht-ganz-Exfrau' hatten auch ein gemeinsames Kind und ein Haus, ganz in der Nähe der Surfschule. So viel Balu auch von Guido gehalten hatte, so viel hatte sie ihn auch zugeschwätzt. Und darüber war Gudio nicht gerade ‚amused'.

Guido sah nämlich nicht zufrieden aus, als er gerade Baudelaire seine aktuelle familiäre Situation schilderte; man spürte, dass er immer noch auf seine Frau sauer war, selbst wenn er inzwischen in eine andere Wohnung gezogen und einige Zeit vergangen war.

Baudelaire weiß zu wenig

Das Surfcamp war nur wenige Meter vom Wasser entfernt, aber für den Surfunterricht holte Guido Balu und Baudelaire immer mit seinem Pickup vom Camp ab, weil sie zu einer Bucht fuhren, die bessere Wellen versprach.

Unser Bursche hatte so seine Mühe in den Surfferien, denn auf der Terrasse im Camp sprang Balu im Bikini vor ihm herum und der Neoprenanzug beim Surfen machte es nicht gerade besser. Als sie einmal zu einer anderen kleinen reizenden Bucht fuhren, kannte Baudelaire den Weg schon ein wenig, weil er beinahe jeden Tag auch einen Strandlauf gemacht hatte. Beim Segeln hatte er nämlich kaum Gelegenheit ein wenig in Form zu bleiben.

Wir sagen zwar häufig Strand, aber so ein richtiger Sandstrand war das gar nicht. Es waren vielmehr unzählige kleine reizende Buchten, welche höchstens einen kleinen Kieselstrand hatten. Klein und reizend waren sie alle, aber die Bucht, in der er sich beim Segeln die Beule am Schädel zugefügt hatte, war bisher die reizendste gewesen. Eine Symbiose aus weißem Sand, rosa Granit und türkisfarbenem Wasser.

Am nächsten Tag fuhren sie abermals zu einer anderen Bucht, in der schon einige ‚Locals' surften. Es war ein ungeschriebenes Gesetz, dass in dieser speziellen Bucht ausschließlich Leute vom Ort surfen durften. Das lag daran, dass die Felsen dort tückisch waren; und das konnte extrem gefährlich werden.

Auf dem Weg dorthin fuhren sie an Salinas vorbei, in denen ein paar Flamingos die Landschaft verschönerten. Balu und Baudelaire schauten Guido und seinen Freunden nur beim Surfen zu, machten einige Fotos und tranken dabei Bier aus Dosen. Balu hatte sich auch ein Buch mitgenommen, dessen Titel Baudelaire interessierte: ‚Mathematikunterricht mit praxisnahen Beispielen – für die achte und neunte Klasse'.

»Stell' mir doch mal so eine praxisnahem Rechenaufgabe!«

meinte Baudelaire zu ihr. Sie laß ihm eine Aufgabe vor, die sie gerade zufällig vor sich hatte. Es war eine Aufgabe für die achte Klasse und handelte von Arbeitern, die Bahngleise verlegen sollten. Unser Bursche dachte sich, dass er sich in seiner Lebenspraxis der achten Klasse wohl eher für Fußball und übrigens auch schon für die Mädchen interessiert hatte. Er fand es aber dennoch interessant, dass es solche speziellen Bücher für Mathematiklehrer gab, die sich damit beschäftigten, wie sie ihren Unterricht für die Schüler mit besserem Praxisbezug besser gestalten könnten. Im Nullkommanix löste er die Aufgabe im Kopf.

»Wow! ... hast Du das jetzt echt im Kopf ausgerechnet?«

sagte sie erstaunt und machte dabei große Augen. Und scheinbar hatte er gerade großen Eindruck bei ihr gemacht.

»Ja, klar! Oder siehst Du hier irgendwo einen Taschenrechner?!«

Und das erinnerte ihn an eine nette Geschichte, aus seiner Ausbildung, die er Balu gleich erzählte. Als er und Jérmome in die Berufsschule gingen, hatten sie einen Lehrer, der ihnen den Taschenrechner abgewöhnte, indem er sie mit Extrapunkten für schnelles Kopfrechnen belohnte. Wer mal eine Klassenarbeit ‚versemmelt' hatte, konnte so wieder Punkte wettmachen. Baudelaire war nicht allzu gut in Klassenarbeiten, vielleicht weil er zu wenig gelernt hatte – aber auf dem Schulhof oder auf dem Nachhauseweg stellten seine Klassenkameraden und er sich zum Spaß hirnrissige Denksportaufgaben, die natürlich alle etwas mit Kochen zu tun hatten.

Balu fand diese Idee mit dem Belohnungssystem hervorragend und vor allem viel praxisnaher.

Er fragte sie, ob sie denn wüsste wie viel Energie die Arbeiter (aus der Rechenaufgabe in ihrem Achtklässler Buch) denn überhaupt aufwenden mussten, um die Gleise von A nach B zu verlegen.

Sie haben es sicher schon erraten, dass ihn diese Frage mit der ‚Energie' wieder zu einer ähnlichen Erkenntnis brachte, wie damals auf dem Segeltörn.

Balu hatte die Frage natürlich zunächst so verstanden:

»Du meinst, wie viel Strom sie dafür benötigten? Für Bagger, Kräne und so?«

»Nicht ganz! Ich dachte da eher an die „körperliche Energie".«

»Achso, ja keine Ahnung! Dafür müssten wir ja erst mal wissen wie viel ein einzelner Arbeiter überhaupt verbraucht.«

»Ja genau! Und wenn wir das wüssten, wie viele

Schnitzel oder Kartoffeln müssten sie dann mehr essen, um die Gleise zu verlegen?"«

»Ähm... ?! Dafür müssten wir aber erst mal wissen wie viel Energie in Kartoffeln und Schnitzeln steckt.«

Worauf Baudelaire ihr entgegnete, dass er gerade ein Déjà-vu hatte, denn scheinbar wusste das eigentlich keiner so genau.

»Na ja! Ich unterrichte ja auch Mathe und nicht Biologie!«

»Ja klar! War ja auch kein Vorwurf! Ich weiß es ja selbst nicht. Ich wundere mich nur darüber, dass wir so etwas in der Schule nie gelernt haben.«

sagte Baudelaire, weil Balu´s Lächeln in dem Moment nämlich in sich zusammenfiel. Das fiel ihm deshalb gleich auf, weil sie zweifelsfrei schöne Zähne hatte und die meiste Zeit strahlte sie.

Balu machte einen Vorschlag, weil sie den Gedanken für ungeheuer klug empfand.

»Was hältst´ Du davon, wenn wir es einmal ausrechnen?! Also, welche Infos fehlen uns?«

Baudelaire kramte in seinem Notizblock, in dem er schon seit einiger Zeit keine neuen Erkenntnisse mehr festgehalten hatte. Dann berichtete er ihr von den drei Körpertypen, vom Eiweißbedarf, von der Biologischen Wertigkeit, vom Sperma, dass die höchste Wertigkeit für den Menschen hatte, bezüglich des Eiweißgehalts, und all diesen Dingen; so dass sie allmählich die Komplexität und Sinnhaftigkeit erahnen konnte, die Baudelaire dahinter sah.

Balu war jetzt informiert und amüsiert, sie lachte, schaute ihn an und zog dabei schelmisch eine Augenbraue hoch. Dann legte sie für einen kurzen Moment zärtlich ihre Hand auf das Knie von unserem Burschen und meinte:

»Haha ... wenn Du es mir so erklärst, verstehe ich das natürlich ... (Pause) ... aber was wollten wir noch mal ausrechnen? Ja, also, das ist ja alles schön und gut, bringt uns aber nicht wirklich weiter, wenn wir wissen wollen, wie viel Kartoffeln die Bahnarbeiter am Tag brauchen, damit das Streckennetz fertig wird. Wir müssen auch wissen wie viel Energie in Pasta ist, sonst können wir es nicht ausrechnen. Und dann gibt's auch keine Fahrkarten.«

»Ach ... – tja so eine Fahrkarte hätte ich ja schon gern'! Nur, wie kommst Du auf Pasta und Kartoffeln? Und wo geht die Reise eigentlich hin?«

»Als Beispiel! Oder halt Eier mit Speck, was anderes ist mir gerade nicht eingefallen. Also das wir es einfach mal mit irgendwelchen Lebensmitteln ausrechnen. Ansonsten fehlt uns jetzt nur noch eine Formel.«

»Stimmt, ich weiß was Du meinst! Welche Formel war das nochmal gleich?!«

... fragte Baudelaire und dachte ernsthaft darüber nach, welche Formel sie wohl meinte. Sie lag ihm auf der Zunge, aber fiel ihm gerade nicht ein.

Dann durchwühlte er noch einmal die Schnipsel, welche er im Notizbuch gesammelt hatte. Nicht etwa um die Formel zu suchen, sondern um mit echten Werten rechnen zu können. Er grinste und meinte zu ihr:

»Hier! ... ich kann Dir Reis anbieten! Wir hatten letzte Woche leider keine Kartoffeln und auf Eiern stand

nichts drauf.«

»Okay Reis! Reis ist auch okay, dann rechnen wir halt' mit chinesischen Arbeitern. Wird schon klappen mit Reis.«

»Folglich sind dann die Arbeitszeiten auch länger ...«

»wieso Arbeitszeiten?«

Balu erweckte den Anschein, als hätte sie eine Idee für die Formel. Im selben Moment runzelte ‚Frau Lehrerin' die Stirn und war irritiert, weil sie vermutlich dachte, dass unser Bursche mit den Arbeitszeiten wirklich noch einem weiteren Faktor ins Spiel bringen würde und das hätte ihre Formel über den Haufen geworfen. Aber unser Bursche pflegte nur zu scherzen:

»Naja! In China gibt's doch nur Pseudogewerkschaften. Und gibt's da eigentlich Berufsgenossenschaften?«

»Achsoooo ... wenn die allerdings täglich länger arbeiten dürfen, dann können doch auch eher die Züge rollen.«

»Ja und Fahrkarten gibt's auch eher. Dennoch: Wenn sie täglich mehr arbeiten, müssen sie auch mehr essen. Ich glaub' fast wir drehen uns im Kreis.«

... sagte er und dann legte sie wieder für einen kurzen Augenblick ihre Hand auf sein Knie. Sie lachten beide und philosophierten noch eine ganze Weile über Gott und die Welt und insbesondere über die Welt rund um Asien, worauf sie der Reis gerade gebracht hatte. Über das Reich der Mitte in dem Menschenrechte eher gehandhabt wurden, wie im Reich der Außenseiter. Über Reiseträume nach Asien, weil beide gern mal dorthin wollten. Über asiatische Küche, die unseren Spitzenkoch auch wieder zum

Thema Reis zurückführte. Er meinte dann:

> *»Wir wissen eigentlich beides nicht. Weder wie viel wir brauchen, noch wie viel wo drinn´ steckt! Dabei steht es überall drauf.«*

Balu meinte darauf hin, dass ihr das tatsächlich ein wenig paradox vorkam. Denn wenn sie ihre Großeltern mit dem Auto besuchen wollte, wusste sie ja auch wie lange der Sprit reichte und wie viel sie vorher dafür tanken musste.

Draußen fuhr Guido mit seinem Pickup vor und hob, gemeinsam mit einem Freund, einen Grill von der Ladefläche. Sie hatten für diesen Abend ein Barbecue ausgemacht für das Balu noch einen Salat machen wollte.

Baudelaire macht einen Ausflug an den Strand

Die Nacht brach herein, und sie legten noch eine weitere Runde Steaks auf den Grill. Guido versprach gute Wellen für den nächsten Tag und deshalb sollten Balu und Baudelaire genug essen. Unser Bursche brachte noch ein paar Bier und so grillten sie noch bis tief in die Nacht hinein. Sie stießen auf gute Wellen an und drehten die Musik noch etwas lauter.

Sie fragen sich möglicherweise schon seit einer geraumen Weile, wie Balu und Baudelaire denn nun eigentlich ausgerechnet hatten, wie viel Reis die Bahnarbeiter, in ihrem Gedankenspiel, essen müssten. Das Komplizierte daran war, dass sie eben auch nicht wussten, wie viel Energie so ein Chinese sowieso schon verbrauchte. Balu meinte, dass sie den Grundumsatz bei der Berechnung auf jeden Fall berücksichtigen müssten, sonst würden die Arbeiter unter Umständen zu viel essen und vielleicht immer dicker werden; was dann freilich die Bauarbeiten verlangsamen könnte.

Baudelaire meinte, der Vollkornreis war für die chinesischen Bauarbeiter schon vorgekocht und hatte hundertzweiunddreißig Kilokalorien je hundert Gramm und dreikommafünf Gramm Eiweiß.

Balu - die Mathelehrerin, nahm ihr Handy und schaltete ihre Taschenrechner App ein. Baudelaire hatte in dem Moment auch nicht den Eindruck, dass sie überhaupt versucht hätte eine Berechnung im Kopf zu lösen. Sie tippte also ein paar Zahlen in die App und meinte:

»Okay! Mal angenommen, einer braucht am Tag zusätzlich tausend Kilokalorien, dann muss er dafür cirka ein dreiviertel Kilo gekochten Reis essen.«

Baudelaire rechnete im Kopf mit und ergänzte:

»Das heißt siebenkommafünf mal dreikommafünf sind etwa fünfundzwanzig Gramm Eiweiß!«

»Wozu ist das Eiweiß denn jetzt wichtig?«

fragte sie und er merkte, dass sie das ein wenig verwirrte, weil sie dabei die Stirn wieder ein wenig runzelte. Nicht dass sie mit dreißig schon Falten gehabt hätte, ganz im Gegenteil, aber beim Grübeln hatte sie Falten auf der Stirn.

Baudelaire fragte Balu, ob sie denn der Ansicht sei, dass die Arbeiter die Gleisarbeiten immer noch so gut verrichten konnten, wenn ihre Muskeln mit der Zeit kleiner wurden.

»Ich hab´ mir die Frage noch nicht gestellt – aber wieso?«

»Hast Du Dir schon mal eine ganz andere Frage gestellt? ... was macht ein Mathelehrer auf der Toilette?«

sie lachte, weil er dabei grinste und es wieder so ein Scherz war; sie überlegte:

»Haha... wird das ein Witz? Keine Ahnung! Was denn?«

»Pi Pi«
»haha ... ! Wozu das denn. Um die Länge zu ermitteln braucht er doch nur ein Lineal. «

... sie lachten beide. Und sie weiter:
»Bei Pi fällt mir übrigens ein, dass man den Eiweißanteil bei Eiern nur an Hand des Durchmessers berechnen kann.«

... er musste lachen und meinte zu ihr, dass ihm ihr Humor inzwischen wirklich sympathisch war (auch wenn sie manchmal nervte). Irgendwie hatte er dann wieder den Faden gefunden:
»... ich hatte Dir doch vorhin vom Eiweißbedarf erzählt. Das war nur der Mindestbedarf. Der Mindestbedarf ist die Menge die Muskeln benötigen, um sich selbst zu erhalten. Das heißt, wenn man sich mehr anstrengt, braucht man auch mehr Eiweiß. Genau genommen essentielle Aminosäuren.«
»Verstehe, und wie viel brauchen wir dann? Also .... – wie viel brauchen unsere chinesischen Arbeiter?«

Und Baudelaire meinte, dass wüsste er jetzt auch nicht so genau, weshalb sie mit der Berechnung nicht viel weiter kommen würden.

Schlussendlich machte sich Baudelaire ein paar Notizen in seinem Buch, weil er das alles recherchieren wollte.

Guido hatte schon den Grill aufgebaut und Balu bereitete einen leckeren Salat. Balu schien sich nämlich auch insgesamt viel vom Barbecue zu versprechen. Es verging auffällig viel

Zeit bis sie wieder aus ihrem Appartement kam; sie hatte die Zeit optimal genutzt, um sich ein tipptopp Make-up aufzutragen. Baudelaire saß noch ein wenig im Liegestuhl und als Balu auf die Terrasse zurückkam, traute er zunächst seinen Augen nicht.

Später in der Nacht, nach unzähligen Bieren: Guido und Baudelaire saßen noch immer in dem alten Ledersofa, dass sie neben den Grill geräumt hatten und quatschten. Guido erzählte von sieben Meter hohen Wellen auf Hawaii. Er war dort vor einigen Jahren mit seiner Frau gewesen und die Wellen flößten ihm etwa genauso viel Furcht ein, wie es zwei Meter Wellen taten, als er noch ein kleiner Junge war.

Balu und Baudelaire waren noch Anfänger auf dem Surfbrett, weil es in ihren Städten ja auch keine Strände gab. Guido und seine Freunde standen hingegen schon als kleine Kinder auf dem Brett, weil es sich für sie einfach anbot, und es nicht viele Alternativen gab, außer vielleicht Fußball oder Radfahren. Sie ließen den Grill langsam ausglühen und später saß Balu mit Baudelaire auf dem alten Ledersofa.

»Lass uns rüber an den Strand gehen! Ich möchte Dir ´was zeigen!«

sagte sie plötzlich zu ihm.

»A ha! Was willst Du mir denn zeigen? Ist doch schon dunkel!«

fragte er und lachte, schien aber nicht sonderlich interessiert. Ehrlich gesagt hatte er schon einen ganz ordentlichen Tunnelblick von dem Alkohol bekommen.

»Lass Dich überraschen!«

Sagte sie und nahm seine Hand, um ihn vom Sofa wegzubewegen; denn das Sofa war verdammt bequem und Baudelaire äußerst entspannt. Vielleicht war aber auch er bequem und das Sofa war entspannt. Das können wir heute nicht mehr mit Gewissheit sagen.

»Warte!«

sagte sie und griff noch nach dem Ghettoblaster

»... lass uns Musik mitnehmen!«

und dazu raffte er sich vom Sofa auf und steckte sich zur Sicherheit zwei Dosen Bierproviant in seinen Hoodie – weil er nicht mehr so richtig einschätzen konnte, wie weit der Weg zum Strand eigentlich war und weil er mögliche ‚Unterhopfung' vermeiden wollte; wobei er nie viel trinken musste, um seinen Idealpegel von etwa 0,7 Promille zu erreichen. Und das beschränkte sich auch nur auf ein halbes Dutzend Wochenenden im Jahr und gelegentlich im Urlaub - nicht, daß sie jetzt ein falsches Bild von unserem Spitzenkoch haben!

Sie haben ja vielleicht schon begriffen, dass Balu ein bisschen mehr wollte, als nur mit ihm am Strand zu tanzen; und sie haben auch verstanden, dass zu viel Bier unseren Burschen glauben ließ, dass er sich plötzlich für Balu´s nerviges Gerede begeistern konnte.

Am Strand angekommen, stellte er ihr noch ein kleines Rätsel, aber darauf kommen wir später noch einmal zurück.

Das Appartement war sehr einfach, jedenfalls hatten sämtliche Surfcamps, die Baudelaire bisher kannte, eher das Niveau von einer Pension, also nicht gerade so, wie sie sich vielleicht ein schickes Hotel vorstellen. Nur gerade diese Einfachheit war der Grund dafür, dass Baudelaire auch seine hohen gastronomischen Ansprüche, die er sonst so hatte, schlichtweg ausblenden konnte. Außerdem reiste er ja jetzt auch alleine und musste keiner Frau irgendetwas nobles bieten. Manchmal ist eben weniger mehr. Oder mehr weniger.

Unser Bursche schlief gerade noch seinen Rausch aus, als das Telefon läutete und ihn unsanft weckte. Es war Fleur. Er hatte ihr kurz vor dem Barbecue noch eine Kurzusammenfassung der letzten Tage auf die Mailbox gesprochen, weil sie nicht erreichbar war.

»Ich war gestern noch mit Kollegen unterwegs. Hast Du viel Spaß?«

… fragte sie ihn; und diese Frage gefiel ihm gar nicht, denn viel lieber hätte er den letzten Abend mit ihr verbracht.

»Ja ja … ! Heute soll es gute Wellen geben!«

… sagte Baudelaire, aber er fühlte sich nicht besonders gut dabei, weil er ihr unmöglich etwas von der Welle erzählen konnte, auf der er auch gerade surfte.

»Und wie läufts ´ mit Deiner neuen Mixtur?«

»Nicht schlecht ´!«

Sie erklärte, dass sie der optimierten Rezeptur schon spürbar näher gekommen war. In diesem Moment hatte er ein wenig das Gefühl, ihr tatsächlich untreu zu sein.

Andererseits war auch er noch etwas vom Hopfen benebelt und so kam kein wirklich gutes erfrischendes Gespräch zustande.

Baudelaire hatte insgesamt einmal herausgefunden, dass es

für ein gutes Gespräch von gewaltigem Vorteil war, wenn beide Gesprächspartner, geistig wie körperlich, in bester Verfassung waren. Er war gerade beides nicht.

»Super!«

… sagte er zu ihr, weil er wusste, dass der Erfolg - mit der Mixtur, für sie einen hohen Stellenwert hatte. Sie unterhielten sich zwar noch ein wenig weiter, aber ausgesprochen gefühlsbetont war das Telefonat nicht gerade. Schließlich verabschiedeten sie sich und legten auf.

Unser Bursche stieg aus dem Bett, um in seiner kleinen Kochnische, die direkt neben der Eingangstür seines Appartements eingebaut war, ein großes Glas Wasser zu trinken. Sein Magen machte nach all dem Bier seltsame Geräusche. Er ging zu Balu, um mit ihr gemeinsam auf ihrer Terrasse zu frühstücken. Sie hatten bereits an den anderen Tagen schon miteinander gefrühstückt. Langsam wurde ihm wieder etwas geschmeidiger im Kopf, was vermutlich nicht zuletzt an der Kombination Espresso-Tomatensaft-Wasser lag.

Als er Balu, die ihm in ihrem figurbetonten Surfshirt beim Frühstücken gegenüber saß, so anschaute, wurde ihm klar, dass sie tatsächlich wunderhübsch war. Wenngleich das sicher nicht der Grund war, weshalb er sich noch immer nicht richtig gut fühlte. Daran lag es nicht, denn Fleur war auch mit einem sportlichen Körper gesegnet.

Sie haben das möglicherweise noch schneller begriffen als er – weil sie vielleicht gestern nicht so viel Bier getrunken haben wie unser Bursche. Es lag daran, dass er glaubte, sich in dem Moment in Lily verliebt zu haben, als sie morgens durch sein Badezimmer im Hotel sprang und andererseits auch wieder traurig war, als ihm klar wurde, dass er nicht in ihrer Stadt bleiben würde. Es war nur wenig Zeit, die sie gemeinsam miteinander verbrachten, aber immerhin genug, um sie für traurige und lustige Momente zu nutzen. Es war wie eine Achterbahnfahrt seiner Gefühle.

Wider Erwarten gab es deutlich kleinere Wellen, als sie Guido prophezeit hatte. Baudelaire und Balu legten ihre Boards auf den Boden, stellten sich daneben und begannen mit Schulterkreisen, so wie Guido es ihnen vormachte. Guido war ‚zärtlichfizierter' Yogatrainer, allerdings hatte wirklich seine Mühe erst mal seine eigene Katerstimmung zu überwinden, bevor er seine beiden Schüler bespaßen konnte. Denn es gibt auch im Leben von Surflehrern harte Tage, an denen das Warm-up zwar ein bisschen half, aber einen nicht so richtig auf Touren brachte.

»Wer feiern kann, kann auch Sport machen.«

… sagte Baudelaire zu Guido und Balu lachte; denn weil Guido nur italienisch und englisch verstand, grübelte er mit den Augenbrauen. Balu versuchte es ihm zu übersetzen, denn sie konnte deutlich besser italienisch als Baudelaire. Guido verstand, dass Baudelaire´s Spruch also nicht persönlich gemeint war, sondern sich auf alle Leute bezog, worauf sich sein Grübeln in ein Grinsen verwandelte. Wenn Surfboards vor einem auf dem Boden liegen, liegt es nahe, sich auch mit einigen Yoga Übungen zu beschäftigen. Und wenn die Boards auf festem Untergrund – und nicht auf dem Wasser, lagen, dann hatte das auch den Vorteil, dass man nicht umkippen und ins Wasser fallen konnte.

Denn mit der Koordination hatten es alle drei heute nicht so sehr. Diesmal hatte es keiner so wirklich eilig ins Wasser zu kommen und so turnten sie ihrem Surflehrer noch eine Weile - relativ unkoordiniert, seine Übungen nach.

Die Wellen waren zwar klein aber in der Brandung laut genug und so rhythmisch, dass Baudelaire wieder einen seiner Grooves hören konnte. Vorbei war es mit Namaste! Als er den Krieger, die Krähe und die Kobra tanzte. Sein Schauspiel glich pantomimischen Tanzeinlage, auf die nur zu gut ‚Eye of the Tiger' von Survivor gepasst hätte, wenn man hier noch hätte einen drauf setzten wollen. Guido und Balu machten mit und sie hatten verdammt viel Spaß.

Als sie die Boards an den Strand trugen, spürten sie, wie der Wind noch mehr nachließ. Das Wasser war fast plan, so dass an Wellenreiten nicht zu denken war. Spontan gestaltete Guido deshalb eine Paddle Lektion, was der physischen Verfassung von Baudelaire nur entgegen kam. Kaum Wind und noch weniger Wellen waren schließlich optimal für seinen Magen; und genügend Steaks für eine extreme Paddle Tour hatte er ja abends zuvor gegessen. Guido brachte Balu und Baudelaire beim Paddeln einige koordinative Tricks bei und sie quatschten über Muskelkater und ‚Hopfensmoothies'.

Allerdings wäre eine Luftmatratzenlektion auch nicht schlecht gewesen.

Als sie später Dreihundertsechziggraddrehungen, sitzend mit dem Board übten, waren sie bereits bis zum Leuchtturm gepaddelt - übrigens mit den Händen und nicht mit einem Holzpaddel. Um bis zum Leuchtturm zu kommen, brauchte Baudelaire beim Joggen schon eine Viertelstunde. Sie legten eine kleine Pause ein und resümierten noch ein wenig über das vergangene Barbecue, Guido wollte von unserem Burschen und Balu wissen, ob sie es am Strand noch ‚lange gemacht' hatten. Guido grinste schelmisch, aber unser Bursche hatte die Satzkonstruktion nicht recht verstanden, weil Guido auf Italienisch gefragt hatte. Balu hatte es natürlich verstanden, lenkte gleich ein und erklärte ihm, dass da nichts gewesen sei und fragte ihn was er denn von ihr dachte.

Baudelaire ist in Feierlaune

> *»Möchtest Du sie noch mal antanzen lassen, mein Guter?«*

... fragte Donny Baudelaire und grinste dabei, weil er noch etwas zu trinken bestellen wollte und weiter:

> *»coquet, Baguette, Jeanette, nett oder nett, ... (Pause) ... fett?«*

[Wir hatten beinahe noch etwas vergessen und müssen noch mal ein paar Gedanken zurück blättern. Nachdem Donny und Baudelaire bereits eine beträchtliche Zeit in der Brasserie, vor dem französischen Hafen saßen - während Elenore und Hanna mit Frieda übrigens einen Faulenztag an Bord einschoben, hatte sich noch etwas zugetragen, was später wichtig für unsere Geschichte ist.]

In der Brasserie kam nämlich manchmal die ‚coquette' süße Kellnerin und manchmal die etwas fülligere Kellnerin. Oder ‚fett' - so wie Donny sie nannte. Aber das war jetzt nur so ein albernes Wortspiel, weil es sich einfach nur auf das französische ‚coquet' reimte.

Obwohl unser Bursche noch etwas unglücklich war, sagte er sich, dass er es schließlich selbst in der Hand hatte, ob das Leben wundervoll war oder nicht. Also drehte er den Spieß herum und alberte ein wenig mit Donny herum.

»Haha ... – ja genau! Ich bestell' noch ‚ein coquet'!«
»Bis jetzt hat Dich immer nur die Füllige bedient, schon mal aufgefallen?«

… meinte Donny. Und Donny war selbst nicht der schlankste.

»Ja klar. Hab mich schon gefragt, was ich wohl falsch mache.«

... antwortete Baudelaire, der top fit war. Er grinste dabei und meinte weiter

» ... ob die wohl was dagegen tut, dass sie so füllig ist? Ich mein'... ganz ehrlich, wenn sie nicht gerade eine Krankheit hat oder die Schilddrüse kaputt ist, braucht sie doch nur mehr Fisch essen! Hier am Meer hast Du doch automatisch mehr Eiweiß bei der Essenauswahl ... – und das wär' ja schon mal ein Anfang! Aber die musst Du ja mit der Sackkarre wegtransportieren.«
»Was? ‚Sackhaare'?«

… fragte Donny und lachte sich schief. Baudelaire lachte ebenfalls laut los und ergänzte

»Du alte versoffene Schildkröte. Ich hab Sackkarre gesagt.«

So feixten sie noch eine Weile weiter und nicht viel später, kam Donny wieder aufs Thema zurück:

».. vielleicht wartet sie ab, bis wieder schwarze Ponchos in Mode kommen. haha. Aber mich störts` nicht! Die kann ruhig weiter nur ihre Pommes essen.«

... merkte Donny zynisch an. Wie wir ja wissen, betrieb er ja auch kein ‚echtes' Restaurant und erwirtschaftete mit Produkten, die solche Kellnerinnen fett machten, einen beträchtlichen Teil seines Umsatzes. Baudelaire verging ein wenig das Lachen, schüttelte den Kopf und entgegnete ihm:

»Also, das Du dabei noch ein gutes Gewissen hast ...! Erst verkaufst Du den Leuten den Misst und dann machst Du Dich auch noch über sie lustig. So, jetzt hab ich 's! Die korrekte Bezeichnung für Deine Burgerbuden wäre ‚Resterants'; das sollte man mal einführen, damit die Leute wissen was los ist!«

Denn Donny verdiente sich ja dumm und dusselig mit seinen ‚Schnellkaramoblagreresteburgerbuden'. Die Stimmung kippte nur für einen Moment, denn die coquettere der beiden Kellnerinnen brachte unserem Burschen diesmal seinen, inzwischen dritten ‚Café au Lait'.

Im selben Augenblick kam ihre etwas beleibtere Kollegin mit einem Tablett vorbei und sammelte die leeren Tassen ein. Donny:

» Wo ist das Problem, die Leute können doch im Internet nachsuchen, was alles in unseren Burgern drin ist«

Baudelaire verdrehte die Augen und hob den ‚Ironie-Daumen':

»Super! Schön umständlich! «

»Das ist nicht umständlich...«

» ... na gut, dann eben ‚umgekehrter'! also ... Halte ein! [PAUSE] Jedenfalls macht ihr das jetzt nur, weil Verbraucherschützer Jahrzehnte lang darum gekämpft haben. Wenn Ihr das nicht müsstest ... na ja! Jedenfalls war der ursprüngliche Gedanke eines Restaurants einmal der, dass für den Gast die Zusammensetzung der Speisen nachvollziehbar bleibt; er sollte die Zutaten dem Gericht mit bloßem Auge ansehen können.«

Doch dann unterbrach Donny Baudelaire's Plädoyer, weil er die Kellnerin ansprach:

»Excusez moi, meine Gute. Wir hätten mal eine Frage!«
... um von ihr zu erfahren, ob sie denn eine gute Bar wüsste, in welche die Burschen am Abend gehen könnten. Die coquette Kellnerin stand nun zufällig daneben und brachte sich - eher unvermittelt, ein, indem Sie sich mit einer Idee für eine Bar in das Gespräch brachte:

»Im ‚Les Pieds' ist heute Abend Salsa!«

Unsere beiden Segelprofis verabredeten sich zwar nicht direkt mit den beiden Kellnerinnen, aber sie fanden nicht nur heraus, dass in der *‚Les Pieds'* Bar immer was los sei; und an dem Abend sogar eine Salsa-Nacht angekündigt war, sondern auch, dass die beiden Kellnerinnen vielleicht auch dort hingehen würden.

Ohne Absicht hatte Donny das „Quartettkartenspiel der Superyachten" in seiner Segeljacke. Sie vertrieben sich noch ein wenig die Zeit mit dem Quartett und bald war es Mittag geworden. Das Quartettspiel enthielt Angaben über Kaufpreise, Rumpflängen, Designpreise – welche deren Konstrukteure einst gewonnen hatten, PS-Leistungen der Motoren, Segelflächen, ob ein GPS System serienmäßig an Bord war und vieles mehr. Baudelaire fühlte sich glücklich, denn das Bier in der Brasserie entspannte ihn und mit seinem Schädel war ja zum Glück nichts Schlimmeres passiert.

»Hey - ... jetzt wird's langweilig.«

meinte unser Bursche nach zwei weiteren Bieren, legte die Quartettkarten auf den Tisch und lehnte sich in seinen Stuhl zurück. Darauf Donny:

»Wieso langweilig? Ist doch super entspannend.«

»Gegenfrage: Wieso hat der Splasher nicht die Playboy-Edition mit in seinen Seesack gepackt?«

… wollte Baudelaire wissen. Darauf lachte Donny nur müde:

»Haha… – willst Du mit Bikiniplätzen trumpfen?«

»Ja zum Beispiel! Bei der letzten Yacht hätte ich Dich mit der Anzahl der möglichen Sonnenliegen für Bikinihasen abzocken können.«

»haha… ja mein Guter, ‚meine Damen und Herren, es singt für Sie das Niveau…'«

Sie quatschten noch eine ganze Weile weiter und machten Quatsch. Gelegentlich sprachen sie über bedeutende Frauenerlebnisse und amüsierten sie sich über irgendwelche Nonsensvideos, wie beispielsweise die berühmte ‚Dallas-Splasher-Parodie' (nur damit sie wissen, woher der Begriff kam und berühmt konnte man eine Parodie schon nennen, wenn sie millionenfach angeklickt worden war).

Und weil der Moment gerade so angenehm war, wünschte er sich, ihn am liebsten einfangen und ihn mit jedermann teilen zu können. Also traf es sich gut, dass Donny sich auch wohl fühlte. Sie spielten diese Art Kartenspiel schon als kleine Jungs und wussten schon nach kürzester Zeit auswendig wie viel PS irgendeine Yacht von irgendeinem

Scheich oder Promi hatte. Quartettspiel gab es auch mit Motorrädern, Flugzeugen oder Fußballstars und vielen anderen Varianten – vielleicht haben Sie das auch schon einmal gespielt.

Es war an der Zeit zu zahlen. Donny lud Baudelaire ein, weil er noch ein kolossal schlechtes Gewissen wegen des unvernünftigen Ankermanövers hatte. In der nächsten Bucht würden sie sicher genauer hinschauen, und vielleicht doch ein paar Meter weiter fahren.

Sandrine brachte den beiden die ‚Réception'! Sie war die etwas fülligere der beiden Kellnerinnen und außerdem eine Studienkollegin der schlankeren und coquetteren. (Zu der schlankeren Kellnerin kommen wir übrigens später noch.) Baudelaire nahm den Zettel und kam dabei auf eine seltsame Idee. Es war, als hätte er tatsächlich zu viel Bier getrunken, und lallte auch schon ein wenig, als er Donny fragte

»Hast Du noch Lust auf ne 'Runde Getränke-Trumpf?«
»Was hast Du denn jetzt wieder für 'ne Schnapsidee?«
»Okay! Meinetwegen auch Schnappstrumpf! Nur wenn „Café au Lait" teurer als Bier ist; und dennoch länger wach hält; dann ist der Kaffee doch eigentlich günstiger, weil Bier müde macht.«

Donny schüttelte den Kopf, lachte und meinte nur:

»N' Schnapstrumpf hätte mir besser gefalln'!«

Weil Baudelaire sich gerade wirklich nicht gut fühlte (wir erwähnten es bereits), gab er nichts weiter auf Donnys Einwände. Der hatte seiner Erfahrung nach sowieso nichts für gesunde Gastronomie übrig. Gleichwohl er schon einige Biere intus hatte, konnte er geraden noch realisieren, dass er eben mit dem Spiel eine Eingebung hatte, die ihn vermutlich in seiner Mission weiter bringen konnte.

Wenn er sich das nicht aufschrieb, wäre es später so gewesen, als hätte es den Einfall nie gegeben. Er notierte sich, zunächst mal ohne jeden Bezug zum Einfall, nur das Wort

„Trumpfspiel / Quartettspiel"

zu den anderen Anmerkungen. Zum Glück, wie sich später herausstellen sollte.

Später am Abend gingen sie zum „Les Pieds", es war bereits dunkel und es waren Teelichter - wie man sie in schwedischen Einrichtungshäusern in Kilosäcken kaufen konnte, auf der Eingangstreppe dekoriert. Die Kerzen leuchteten den Beiden - die extrem coole Sonnenbrillen aufhatten, den weiteren Weg. Die gesamten zwei Treppenetagen hinauf, auf dem Weg zum Ort des Geschehens, leuchteten die Kerzen links und rechts. Auf jeder zweiten Stufe war eine Kerze dekoriert. Die Treppengeländer waren aus Eisen, alt und verschnörkelt. Der Putz kam von der Wand, es war ein sehr altes Haus, aber es hatte Stil. Die Musik war jetzt bereits zu hören. Der Deejay spielte einen gepflegten Groove und unsere beiden
‚intellektuellen' Segelprofis gingen hinein und stellten sich am Tresen ab und bestellen Bier. Donny griff mit ernster Stimme noch einmal das „Restethema" vom Nachmittag auf, schob die Sonnenbrille ins Haar und sagte:

»So, mein Guter! Wo waren wir noch stehen geblieben?

‚Papperlapapp Getränke-Quartett'

Ach so, ja ... Papperlapapp! Also jetzt mal im Ernst. Ich mein´ nur ... also was Du vorhin meintest: Die Kinder in der Stadt wissen doch heute nicht mal mehr, wie eine Kuh aussieht. Glaubst Du bei Deinen Gerichten können die überhaupt noch zwischen Rind und Schwein unterscheiden? Wenn´s danach ginge, würden die Leute doch erst denken, sie hätten Fleisch von einer Kuh vor sich, wenn die Panade Lila-Weiß gefleckt ist!«

und lachte.

»Nichtsdestotrotz. Tatsache ist, das Du daran, dass es so ist wie es ist, ja nicht ganz unbeteiligt warst!«

entgegnete Baudelaire, und deutete dabei mit dem Zeigefinger zuerst auf eine füllige Tänzerin, die gerade an ihnen vorbei tanzte und dann auf Donny - und schob nach:

»Du bringst mich gerade auf eine Idee! Warte mal!«

Dann sah er sich – ohne Umwege, den Umkehrschluss zu Donny´s Ausführungen in seinen Notizblock kritzeln:

„Wissen geht verloren = keine Nachfrage nach gesundem Essen. Wird nicht erkannt/weil nicht gelernt = steht deshalb nie auf der Karte.“

Baudelaire tanzt Pachanga

Das Bier überzeugte und der Deejay spielte inzwischen gepflegten Salsagroove, jedermann tanzte, und sie tanzten alle etwa so gut, wie Baudelaire es von den besten Paaren in seiner Stadt kannte, in der er sein Restaurant hatte. Wie erwähnt tanzte jedermann, denn irgendein Tanzlehrer vom Ort machte eine Rueda Animation, mit Schritt Choreographie, in die Hände klatschen und allem was dazu gehörte. Sogar Donny tanzte, obwohl er es gar nicht konnte! Denn nach dem ihn bereits mehrere Damen aufgefordert hatte, fand er es eher peinlich weiter nur mit seinem Bier an der Bar zu stehen. Er konnte es zuvor nicht, aber das war den Damen egal; sie wollten einfach nur ‚deliziös betanzt' werden. Donny hatte Spaß und wie es meistens so ist mit den Leuten, wenn sie Spaß hatten, war es ihnen egal, ob es von außen betrachtet vielleicht etwas grobmotorisch aussah.

Allerdings tanzte nur Baudelaire aus der Reihe. Er fand seinen eigenen Groove, schließlich lief Pachanga Miramar vom Miramar Sextett; und bald darauf tanzte die ‚coquette' süße Kellnerin um ihn herum, schlich um ihn herum wie eine Raubkatze und passte sich seinem Groove an und meinte:

»Bonjour!«

sie lächelte ... – (übrigens unterhielten sie sich jetzt auf

Französisch, obwohl sie beide viel besseres Englisch sprachen). Baudelaire blinzelte zuerst nach links, dann nach rechts und sagte:

»… ça-va!«

»Wir haben´ Euch hier noch nie gesehen – woher seid Ihr?«

… wollte sie weiter wissen und lächelte, worauf er mit neutraler Mimik lässig weiter tanzte und sagte

»naja wir sind Segler, Urlauber!«

»Und wie heißt Du?«

»Ich bin Pachanga-Man!«

»was soll das denn für ein Name sein - und warum tanzt Du hier aus der Reihe?«

»hm… das ist nicht so kompliziert wie Rueda de Casino! Wenn ich andauernd neue Partnerinnen vor mir habe, muss ich immer den Clown machen. Verstehst Du? Außerdem ist das Pachanga kein Cuba!«

»ahhh und was sagt denn Deine Freundin dazu, wenn Du nur allein tanzt?«

»die lass mal lieber aus dem Spiel. Ich hab auch erst nach der Ehe Sex.«

… sie verdrehte genervt die Augen, machte eine kurze Lächelpause, wodurch sich ihr Körper anleiten lies ebenfalls stehen zu bleiben. Legte die Hände in die Hüfte und hakte nach:

»all zu cool war der Spruch nicht gerade«

»ich bin ja auch zum Tanzen hier und nicht zum Reden. Also tanz ich lieber, da kann ich mich besser artikulieren.«

»Ich heiße übrigens Marijan und Du?«

»Schöner Name, ich aber nicht!«

»Also jetzt sag schon – mach Dich nicht so VIP, wer bist

Du?!«

Sie tanzten weiter den gleichen Style. Baudelaire schrie:

»was ist?«

… - als hätte er sie wegen der lauten Musik nicht verstanden. Darauf sie zurück:

»… wer bist Du?!«

»Die Leute nennen mich Pachanga-Man, sagte ich doch schon!«

Die Musik wechselte und Marijan schnappte die Hand von unserem Burschen:

»Komm mit, ich möchte wissen wer Du bist!«

Sie gingen zusammen an die Bar und machten eine kleine Tanzpause, denn tanzen ist ja auch etwas anstrengend; Marijan wollte gerne mehr Französisch lernen und unterhielt sich deshalb nicht auf Englisch mit ihm. Baudelaire dachte sie sei Französin, aber sein Französisch war eher mäßig.

Baudelaire schaute dann Donny erst ein wenig zu. Als Donny – gerade mit einer der netten Damen im Arm, an ihm vorbei sauste, hob Baudelaire seinen Daumen, denn er fand, dass Donny erstaunlich gut hätte tanzen können. Zumindest, wenn er mal einen Kurs machen würde. Er saß vor seinem Bier, sie vor ihrem ‚Planters Puch'; Es gab viele köstliche Cocktails im ‚Les Pieds'. Baudelaire fragte:

»Nun, was willst Du?«

»Ich hab Dich was gefragt. Warum verrätst Du mir nicht Deinen Namen? Antwortest Du mir … oder antwortest Du mir?!«

»Na ja, warum willst Du das wissen … wir kennen uns doch gar nicht? Schau mal, es ist doch immer das gleiche …«

… sie unterbrach ihn:

»… was arbeitest Du?«

»Ich bin Koch, aber zurzeit überlege ich mir ein neues Konzept … - es ist schwer zu erklären.«

»Und was ist das mit dem Pachanga?!«

»Das ist ein Mambo Style. Ein äußerst lässiger, siehst Du doch!«

»Verrätst Du mir jetzt Deinen Namen?!«

»Man nennt mich Baudelaire!«

Plötzlich kam ein Typ, legte seine Hand auf ihre Schulter und meinte zu ihr:

»Was ist jetzt, kommst Du mal wieder tanzen!?«

Marijan schien ihn zu kennen, drehte sich um und meinte sie würde sich gerade unterhalten und er solle später wieder kommen. Er zog an ihrer Hand und sie sagte »lass mich los«. Baudelaire war es schon immer unangenehm, wenn irgendwelche Typen kamen und die Dame zum Tanzen aufforderten, mit der er sich gerade unterhielt. Er machte das schließlich auch nicht. Doch der Typ verstand ihr Nein nicht und das war ihm zu viel. Also legte er ein Veto ein:

»Halte ein, Kollege! [PAUSE] Was soll das denn werden? Die Süße meinte doch, dass Du auf sie warten sollst, wenn ich das richtig verstanden habe!«

worauf der Typ sich vor ihm ‚aufgockelte', und dann zu Marijan meinte:

»Wer ist der Showmaster denn … kennst Du den? Sag ihm er soll sich an der Garderobe seine Jacke geben lassen und sich verduften.«

Baudelaire stellte sein Bier ab und holte die Luft und rülpste dem Typen einen gepflegten ‚Fünfsekünder', in A-Dur, ins Gesicht. Marijan schrie »nein, hört auf – geht auseinander – kein Streit« und Baudelaire:

»Er meinte was von verduften. Da dachte ich wenn

ich ihn mal andufte, weiß er wie dufte so ein Verdufter duffen kann!«

Baudelaire reichte ihm die Hand (allerdings die Hand nach oben haltend cool, nicht förmlich waagerecht).

»Schlag ein Kollege, alles gut! Ich bin Pachanga!«

»Schön für Dich, wenn Du Pachanga heißt, tanzt oder kannst! Oder was auch immer, aber jetzt hol Dir draußen Deine Jacke!«

Baudelaire schlug selbst ein, und gab dem Typen den ‚respektvoll quetsch-kräftigen' Händedruck eines Kochs und meinte:

»Wieso, entschuldigst Du Dich nicht einfach. Ich werde ungerne gestört, wenn ich mich mit erwachsenen Leuten unterhalte!«

Dabei drehte der Typ seine Schulter zurück und siehe da, er entschuldigte sich. Muss wohl einigermaßen respektvoll gewesen sein, der Händedruck! Baudelaire löste die Quetsche und meinte anerkennend zu ihm, dass er wohl doch ein Gentleman sei und der Typ meinte:

»Aber ich tanze immer mit Marijan.«

»Das ist egal: Wenn sich zwei erwachsene Leute unterhalten, quatscht man nicht einfach dazwischen!«

Inzwischen gesellte sich auch Sandrine zu ihnen an die Bar. Der Typ verduftete. Sandrine und Marijan verdienten sich durchs Kellnern etwas zur Miete hinzu. Normalerweise war er es gewohnt, dass „er" aufforderte. Hier war das scheinbar anders und so kam es, dass Sandrine ihn einfach zu einem Bachata-Tanz auf die Fläche bat. Bachata tanzte man üblicherweise eng.

Marijan schaute Sandrine zu, wie sie sich zügellos mit

unserem Burschen amüsierte; denn er konnte wirklich gut führen. Kurz: Sie hatte ihren Spaß und Marijan stand an der Bar und hatte weniger Spaß. Baudelaire hatte sich schon von vielen Damen erzählen lassen, dass sie es immer ganz reizvoll fanden, wenn ein Herr sie - nicht nur beim Tanzen, gut führen konnte. Weil der Bachatatanz, wie bereits erwähnt, ziemlich eng getanzt wurde, war das umso mehr von Bedeutung. Gute Führung schafft schließlich Vertrauen. Auf diese Weise hatte sich im Laufe der folgenden Lieder scheinbar ein wenig Spannung bei Marijan aufgebaut. Denn Baudelaire tat so, als sei sie für ihn nicht auf der Welt. Wenn er an ihr vortanzen mußte, schaute er in die Luft. Darüber ärgerte sie sich fürchterlich. Als Sandrine und Baudelaire eine Tanzpause einlegten schnappte sie sich deshalb nochmal unseren Burschen. Und der hatte eigentlich überhaupt keine Chance ihr einen Korb zu geben; so sah er sich im gleichen Moment schon wieder auf der Tanzfläche. Donny war unterdessen wieder an die Bar zurückgekehrt und unterhielt sich mit Sandrine. Jetzt dachte tatsächlich keiner mehr an schlechte Momente im Leben.

Während zahlreicher Salsalieder (Hong Kong von Michi Sarmiento Y Sus Bravos, Mambo Miam Miam usw.), die sie mit Baudelaire tanzte, ließ sie es sich nicht nehmen, ihm hin und wieder tief in die Augen zu schauen. Sie nahm ihn an der Hand und ging mit ihm raus, um ein wenig Frischluft zu schnuppern. Marijan war achtundzwanzig und kam aus Holland. Sie erzählte Baudelaire, dass sie nur für kurze Zeit hier sei und die Französische Insel bisher so wunderbar abwechslungsreich erlebt hatte. Sie studierte Biologie und machte ein Auslandssemester. ‚Ganz zufällig' interessierte sich Baudelaire selbstverständlich für Biologie (nicht was Sie jetzt vielleicht denken) und so plauderten sie schon eine ganze Weile draußen im Mondlicht. Sie fragte ihn:

»Und was machst Du beruflich?«

»Ich bin Koch, sagte ich doch schon!«

antwortete er. Sie lächelte und stellte fest:

»... hab ich Dir nicht geglaubt? Du hast ja gar keine Kochmütze auf!«

»Tja, allerdings läuft ja ein Pornodarsteller unter Tags auch nicht durch die Stadt und präsentiert den Passanten seine ‚Körperfunktionen'!«

... sie musste lachen, doch dann fragte sie ihn tatsächlich:

»Magst Du Pornofilme?«

Baudelaire lachte und fragte sich, wo das Gespräch wohl hinführen würde.

»Was für eine Frage! Na klar. Ich schau sie mir sogar meistens ausschließlich rückwärts an.«

»Was, warum rückwärts?«

»Ich find´ die Stelle in ‚Hör mal, wer da nagelt!', als die Nutte dem Freier sein Geld wieder gibt, so genial!«

... und sie lachten. Dann steuerte er das Gespräch in eine neutralere Richtung.

Am Vormittag, als Baudelaire mit Donny noch bei Kaffee und Bier in der Brasserie gesessen hatte, haben sie übrigens auch eine Tageszeitung gelesen. Leider gab es bei Tageszeitungen, wenn man sie in der eigenen Sprache haben mochte, nicht so viel Auswahl im Ausland. Kurz: Es war eine der Zeitungen, die sicherlich nicht ‚bildeten'; jedenfalls war die Überschrift ‚Fettleibigkeit' ist vererbbar"

Unser Bursche plauderte also weiter mit Marijan im Mondlicht und weil ihm gerade nichts besseres einfiel, wollte er von ihr einfach mal wissen, wie sie das denn - als angehende Biologin, mit der „vererbbaren Fettleibigkeit“ sah und was denn – nach Ihrer Ansicht an der Sache wirklich dran war. Unser Bursche kam sich so vor wie früher, als er noch in der Pubertät war und mit seiner ersten Freundin zusammen gekommen war, denn Marijan kuschelte sich ein wenig an ihn heran. Andererseits wollte Baudelaire das auch irgendwie wirklich wissen – die Sache mit der Überschrift über die ‚vererbbare Fettleibigkeit', die ‚Memtheorie' und der ‚epigenetischen Vererbung', von denen in der Tageszeitung die Rede war. Schließlich war er ja immer noch auf einer Mission. Doch Marijan lächelte darüber weil sie wohl dachte, es sei so eine Masche, von ihm...

Sie gingen ein wenig am Wasser entlang in Richtung Marina spazieren. Es gab dort noch einige andere gemütliche kleine Kneipen, die auch noch geöffnet hatten und aus denen Musik erklang und man konnte gut erkennen, dass es Livemusik war; Das Gelächter der Leute vermengte sich mit Klavier und Gesang.

Sie schmiegte sich immer intensiver an ihn und unser Bursche fragte sich die ganze Zeit, was das denn werden sollte, mit dem Gekuschele. Dann stieß er sie für ein paar Zentimeter von sich weg und meinte:

> *»Halte ein! Mir gefällt das Gekuschel wirklich gu, aber wo soll uns das hinführenl!«*
> *»Weiß nicht, wenns Dir gefällt. Ich kann sogar rückwärts kraulen!«*

worauf er lachte und sagte:

> *»Oh, dann bekomm ich noch was raus?«*

‚Tanzbar Les Pieds'

Baudelaire drehte sie vor sich, so dass sie beide gen Sternenhimmel schauten. Dann sagte er etwas ernster:

»Also mal im Ernst. Das ist nicht gut, was wir hier machen - wir kennen uns ja kaum.«

»also ich find' es gut!«

»Jaja, aber das geht nachher schneller als Du denkst; [PAUSE] und es wird Dir länger vorkommen!«

Marijan lachte

»haha! das will ich sehen.«

und meinte, Kuscheln sei schließlich gesund weil es zufrieden macht; und auch ohne sexuelle Hintergedanken könnte man doch einfach nur Kuscheln. Bei ihr in Holland gab es sogar Kuschelkurse, von denen sie kürzlich gelesen hatte. Und in ihrem Studium hatte sie schon gelernt, dass man seinen Tastsinn regelmäßig trainieren sollte. Somit konnte man seine Empfindsamkeit – oder im weitesten Sinne die Empathie verbessern. Wenn sie sich gegenwärtig beispielsweise in der Industrie um eine Stelle bewerben würde – meinte Marijan, dann würde dort vermehrt auf soziale Kompetenz geschaut. Empathie war da also gerade mächtig angesagt.

Alles, was Marijan Baudelaire da erzählte – klang einigermaßen logisch! Auch die Geschichte mit den Magersüchtigen, die man in einem Versuch Bilder hatte nachzeichnen lassen, welche sie zuvor ertasteten. Renommierte Forscher fanden heraus, dass Magersüchtige einen verkorksten Tastsinn hatten und experimentierten daraufhin mit maßgeschneiderten Neoprenanzügen, um ihnen die Möglichkeit zu geben, sich wieder einen normalen Tastsinn anzutrainieren. Mit Erfolg, denn die meisten Probanden nahmen zu, weil sie wieder ein

‚normales' Körpergefühl bekamen. Denn Magersüchtige dachten ja häufig von sich, dass sie, trotz ihres lebensbedrohlichen Untergewichts, noch zu dick wären.

Auch wenn das alles stimmte und logisch klang, so hatte Baudelaire doch die Befürchtung, als wollte sie eine fadenscheinige Begründung liefern, um unseren Burschen rückenkraulend um den Finger zu wickeln. Er befürchtete, wenn er jetzt etwas mit ihr anfangen würde, könnte ihn das vermutlich kaum glücklicher machen – denn Sie wissen ja, dass er bereits Gewissensbisse wegen Lily hatte.

Und siehe da: Ehe er sich umsehen konnte stand er mit Marijan auf einer kleinen Treppe, die zur historischen Festung hinauf führte. Sie nahm ihn wieder an der Hand und zog ihn diesmal nicht auf die Tanzfläche, sondern in den Hausflur bei sich zu Hause, bei ihrer Gastfamilie. Schwer zu sagen was dann genau passierte, aber dann tat er mit Marijan in etwa das, was er auch mit Lily gemacht hatte. Er überzeugte sie jedenfalls, dass er ein richtiger Mann war. Was allerdings noch überliefert ist, ist eine Notiz in Baudelaires Blöckchen – denn er hatte es ja immer bei sich. Baudelaire schrieb auf:

> ***„Neoprenanzug, Feinfühlig, Wahrnehmung, Tastsinn"***

Er musste es wohl zwischen Treppe und Boot notiert haben. Aufgewacht war unser Bursche jedenfalls in seinem eigenen Schlafsack, an Bord von Frieda´s Yacht neben Donny. Beim gemeinsamen Bordfrühstück laß er seine Notizen und erinnerte sich aber auch noch an ein anderes Rätsel, dass ihn gewurmt hatte. Zu gerne hätte er doch herausgefunden, was es mit der ‚Memtheorie' und der ‚Epigenetik' auf sich hatte. Und deshalb fiel ihm die Zeitungsüberschrift vom Vortag wieder ein, als er sah, wie Donny gerade schon wieder in der neuen Ausgabe schmökerte und die Bilder auf der Titelseite unten links amüsiert kommentierte. Unser Spitzenkoch sinnierte darüber, ob sich fettleibige Menschen möglicherweise allein durch solche Überschriften schon demotivieren ließen, an sich zu arbeiten.

Er war der Ansicht, dass eine Zeitungsüberschrift, die wie in Stein gemeißelt daher kam, faule Leute wohl eher dazu bewog sich mit ihrer Situation abzufinden. Nach dem Motto: ‚Du bist zwar fett, aber als Mensch bist Du okay, leider wirst Du nie etwas daran ändern können ... – es ist halt so, finde Dich damit ab'.

Statt ‚Fettleibigkeit ist vererbbar' hätte der Redakteur ebenso gut ‚Fettleibigkeit ist reversibel' texten können; aber das hätte sicher keiner verstanden, obwohl er das Wort ‚reversibel' ja ohnehin im Text gebrauchte.

Also fragte er Donny, ob er die Zeitung vom Vortag noch hatte, weil er sie für die Damen mit aufs Boot genommen hatte. Und tatsächlich: Es stellte sich heraus, dass es sich um eine ‚Agenturmeldung' handelte. Was zunächst nichts weiter bedeutete, als dass der Redakteur die Fakten nicht selbst recherchiert hatte, sondern ihm zugetragen wurden. Das Wort ‚reversibel' war nicht übel, gleichzeitig erklärte es allerdings die Sache nicht gut.

Unser Spitzenkoch hatte schon hin und wieder ein Interview für die gleiche Zeitung gegeben. Er dachte an die

Reporter, die so gerne zu VIP-Anlässen kamen, an jenen Abend zum Beispiel, als er seine Sterne-Auszeichnungen in seinem Restaurant feierte. Er grübelte noch ein wenig; und legte dann seinen Block auf den Schoß und schrieb:

„Memtheorie / Epigenetik – mal bei der Redaktion anrufen – reversibel ist gleich berichtigen/ korrigierbar – zum Interview oder auf die Feier einladen"

Denn mit seinem neuen Konzept könnte es ihm ohnehin passieren, dass er künftig nicht mehr genug ‚Restaurant-Qualität', im Sinne der Sterneküche, bieten würde. Wenngleich diese Frage noch offen war, dachte er trotzdem darüber nach und ergänzte diesen Eintrag:

„Ggf. auch bei der Uni/Forschungsgruppe nachfragen. Was ist wichtiger, Sternschnuppen oder Konzept? Beides vereinbar?"

Baudelaire ist motiviert

Unser Bursche saß schon wieder in einem Zug, diesmal befand er sich auf dem Rückweg vom Surfcamp zum Flughafen. Selbst wenn die Affären nicht vernünftig gewesen waren, so überzeugten ihn doch die vielen wissenschaftlich fundierten Erkenntnisse, zu denen er in den vergangenen vierzehn Tagen gelangt war. Allen voran die ‚Kuscheltheorie', von der ihm Marijan in seinen Segelferien berichtete.

Er wusste zwar, dass er nach seiner Rückkehr eine Menge Gewissensbisse haben würde, ansonsten hatte er mit sich ausgemacht, eine gewisse Zeit lang mehr das zu tun, was ihm gut tat.

Obwohl er gemerkt hatte, dass er in Fleur verliebt war, brauchte er dennoch Berührung und dazu nahm sich Fleur nur zu wenig Zeit. Obwohl unser ‚Segelprofi' seit dem Zwischenfall mit dem misslungenen Ankermanöver, schlichtweg der Ansicht war, dass er sein Leben noch facettenreicher gestalten konnte. Sicherlich klingt das etwas überspitzt, andererseits malte Baudelaire sich tatsächlich die schlimmsten ‚Ablebebilder' darüber aus, was ihm noch alles hätte passieren können und wie schnell sein Leben hätte zu Ende sein können.

Sie erinnern sich vielleicht daran, dass Balu Guido und

‚Feuer in der Kimm'

Baudelaire mit ihren vielen Fachwörtern ein wenig auf den Nerv gegangen war; und Sie hatten es möglicherweise auch schon in Erwägung gezogen, dass in der Barbecue Nacht am Strand doch mehr passierte. Sie haben Recht: Weil Balu unendlich viel plapperte und Guido eine Geschichte nach der anderen präsentierte, verstrickten sie sich alsbald in Widersprüche. Wenn wir bedenken, wie schnell sich unser Bursche von Marijan hatte um den Finger wickeln lassen; lediglich mit ein paar kleinen inspirierenden Anekdoten.

Long Story short: Als Balu am Strand den Ghettoblaster wieder anmachen wollte, stellte sie fest, dass er ja gar keine Batterien eingelegt hatte und beim Grillen hing der Blaster ja an einer Steckdose. Beide lachten darüber und unser Bursche sah sich genötigt die Situation, jetzt mit einem kleinen Rätsel, zu retten. Er blickte um sich und sah den Leuchtturm in Richtung Norden, in der Dunkelheit der Nacht blinken. Weil er wusste, dass Balu Mathelehrerin war, dachte er sich, er könnte ihr spontan eine Rechenaufgabe stellen. Er fragte sie, ob sie denn eine Ahnung hätte, wie man die Entfernung zum Leuchtturm berechnen konnte.

»Ma´ angenommen ... wir würden graaaade auf einem Segelschiff fahren. So fahren, verstehste`? Seeegelschiff. Also mit einer bestimmten Geschwindigkeit ... Wir fahren ... Wir faaaahren nach da drüben ... – zum Leuchtturm! Auf den Leuchtturm da drüben zu... - da drüben! ... So! Und jetzt! .... Und jetzt kommt das Ding: Wüsstest Du, ... DU, wie man die Entfernung zum Leuchtturm ausrechnen kann?«

»Na klar, doch wozu? Wozu muss man das ausrechnen?«

»Was wozu ... ? Leuchtturm ... - da drüben!«

»Wozu willst Du das ausrechnen?«

… lallte sie ein wenig überheblich und schmiegte sich dabei schon mal an ihn.

Ja! Sie merken vermutlich schon, wie es dann weiter gegangen war. Kurz: So ähnlich wie mit Marijan und Lily, diesmal eben nur am Strand; an der frischen Luft.

Viel interessanter für unsere Geschichte ist hingegen der Rechenweg, der unseren Burschen, später noch, auf eine Idee für seine Mission brachte.

Das war eine gute Wozu-Gegenfrage von ihr und deshalb beschäftigen wir uns jetzt damit. Und unser Bursche lallte (wir haben die Essenz aus dem Gelalle sinngemäß für Sie übersetzt):

> *»Das ist eine sehr gute Frage! Wenn Du auf dem Segelboot sitzt, willst Du beispielsweise einfach mal wissen, wie lange es dauert, bis Du gegen den Leuchtturm schepperst.«*
> *»Ach so! Klar, macht Sinn! Ich schätz´, dass man es mit zwei Punkten; von A nach B, versucht. Wenn Du die Geschwindigkeit kennst, kein Problem. Das macht man doch mit einem Sechstanten oder wie die Dinger heißen.«*
> *»Okay dann möchte ich der kleinen süßen Mathelehrerein mal den Horizont erweitern. Sechs... tant war schon mal gut und Ge… schwinnndigkeit ist auch wichtig. Notfalls kann man die Ge… schwinnnnndigkeit über die Bootslänge und mit ‚Pützeimern' ermitteln... «*
> *»Haha... ! Was soll das denn heißen: „Horizont erweitern"?«*

»Ist ja nicht schlimm. Du bist ja schließlich Mathelehrerin und nicht Geographielehrerin. Aber dass Du dabei sofort an Sex und Tanten denkst ist nicht schlecht – Deine Gedanken gefallen mir.«

er lachte und sie fragte ihn:

»Wieso Geographie? Ist doch Physik, wenn überhaupt – eigentlich doch nur Geometrie.«

»Also! Ich sags 'mal so: Dein Rechenweg würde genügen, wäre die Erde eine Scheibe. Was hast Du denn Gedacht was ich mit Horizont meinte?!«

»Versteh' ich immer noch nicht – das ist doch egal, ob Scheibe oder Kugel.«

»Naja, welcher Weg dauert denn länger: Angenommen Du radelst zum Bäcker. Der direkte Weg gerade aus quasi, oder wenn Du mit dem Rad eine Kurve fährst?«

»Die Erdkugel ist halt' keine Kurve in der Vertikalen, sondern in der Horizontalen... – ähmmm ne andersrum. Jedenfalls nennen Segler das „Feuer in der Kimm" und die „Beschickung" durch die Erdkrümmung. Die Beschickung ist quasi eine Art Umweg, den man berücksichtigen sollte, wenn man die Entfernung oder Wegzeit richtig ausrechnen möchte. Und die Strömung haben wir dabei noch gar nicht berücksichtigt.«

(Das war jetzt die grobe Übersetzung aus dem Gelallten in unsere Sprache.)

Gut, dass hatte sie dann auch verstanden und er erzählte ihr noch vom misslungenen Ankermanöver, weil sie ja hier auch einen ‚Ebbe und Flut Rechenfehler' gemacht hatten Das alles fand Balu spannend und meinte, dass das auch viel spannender für die Schüler in ihrer achten Klasse sein könnte. Das wiederum brachte Baudelaire wieder auf eine Idee - oder besser gesagt auf eine Ahnung; und er notierte sich am nächsten Morgen noch folgendes in seinem Notizbuch:

> ***„Feuer i.d. Kimm / Beschickung – Quartettspiel für Lebensmittel kann nicht so einfach gehen – zu viele Komponenten / abweichende Faktoren.“***

Doch zurück zu Baudelaire´s Heimreise, weg vom Surfcamp, hin zur Stadt, in der der Flughafen war: Er saß im Zug und trank gemütlich sein Wasser, während er die bergige Landschaft aus dem Zugfenster bewunderte. Auf den kleinen Landstraßen warteten Rennradler von den Bahnübergängen oder man sah, wie sie sich einen Berg hinauf quälten. Das brachte Baudelaire übrigens gleich wieder auf eine Idee für einen weiteren kleinen Radelurlaub.

Auch wenn er jetzt zwei weitere Geheimnisse im Gepäck hatte, von denen bisher nur sein guter Freund Donny erfahren hatte, so war er dennoch unterm´ Strich glücklich. Mit Donny hatte er gerade telefoniert, als er am Bahnhof einige Zeit auf den Zug wartete.

Er zog sein Telefon hervor und suchte sich ein paar Anschriften von Freunden zusammen. Denn er hatte noch ein wenig Aufenthalt - genau genommen eine ganze Übernachtung, bevor sein Flieger ging und da wollte er die Gelegenheit nutzen, ein paar Freunden und seiner Verwandtschaft, Ansichtskarten von den schönen Stränden der Insel, zu schicken. Genug gesehen und erlebt hatte er ja, so dass es ihm ein Leichtes war, ein paar nette Zeilen zu schreiben.

Um sich für seine gelungenen Ferien zu belohnen, machte er abends noch einen gemütlichen Spaziergang durch die Altstadt. Baudelaire kam wieder an dem Hütchenspieler vorbei und musste dabei an die Geschichte denken, die Donny ihm aus dem Reiseführer zitierte hatte – und was auch immer er sich noch dazu ausdachte.

Zunächst einmal bestellte sich Baudelaire einen Schwertfisch mit Salat, dazu eine Flasche Wasser und ein Glas weißen Tafelwein, als er in eine Taverne einkehrte. Die Leute dort waren sehr vornehm gekleidet und Baudelaire hatte den Eindruck, dass es überwiegend einheimische Leute waren – bis auf einen älteren Herren, der ebenfalls alleine an einem mittleren Tisch Platz nahm. Er las ein Buch über Segeln und Baudelaire konnte am Titel erkennen, dass es in seiner Sprache war. Also sprach er den Mann an und es stellte sich heraus, dass er angereist war, um am folgenden Tag auf dem selben Segelboot an Bord zu gehen, auf dem auch Donny und er mitgesegelt waren. Baudelaire erzählte dem Mann ein wenig von seinen Erlebnissen und wie sehr ihm der Törn Freude bereitet hatte. Der Mann erzählte seinerseits ein wenig von seinen Törns und konnte Baudelaire immerhin ein paar Tipps für zukünftige Mitsegelmöglichkeiten geben. All das fand Baudelaire ungeheuer interessant, denn wir erinnern uns daran, wie schwer es unseren beiden Segelprofis gefallen war, eine Mitsegelmöglichkeit ausfindig zu machen. Baudelaire notierte sich ein paar Internetadressen unter dem Punkt Segeln in seinem Notizbuch (die Adressen sind unerheblich für den Ausgang unserer Geschichte, daher zitieren wir sie hier nicht!)

Es war eine sehr nördlich gelegene Stadt (in dem Land, aus dem auch Baudelaire kam), wo dieser Mann Arzt von Beruf gewesen war. Jetzt befand er sich im Ruhestand, doch bis vor ein paar Jahren war er für lange Zeit auch ‚Drogenpräventionsbauftragter' in seiner Stadt und hatte eine beratende Funktion zu dem Thema Alkohol.

Nach einer Weile stellten die beiden fest, dass es beinahe Mitternacht war und sie seit dem Essen nichts mehr zu trinken nachbestellt hatten. Was zeigt, dass ein anregendes Gespräch genauso viel Freude bereiten kann, wie viel Wein oder viel Bier (der Mann trank ein Bier). Sie lachten miteinander und Baudelaire wäre es gar nicht bewusst aufgefallen, wenn der Mann ihn nicht darauf hingewiesen hätte. Er meinte zu Baudelaire:

»Wir können uns glücklich schätzen, dass wir so erzogen wurden, auch ohne Alkohol Spaß zu haben«

Was er damit sagen wollte war, dass es viele Leute gäbe, die zuweilen nichts mit ihrer Zeit anzufangen wussten und dann anfingen irgendwelche Drogen oder viel Alkohol zu konsumieren. Das läge daran, so der Arzt, dass Menschen regelmäßig Glücksgefühle brauchten. Egal wie sie die Glücksgefühle ankurbelten – »hauptsache glücklich« meinte er. Es seien die Glücksgefühle, nach denen die Menschen suchten. Darum sagte man auch ‚Sucht', weil es von ‚suchen' käme.

Es sei also ganz menschlich und lag auch an der Erziehung - meinte er weiter, weil süchtigen Menschen unglücklicher Weise keine kreative Tagesgestaltung vorgelebt würde.

»Ja natürlich. Jeder ist für sein Glück selbst

verantwortlich und von nix kommt auch nix!«
... meinte Baudelaire.
»Natürlich!«
... stimmte der Mann ihm zu.

Baudelaire dachte bei sich, dass er deshalb wohl mit Fleur unglücklich war (obwohl er sie ja liebte), weil er mit ihr gemeinsam, oder durch ihr Zutun wohl zu wenige Glücksgefühle entwickelte.

Der Arzt erklärte die Sache mit den Glücksgefühlen sogar noch etwas detaillierter (nur kurz: weil es wohl mit einem Hormon zusammenhinge, welches im Körper bei bestimmten Erlebnissen angeknipst würde; doch dies nur am Rande).

Dann dachte Baudelaire noch mal darüber nach, was er gerade gesagt hatte und ergänzte...
» ... allerdings ist das bei Frauen, ... – nein! In meinen Beziehungen meinte ich war das wohl eher so, dass immer alle beide für ihr Glück verantwortlich waren. Ich musste mir immer wieder Schuldzuweisungen anhören.«
Der Arzt schloss sich ihm an:
»Das Stimmt auch! Es gehören immer zwei dazu und es ist schlau, wenn - in einer Beziehung, beide immer für zwei denken.«
Auf irgendeine Art fühlte sich Baudelaire bestätigt, trotzdem machte er sich Sorgen darüber, ob es nicht auch an ihm lag. Immerhin könnte er nach einem Weg suchen, Fleur dazu zu motivieren, sich mehr einzubringen. Andererseits war sie doch deutlich mehr mit ihrer Karriere beschäftigt.

Vielleicht befand sie sich in ihrem Fahrwasser und war in ihrer Welt glücklich damit. Deshalb fragte er den Mann noch mal konkreter:

»Auch, wenn man den anderen erst von etwas überzeugen muss?«

»Leider ist das nicht ganz so einfach. Erfahrungsgemäß verhalten sich Menschen immer so, dass sie nur dann etwas in ihrem Leben verändern möchten, wenn sie den inneren Wunsch danach verspüren. Das ist immer so: Egal ob verliebt, drogenabhängig oder einfach nur faul ... ! Wobei: Zwischen verliebt und drogenabhängig besteht chemisch gesehen wohl kaum ein Unterschied. (er überlegt kurz) ... ja´, Sie haben Recht. Ich glaube ich weiß auf was Sie raus wollen. Jemanden zu etwas überreden ergibt in den meisten Fällen keinen Sinn. Schokocremejunkies von ihrer Sucht zu lösen, funktioniert auch nur mit Überzeugungsarbeit. Der Junkie muss sich einfach selbst überzeugen!«

Baudelaire gefiel ‚Schokocremejunkie'. Heroin, Kaffee, Schuhe oder Zucker; kann alles irgendwie abhängig machen. Er dachte, dass Fleur vielleicht in ihre Karriere verliebt sei und meinte:

»Ahh ... okay! Und wie kann man jemanden dann zu etwas motivieren? Also, wie macht man das dann beispielsweise bei Drogenabhängigen?«

»Zunächst durch Konditionierung; oder besser gesagt Umgewöhnung. Bei Tieren sagt man Dressur.«

sagte der Arzt.

Dann fiel Baudelaire wieder ein, was er als Ausbilder bereits alles über Konditionierung gelernt hatte. Es war ihm, als hätte er gerade wieder einen brillanten Einfall gehabt, denn irgendwie war es in allen Lebensbereichen so ziemlich das gleiche. In der Liebe wie auf der Arbeit. Er kramte wieder einmal nach seinem Notizbuch und notierte:

„2 x Konditionierung: Fleur & Gäste“

Es war zwar auch schön, wenn man dafür geliebt wird wie man ist, nur würde es nach Ansicht unseres Spitzenkochs bestenfalls Stillstand bedeuten, wenn man sich einzig und allein damit zufrieden geben sollte. Er wollte das nicht so.

Deshalb überlegte er sich, dass ihn auch hier eine Notiz daran erinnern würde, denn das brillante daran war, dass es für seine Gäste und seine Beziehung zu Fleur gleichermaßen galt:

> ***„Durch neue Belustigung, die innere Motivation der anderen auf Touren bringen. Den Eigenantrieb fördern. Neugierig machen. Weswegen immer wieder neue Reize die Bedingung für Lob und Anerkennung sein mussten. Überzeugung vs. Überreden.“***

Baudelaire hat eine klasse Idee

Baudelaire trank noch mehr von dem Wasser, welches inmitten des Frühstücksbuffets, in einer schmucken Glaskaraffe bereitgehalten wurde, und er fühlte sich höchst zufrieden. Das brachte er auch auf den zahlreichen Ansichtskarten zum Ausdruck, von denen er gerade die letzte mit einer Briefmarke versah. Er bemalte die Ansichtskarten auch mit Smileys und kleinen Sonnen, um seine Kurzgeschichten optisch noch ein wenig aufzuwerten.

Zufrieden war er auch deshalb, weil ihm das Schreiben der Ansichtskarten immer die einmalige Gelegenheit bot, sich die schönen Momente seiner Reise noch einmal Revue passieren zu lassen. Es war wie ein Ritual für unseren Burschen, für das er sich am Ende seiner Ferien immer Zeit nahm; und nicht nur dafür, sondern auch, dass sich die Menschen, die er gern mochte über einen netten Gruß in ihrem Briefkasten freuen konnten.

Unser Spitzenkoch war nun wieder zu Hause angekommen und im Flugzeug hatte er sich ein paar Gedanken darüber gemacht, was für eine Reise er als nächstes unternehmen wollte. Denn es sollte nicht etwa irgendein Ort sein, den man gerne bereiste, sondern es war ihm wichtig, einen plausiblen Zweck mit der nächsten Reise zu verbinden und einen richtigen „Urlaub" könnte er ja dann immer noch machen.

Dass Fleur ihn bei seiner nächsten Reise ausnahmsweise begleiten würde, darüber dachte er inzwischen gar nicht mehr nach. Baudelaire erinnerte sich an das Gespräch mit dem Arzt im Ruhestand, der wohl gerade in diesem Augenblick seinen Schlafsack auf Friedas ‚Super Yacht' ausrollte; und war nun überzeugt davon, dass er gerade Wichtigeres zu tun hätte, als Fleur ‚zu konditionieren'. Weil Fleur selbst keine konkreten Vorschläge machte, motivierte ihn das auch nicht besonders. Vor allem hielt es unseren Burschen nicht davon ab, auch über andere Frauen nachzudenken; das konnten Sie sich bestimmt schon selbst ausmalen. Denn unser Bursche war eben auch daran interessiert, einmal ‚Nägel mit Köpfen' bei dem Thema Frauen zu machen und nicht immer nur zu ‚nägeln'; wenn Sie verstehen.

Für die nächste Reise dachte er beispielsweise an eine gemeinsame Fahrradtour mit Freunden, die ihn schon gefragt hatten, ob er mit ihnen mitfahren wollte. Er dachte auch über eine weitere Messereise und eine Fahrt nach Paris – in die ‚Welthauptstadt der Gaumenfreuden', nach. Nun war tatsächlich nichts naheliegender für einen Koch, als in die Welthauptstadt der Gaumenfreuden zu reisen. Möglicherweise verbunden mit dem Wunsch, sich in solchem Maße von seinen pariser Kollegen inspirieren zu lassen.

Unser Spitzenkoch war auch ein schlauer Fuchs, denn der ‚nächstbeste' Gedanke war ihm nie gut genug und so freute er sich zwar auf eine Parisreise; das war schon mal eine

Grundlage für einen anständigen Einfall. Jedoch genügte ihm das gerade mal, um weiter darüber nachzudenken.

Apropos Frankreich, da war da noch etwas: Die Konversation mit dem Hafenmeister (auf der Südfranzösischen Insel) hatte ihm das Gefühl gegeben, dass er sein Französisch mal wieder ein wenig auffrischen könnte. Baudelaire kam also schon recht schnell auf die nicht blöde Idee, dass sein Gaumen in Paris noch mehr Freuden haben könnte, wenn er zuvor einen Auffrischungs-Sprachkurs besuchte. Ein weiterer Punkt sprach also für Paris.

Und die zahllosen Aufgaben und Einfälle, welche jetzt sein Notizbuch zierten, wollten ja auch erledigt werden. Allen voran könnte er während eines Sprachkurses die Zeit nutzen, weitere Recherchen zu betreiben. Informationen die ihm noch fehlten zu finden und angedachte ‚Synapsen' zu Ende zu ‚sinnieren'.

Schon wenige Zeit später:

Als sich die erste Unterrichtsstunde zu Ende neigte (Baudelaire hatte sich für einen Abendkurs, mehrmals wöchentlich entschieden), ließ die Lehrerin eine Anwesenheitsliste herumgehen, auf der die Leute ihre Anwesenheit bestätigen sollten. Dann gab sie noch ein paar Hausaufgaben auf. Wie der Zufall es wollte, war unser Bursche der einzige männliche Student, aber das konnte er ja bei der Buchung nicht beeinflussen. Besonders die – für unseren Burschen, optisch höchst interessante Studentin, die ihm, im Neonlicht durchfluteten Kursraum, nur wenige Meter gegenüber saß, schränkte seine

Konzentrationskapazitäten während des Kurses doch erheblich ein.

Und was die ‚Sprachlernbegabung' unseres Burschen betraf, so war er sicherlich ohnehin kein Naturtalent.

Fleur und Baudelaire standen gemeinsam an der Kinokasse, denn Madam Chloe (so hieß die Französischlehrerin) hatte mit der Anwesenheitsliste auch einen Flyer vom Kino herumgehen lassen; und Filme in Originalfasung sind ja eine gute Möglichkeit gut in eine Sprache hinein zu finden.

Wir ahnten ja bereits, dass Fleur noch keine Zeit für eine Reise finden würde, und so arrangierten sie sich. Sie fand wenigstens Zeit mit Baudelaire ins Kino zu gehen, um ein wenig ‚Gemeinsamzeit' zu verbringen. Es lief der ausgezeichnete Film ‚Die Klasse', der bereits bei Filmfestspielen als Eröffnungsfilm lief.

‚Die Klasse' handelte von einer Schulklasse, in der die Klassenunterschiede unter den Schülern das Kernthema waren. Das Wortspiel mit den ‚Klassen' funktionierte übrigens auch in Französischer Sprache klasse.

Am darauf folgenden Tag hatte Baudelaire zahlreiche Termine in seinem Restaurant – er hatte das Restaurant nun schon seit längerer Zeit selbst nicht mehr von innen gesehen.

An der Türe hing die kleine Schiefertafel, auf die er ‚Wir sind für Sie auf Fortbildung bis einschließlich wissen wir nicht genau' geschrieben hatte. Mit Sonne und Smiley geschmückt. Mit dem Smiley wurden Leute zum Lächeln animiert, auch wenn sie hungrig vor der verschlossenen Türe eines Restaurants standen. Seine Stammgäste hatte er ja alle bereits informiert, aber man konnte ja nie wissen, ob es nicht auch einen Touristen zu ihm verschlagen würde.

Baudelaires Personal befand sich übrigens entweder ebenfalls im Urlaub oder heuerte als Springer in befreundeten Küchen an.

Er befand sich nun bei seinem ersten Termin:

»Haben Sie bitte keine Angst! Was ich von Ihnen brauche ist recht simpel erklärt!«

Sagte Baudelaire in beruhigendem Ton und führte dann in drei Sätzen (konnten auch vier gewesen sein) aus, wie er sich sein neues Kassensystem vorstellte. Der Kassensystemverkäufer meinte, dass könne man auf jeden Fall versuchen. Denn Vertreter und Verkäufer wissen: Wenn jemand einen komplizierten Wunsch hatte – und sei er auch noch so kompliziert, wie der Wunsch den Baudelaire gerade formulierte, dann war alles erst mal möglich. ‚Grundsätzlich'!

‚Grundsätzlich' fand Baudelaire am Vertrieb auch gar nichts Schlimmes, denn der Vertrieb war - seiner Ansicht nach der Motor der Volkswirtschaft. Er hatte aber auch schon manche Vertriebler erlebt, welche übertrieben hatten, mit ihrer Aufschwatzerei.

Verkäufer haben dabei auch gar kein schlechtes Gewissen, denn sie sind ja nicht diejenigen, die das Verkaufte dann auch liefern müssen; zum Beispiel ein noch zu programmierendes kompliziertes System.

Baudelaire hatte allerdings Glück. Der Kassensystem-Verkäufer war okay und hatte ihm von einem System erzählt, welches seine Firma schon einmal erfolgreich, für einen anderen Kunden – eine große Pizzeria, umgesetzt hatte: Die Bestelleingänge zahlreicher unterschiedlicher Pizzen zur gleichen Zeit, wurden nach einem schlauen Teigbelegungsplan so in Reihenfolge gebracht, dass der Pizzabäcker die Teige nur noch bequem nach Plan belegen brauchte. Der Kassensystem-Verkäufer erzählte, dass der Pizzabäcker alle Teige erst einmal mit Tomatensauce bestrich, ein paar bekamen Schinken ab, wieder einige Käse, manche ohne Käse und so weiter: Mit Pilzen, mit Peperoni und was Sie noch so kennen, was man eben auf Pizzen so legen kann. Es war in etwa wie Mengenlehre und ‚Malen nach Zahlen' in einem; allerdings nur in etwa! Der Bäcker sparte dadurch folglich erheblich an Zeit ein und kam auch nicht mehr durcheinander, was ihm früher wohl häufig passierte. Die Denkleistung hatte der Computer übernommen. Fazit: Der Pizzabäcker sparte Zeit und konnte sich fortan noch mehr auf die Qualität konzentrieren. Die Vorstellung, dass das Rad für unseren Spitzenkoch nicht komplett neu erfunden werden musste, gefiel Baudelaire äußerst gut.

Baudelaire ist ein Forscher

Sie hieß Saskia und war an diesem Abend nicht zum Französischunterricht erschienen. Sie kam aus dem gleichen Land wie Baudelaire, aber aus einer viel kleineren Stadt, etwas weiter nördlich, aber nicht ganz so nördlich, wie der Arzt im Ruhestand. Saskia studierte Kunst und Deutsch auf Lehramt.

Unser Bursche hatte sich ausgerechnet diesmal viel Mühe bei den Französischhausaufgaben gegeben. Auf Englisch würde man sagen ‚Er war die Extrameile gegangen' – statt nur die drei Übungen im Buch zu erledigen, verwendete er extra noch ein paar Gedanken darauf, was er mit Saskia so anstellen konnte.

Etwas Wichtiges zu Fleur sei allerdings noch erwähnt: Fleur sagte zu Baudelaire, dass sie den Film ‚Die Klasse' anstrengend fand, denn sie gingen nach dem Kino noch in eine Bar, um ein wenig über den Film zu plaudern und Fleur meinte, dass es eine Klassengesellschaft in dem Sinne gar nicht gab und das die Leute selbst Schuld hatten, wenn sie nichts aus ihrem Leben machten. Wir können natürlich nicht beurteilen, ob die Kinder in dem Film ihr Leben tatsächlich schon soweit selbst im Griff hatten, dass sie es hätten ‚gestalten' können. Dafür hätten wir vielleicht den Film sehen müssen, nichtsdestotrotz war Baudelaire nun generell der Ansicht, dass Kinder keinen großen Einfluss darauf hätten, in welche Welt sie hinein geboren würden. Sie setzte ihr selbstbewusstes Karrieregesicht auf und sagte – wie so häufig schon, zu Baudelaire, dass sie sich schließlich auch eine Menge erarbeitet hatte. Baudelaire war etwas traurig darüber, weil sie diese Unterhaltung schon häufiger geführt hatten. Sie wollte nicht akzeptieren, dass nicht alles im Leben ein Verdienst sei, sondern fühlte sich jedes Mal auf den Schlips getreten, wenn Baudelaire dies ein wenig relativierte. Er vertrat die Position, dass ein gutes Einkommen der Eltern und deren Bildung schon ein bisschen für die Kinder nötig sei, um selbst eine gute Bildung zu bekommen.

Nun zurück zu den Französischhausaufgaben und Saskia: Als unser Bursche die Hausaufgaben fertig hatte, kramte er ein wenig in seinem Notizbuch herum und machte sich Gedanken. Er benötigte für sein neues gastronomisches Konzept neue Speisekarten und wollte deshalb Saskia fragen, ob sie Interesse daran hatte, ihn dabei zu unterstützen.

Nachdem eine weitere Unterrichtsstunde zu Ende ging, sprach er Saskia an und erzählte ihr auch von seiner Vision des neuartigen Gastronomiekonzepts. Sie war sofort begeistert, so kamen sie ein wenig weiter ins Gespräch und während er mit ihr sprach, hatte er große Mühe, dabei ganz gelassen zu bleiben. Saskia berichtete, dass ihre Eltern in Paris eine Wohnung hatten, weil sie dorthin ausgewandert waren, als sich für ihren Vater dort eine neue Stelle anbot. Denn Sie wissen ja bereits, dass unser Spitzenkoch selber gerne dorthin reisen wollte und so würde er über etwas berichten können; das stimmte ihn etwas gelassener.

Saskia wollte gerne ihre Eltern wiedersehen und Baudelaire wollte die Welthauptstadt der Gaumenfreuden erkunden. Sie war auch im Kino als die Originalfassung von ‚Die Klasse' lief und erzählte ihm, das sie ihn dort mit Fleur beobachtet hatte. Sie machte ihm auch ein kleines Kompliment, da sie zu Baudelaire sagte, dass sie Fleur sehr attraktiv fand (ein Mann würde übrigens nie zu einer Frau sagen, dass er den Mann an ihrer Seite attraktiv findet) und er bedankte sich dafür. Obwohl es unserem Burschen gar nicht so recht war, dass sie ihn dort mit seiner Freundin gesehen hatte, hätte ihm wohl gar nichts besseres passieren können.

Bloß war es ihm nicht recht darüber zu sprechen und deshalb führte er das Thema zurück auf Paris und wollte von ihr wissen, was ihr dort bisher besondere Freude bereitet hatte. Baudelaire erzählte ihr beispielsweise, dass er einmal neun Runden, um den Kreisel des ‚Arc de Triumph' Bogens, gebraucht hatte, um von der äußersten Spur auf die innerste zu gelangen und zurück. Darüber musste sie lachen und ihm machte die Vorstellung immer mehr Freude, dass sie sich in Paris – ganz zufällig, auf einen Kaffee treffen könnten.

Madam Chloe hatte schon wieder ein Kinoprospekt herumgehen lassen. Es war ein neuer Monat und in dem Prospekt hatte man wieder sehenswerte Filme in Originalfassung für die nächsten Wochen zusammengestellt. Es gab eine Komödie, die an einem Kurstag im Open Air Kino gezeigt werden sollte und Saskia hatte dazu einen spontanen Einfall gehabt. In der Unterrichtspause unterhielt sie sich mit einigen anderen Studentinnen über diese Idee.

Die Französischkurslehrerin war gerade dabei, einen neuen Satz an die Tafel zu schreiben, als Saskia sich meldete, um von der Idee zu erzählen:

> *»Was halten Sie davon, wenn wir mal eine Unterrichtsstunde gemeinsam im Open Air Kino verbringen würden?«*

Madam Chloe lächelte und meinte, dass sie das auch schon einmal mit einer anderen Klasse gemacht hatte. Sie hielt das für eine überaus gute Idee und fragte die Klasse, was sie davon hielt. Sie erzählte außerdem, dass sie damals nach dem Kinobesuch gemeinsam in ein Lokal gegangen waren; aber man könnte die Filmbesprechung natürlich auch in der darauf folgenden Stunde organisieren.

Außer mit Saskia und dem Kassensystem beschäftigte sich unser Spitzenkoch noch mit neuen Rezepten, vielleicht sogar mit neuen Möbeln und natürlich mit der Recherche nach Leuten, die ihm bei der Umsetzung seiner Vision helfen konnten. Nachdem der Kassensystemeverkäufer gegangen war, machte Baudelaire sich daran eine Liste der Speisen zu erstellen, die von seinen Gästen immer hoch gelobt wurden. Dann schrieb er eine weitere Liste mit Zutaten, die er neu kennen gelernt hatte.

Baudelaire´s nächster wichtiger Termin: Am Mittag bekam er Besuch von zwei Wissenschaftlern; er hatte sie auf Grund des Zeitungsartikels (über die vererbbare Fettleibigkeit) recherchiert und dann in sein ‚Noch-Restaurant' eingeladen. Sie forschten an der Universität im Bereich der Genetik und hatten bereits zahlreiche Versuche mit Mäusen gemacht, und dabei herausgefunden, dass ‚neben' der DNA von Generation zu Generation auch sogenannte ‚Meme' weitergegeben wurden. Über die Evolutionstheorie erklärten sie sich das Phänomen mit Auswahl und Vielfalt, was wiederum nichts weiter bedeutete als ‚Kultur'.

> *»Meme sind Gedanken, die durch die Verwendung von Sprache, Gestik oder beispielsweise Mimik weitergegeben werden.«*

... sagte der deutlich jüngere der beiden Forscher zu unserem Spitzenkoch. Baudelaire antwortete ihm scherzhaft, dass er nach einer Möglichkeit suchte, seine Gedanken in die Rezepte zu übertragen, ihm das aber bisher noch nicht gelungen sei, weil Karotten wohl eine andere Sprache sprechen würden. Sie lachten, und der alte Professor fügte bestimmend hinzu, dass sie sich mit Gedanken von Tieren beschäftigt hatten und ob Gemüse überhaupt Gedanken hätte, könne er nicht sagen. Er fragte Baudelaire, ob der ihnen einmal grob erklären könnte, was er eigentlich genau vor habe. Der öffnete sein Notizbuch und begann damit, seine Geschichte zu erzählen, denn zu jedem Eintrag hatte er ja auch etwas erlebt und sich ein paar Gedanken gemacht.

Der Professor fragte:

> *»Und all diese Erkenntnisse möchten Sie in gute Ernährung verpacken? Verstehe! Doch was ist daran neu?«*

Folglich fragte Baudelaire ihn, wie er das meinte und der Professor zählte ein paar vegane Restaurants auf; auch kannte er schon ein paar ‚Superfood' Lokale und freilich auch spezielle Kliniken, welche sich auf eine besondere Art der Ernährung spezialisiert hatten. Unser Spitzenkoch kannte das auch alles und er meinte, dass dies in seinen

Augen nur Nischen und Trendlokale seien, und ihm schwebe da etwas grundlegend anderes vor. Der Professor und sein deutlich jüngerer Mitarbeiter ahnten, das Baudelaire wohl etwas großem auf der Spur war, dass seine Notizen - einzeln betrachtet, aber keine neuen Erkenntnisse lieferten, und andere sie auch schon kannten.

Wohingegen das Besondere war, dass Baudelaire all diese Erkenntnisse unter einen Hut bringen wollte. Denn bisher fühlte sich für ihn Ernährung wie ein Hütchenspiel an. Es waren mehrere Hütchen, aber er wusste nie genau wo etwas darunter lag. Darum musste ein vernünftiger Hut her und er meinte zum Professor:

> *»Das Besondere an meiner Vision ist die selbstlose Umsetzung in ein gastronomisches Konzept. Sie werden sehen.«*

… und schlussfolgerte dann für sich, dass so ein Konzept all diese Erkenntnisse beinhalten sollte und es ganz schön komplex werden würde.

Daraufhin erkundigte sich der Professor:

> *»Und das möchten Sie alles alleine umsetzen?«*
> *»Nein, dafür ist es zu komplex. Meine Vision trägt sich davon, dass ich viele Mitstreiter finde, die, jeder für sich, alle selbstlos an ihrer individuellen Ideallösung arbeiten. Es gibt kein bestes Konzept. Jeder hilft jedem.«*

Ein ‚Superfood' Restaurant - meinte Baudelaire, würde beispielsweise schon voraussetzen, dass die Leute bereits wussten was gut für sie sei und einzig die Bezeichnung ‚Superfood' würde dem Gast noch nicht ausreichend Informationen mitgeben.

Baudelaire will sich nicht verzetteln

Unser Bursche machte sich neben der schlafenden Fleur seine Gedanken, nachdem er mit ihr einen langen sonnigen Tag verbracht hatte. Sie machten eine Fahrradtour zu einem der umliegenden bezaubernden Waldseen und weil der nicht gerade ums Eck war, holte er Fleur schon recht früh zu Hause ab, damit es entspannt werden konnte.

Weil unser Spitzenkoch eine arbeitsreiche Woche verbrachte und er Fleur kaum gesehen hatte, wollte er etwas mit ihr unternehmen. Das Wetter für das Wochenende sollte vielversprechend werden und so beschlossen sie, diese Radltour zu dem Waldsee zu unternehmen.

Die Route zu dem bezaubernden Waldsee führte sie zunächst durch eine noble Villengegend. Einerseits hatte er sich später darüber geärgert, diese Strecke ausgesucht zu haben - andererseits dachte er sich, dass es für etwas gut gewesen sein sollte. Wenn man zu viel plant, lacht sich das Schicksal ja ohnehin immer nur zu ins Fäustchen. Wir werden gleich erfahren, weshalb es doch gut war, dass unser Bursche mit Fleur durch diese Villengegend radelte, denn es waren gar nicht mal die Gedanken um seine drei Geheimnisse, welche er mit sich herum trug... mit Lily, ... mit Marijan, ... mit Balu.

Während er diese Villengegend nur zu gut kannte, weil sie für ihn meistens auf dem Weg lag, war die Gegend für Fleur vollkommen neu. Entweder kam Baudelaire an den Villen vorbei, wenn er des Sommers zum Frühsport eine gepflegte Runde mit dem Rennrad radelte oder wenn er mit Freunden eine größere Tour um einen See oder in Richtung Berge unternahm. Baudelaire gefielen einige der Villen und er wünschte sich, einmal mit einer Familie in einer solchen Villa zu leben. Obgleich er sich natürlich auch für die Leute, die in den Villen wohnten, für ihr Glück freute.

Wenngleich er auch vermutete, dass manche Leute zwar so eine schicke Villa hatten, aber gar nicht zufrieden mit sich selbst waren. Einige von denen kannte er sogar aus seinem Restaurant und er wusste von ihnen, dass sie irgendwo in dieser Gegend eine solche Villa besaßen.

Während sie so vor sich hinradelten meinte Fleur plötzlich

> *»Wirklich schöne Häuser hier .... «*

und strahlte dabei. Sie strahlte dabei so ähnlich wie die Sonne, welche sich auch langsam zeigte.

Fleur war mit dem Satz aber noch längst nicht fertig. Sie fuhr mit der Ausführung ihrer Gedanken fort, denn sie merkte scheinbar recht schnell, dass solche Villen auch ihren Preis haben müssten und fügte hinzu:

> *»... da lohnt es sich ja vielleicht doch ins Management zu wechseln!«*

Während sich Baudelaire auf die zahlreichen Abzweigungen konzentrierte, um auf den Weg zum See zu bleiben, fuchtelte Fleur abwechselnd nach links und nach rechts und kommentierte jede einzelne Villa.

»Gefällt mir, gefällt mir nicht! Gefällt mir, gefällt mir nicht ... !«

Und so ging das eine ganze Weile. Mal war ihr der Garten zu klein, mal gefiel ihr die Architektur nicht und mal gefiel ihr aber trotzdem der noble Stadt-Geländeschlitten vor der Tür. Baudelaire verstand die Welt nicht mehr – jetzt wurde es ihm zu kompliziert: Fleur war die Gegend noch zu nah an der Stadt, hätte jedoch gerne in der Stadt in einer schickeren Wohnung gewohnt. Sie fand die noblen Nachbarn interessant, obwohl sie gleichzeitig überhaupt keine Lust auf Nachbarn hatte. Und was wollte sie denn?

Die Villengegend und den bezaubernden Waldsee trennte nun noch eine Fahrt durch ein weites Waldgebiet, durch welches unzählige Radlwege führten. Sie legten noch eine Rast in einem Biergarten ein, ehe sie am Waldsee ankamen.

Am Waldsee angekommen, fuhren sie ein Stück am Ufer entlang, um einen schönen Liegeplatz in der Wiese zu finden. Als Baudelaire ihr gerade die Geschichte von den Delfinen erzählte, zeigte Fleur plötzlich nach vorne und sagte:

»Da vorn´ nicht!«

»Was?«

Fragte er darauf und war erst einmal irritiert, weil „Mann" ja generell mit einer „Was Frau Nicht Will Aussage" nur recht wenig anfangen konnte und darum dachte er bei sich „sag mir lieber, wo Du hin willst, Mädel!"

Sie wiederholte:

»Da nicht! Da sind Kinder! Da ist ein Kinderspielplatz – da nicht!«

Er meinte dass sie ja noch ein wenig weiter radeln konnten. Für ihn seien Kinder kein Problem.

Die Anekdote von den Delfinen fand er wirklich spannend, darum fing er noch mal neu an darüber zu berichten, wurde dann aber von der Platzwahl unterbrochen.

Alsbald fanden sie ein Fleckchen, um sich in die Sonne zu legen. Fleur bedankte sich bei ihm dafür, dass er mit der Radltour eine wirklich tolle Idee gehabt hatte:

»Du Schatz, daß war eine tolle Idee mit der Tour und heute Abend kein Termin. Das fühlt sich so wunderbar an. Ich denke jetzt begreife ich, weshalb Du eine ‚Auszeit' machst. Man fängt dann an, anders über die Dinge nachzudenken, die man sonst ausblendet!«

Baudelaire machte es sich gemütlich, legte seinen Kopf auf ihren Rücken und das T-Shirt aufs Gesicht und hörte ihr zu. Dann fragte er:

»Wer ist dieser ‚Man' - … kenne ich den?«

»Was? [sie überlegte kurz] achso, haha… ja ich meine mir geht's so. Geht's Dir etwa nicht so?«

»Doch klar, war nur ein unbestimmter Scherz. Ich bin bestimmt müde. Nun halt ein!«

… und er nickte ein. Fleur legte sich auf den Bauch. Ihren Kopf legte sie auf ihre riesige Strandtasche und obwohl die Strandtasche so riesengroß war, hatte sie es in ihrer typischen Eile versäumt einen Bikini einzupacken. Sie lag bei über 30 Grad in der Jeans am See; welch ein Jammer.

Nach einiger Zeit wachte er auf und begann sie zu kraulen, dann spürte er, schon nach kurzer Zeit, wie sich ihre Atmung verlangsamte ... - dann schlief Fleur für einen Moment ein. Fleur war nicht so wie er, sie ließ sich zwar gerne mal kraulen, aber kraulte selber nicht so gerne, obwohl sie wusste, dass ihm das unermesslich gut gefiel und Sie erinnern sich bestimmt daran, von wem er seine letzten feinfühligen Streicheleinheiten bekommen hatte: Von Lily, ... von Marijn, ... - von Balu.

Nach einer ganzen Weile wurde die Sonne immer heißer auf der Haut und sie hatten keine Sonnenschutzcreme dabei, weswegen sie sich alsbald auf den Rückweg in die Stadt machten.

Auf dem Rückweg hatte Baudelaire noch ein interessantes Déjà-vu. Um jedoch den Zusammenhang für unsere Geschichte besser zu verstehen, blicken wir zunächst noch einmal ein paar Tage zurück: Eines Abends, noch bevor unser Bursche diese Fahrradtour mit Fleur machte, saß er neben Madam Chloe im Lokal. Sie unterhielten sich – natürlich in französischer Sprache, über die Komödie, die sie gerade gesehen hatten. Während Saskia mit den anderen Studentinnen ebenfalls den Film besprach, war sie sehr amüsiert – was unseren Burschen ein wenig davon abgehalten hatte, sich genügend auf seine schlauen französischen Sätze – die er versuchte mit Madam Chloe zu wechseln, zu konzentrieren. Sie sollten nämlich wissen, dass er die Sprache zwar fließend zu sprechen vermochte und auch jede Menge Vokabeln wusste, aber trotzdem machte er immer noch gravierende grammatikalische Fehler.

Später auf dem Nachhauseweg tauschten er und Saskia noch ihre Telefonnummern aus, denn die Reise nach Paris rückte immer näher und der Sprachkurs neigte sich dem Ende zu (dies nur am Rande, damit Sie wissen, wie weit er schon bei Saskia war).

Wir kommen nun wieder zurück auf die Radltour mit Fleur: Auf dem Rückweg in die Stadt nahm Baudelaire mit Fleur eine andere Route – schon der Villen wegen. Einerseits hatte er hier ein ‚Wertedilemma' entdeckt; denn ein wenig ärgerte er sich schon - über Fleur und ihre Werte. Das langweilte ihn sogar. Und es langweilte ihn auch, dass sie nur über ihre Arbeit redete, weil sie nur ihre Arbeit kannte. Immerhin war er ein heiterer Bursche und so versuchte er - während des Radelns, ein Thema anzuschneiden, welches das Potential hätte haben können, ihn aufzumuntern. Er wollte von Fleur wissen, wie sie sich den nächsten Urlaub mit ihm vorstellte und ob sie sich schon ein paar Gedanken darüber gemacht hatte. Über solche gemeinsamen Unternehmungen zu reden erschien ihm wertvoll. Leider Fehlanzeige! Weil sie sich noch keine Zeit dafür genommen hatte und so dachte er sich, dass es wohl keine gute Idee gewesen war, dieses Thema anzuschneiden. Andererseits dachte er sich wieder einmal, dass es für etwas gut gewesen sein sollte. Es war wie die Situation in der Villengegend, die ihn auf etwas hindeutete und das Schicksal lachte sich mal wieder ins Fäustchen.

Baudelaire war nicht der Ansicht, dass er hier den Pausenclown und Alleinunterhalter für Fleur spielen musste. Erstens bereitete es ihm zwar Freude, wenn er Dinge organisierte - sicherlich auch einen gemeinsamen

Urlaub mit Fleur. Zweitens bereitete es ihm überhaupt keine Freude, wenn da nichts zurück kam, denn er selbst hatte sich schon ein paar Urlaubsgedanken gemacht. So beschloss er über etwas zu berichten, was er auch schon grob durchgeplant hatte, von dem Fleur aber keinen Nutzen hatte. Seine Reise nach Paris stand kurz bevor und er dachte sich, dass er jetzt im Grunde zwar auch nur über seine Arbeit redete, aber daran war Fleur jetzt selbst schuld. Von nichts, käme schließlich nichts.

Je mehr er von seiner geplanten Reise nach Paris erzählte, desto mehr hatte er auch Saskia im Sinn gehabt und das fiel unserem Burschen sogar selbst auf, aber er fand es nicht schlimm weil er dachte, dass es wirklich auch ein wenig Fleur´s Schuld war, wenn sie sich keine Zeit für Gedanken über ihre ‚Gemeinsamzeit' nahm.

Sie radelten durch zwei reizende Ortschaften, in denen es auch schöne Häuser gab. Der Unterschied zu den Villen war, dass die Häuser selbst nicht so nobel wirkten, aber sie hatten einen anderen Vorteil, der Fleur gar nicht aufgefallen war. Zumindest dachte Baudelaire, dass sie nicht darüber nachdachte, denn anders als bei den Villen, machte sie keinen ‚Mux... '. Die meisten Häuser dort hatten einen sensationell weiten Panoramablick auf die Berge. Das heißt Fleur bewunderte die Häuser von außen und Baudelaire bewunderte die Aussicht der Häuser von innen nach außen. Beides unbezahlbar! Obgleich wie, in jedem Fall hätten sich die beiden ja bereits so ein Anwesen gemeinsam leisten können.

Jetzt kamen sie bei einem Ausflugslokal an, welches sich

unweit der Villengegend befand und eine wunderschön angelegte Terrasse mit Sitzmöglichkeiten und jazziger Livemusik hatte. Wenngleich Sie sich sicherlich bereits vorstellen konnten, kamen auch andere Leute auf die Idee, bei diesem schönen Wetter einen Ausflug zu machen, weswegen die Terrasse heillos überfüllt war. Baudelaire wäre nicht Baudelaire gewesen, wenn er da nicht noch eine Alternative aus dem Ärmel geschüttelt hätte und so radelten sie noch ein Stückchen weiter zum Fluss, der durch die Stadt führte. Dort gab es einen Kiosk und sie kauften sich etwas zum Durst löschen. Dann hatte er noch dieses Déjà-vu.

Noch eine Kleinigkeit müssen wir nachtragen, die in dieser Woche dennoch erwähnenswert gewesen war, bevor wir das Ende der Waldsee-Radltour mit dem Déjà-vu verraten:

Unserem Spitzenkoch genügte das Gespräch mit den beiden Forschern, welches er in der Woche unter anderem auch geführt hatte. Denn durch sie konnte er herausfinden, dass der letzte Stand der Wissenschaft der war, dass man die Wissenschaft weiterhin brauchte. Er hatte es so verstanden, dass die Wissenschaftler sich einig darüber waren, dass man Wissen nicht durch Gene fortpflanzen konnte. Baudelaire war zumindest in solchem Umfang selbst ein Wissenschaftler gewesen, weil er nach einer neuen Erkenntnis forschte und seine Suche war gewissermaßen auch Forschung. Dreh- und Angelpunkt für ihn, war inzwischen die neue Bezeichnung für sein Lokal - denn „Restaurant“ sollte er es besser nicht mehr nennen, und durch seinen Sprachkurs war er auch an dieser Stelle einen kleinen Schritt weiter gekommen.

Er saß schon den ganzen Vormittag und fertigte weitere Listen mit Wortkombinationen an. Einige fand er durch Assoziation und wieder andere durch Dissoziation, wobei er so ähnlich vorging, wie Melodie es mit ihm gespielt hatte.

Wichtig an seinem zukünftigen Konzept war ihm, dass die Leute nicht nur konsumierten, sondern auch Spaß daran hätten, sich mit gesunder Nahrung (für sich) auseinander zu setzen. Er dachte deshalb noch mal über den Hütchenspieler und die Kartenspiele nach. Die Hütchen würden zwar riesig Spaß machen, nur fiel ihm kein plausibler Weg ein, sie mit Lebensmitteln unter einen Hut zu bringen, um bei dem Vokabular zu bleiben. Man konnte zwar Erbsen unter Hütchen verstecken, bei Steaks allerdings, würde das schon bedeutend schwieriger. Und wie Sie sicher wissen: Mit Essen selbst spielt man ja sowieso nicht!

Außerdem waren die Tricks beim Hütchen-Versteckspiel längst jedermann bekannt. Entweder verschiebt der Spieler mit dem Hutrand das versteckte Objekt oder er nimmt das Objekt gleich zu Beginn zwischen zwei Finger, so dass die gelackmeierten Mitspieler überhaupt nie eine Chance haben.

Dann beschäftigte er sich noch mit den Nährwerteschnipseln, welche er beim Segeltörn gesammelt hatte. Das Problem war hierbei natürlich, dass er unmöglich zu allen Lebensmitteln erst diese Schnipsel sammeln konnte. Er legte die Schnipsel deshalb erst einmal zur Seite, denn er hatte ein bisschen Angst, dass er sich damit verzetteln konnte. Das Trumpfspiel hingegen bot sich an, weil er damit beispielsweise wunderbar tierische und pflanzliche Eiweiße - und natürlich noch viele andere Dinge, miteinander vergleichen konnte. Aber würde das überhaupt Sinn machen?

Der Spitzenkoch suchte noch mal nach Rat, griff deshalb zum Telefonhörer und versuchte den Professor oder seinen deutlich jüngeren Mitarbeiter zu erreichen.

Baudelaire strengt sich nicht mehr an

Als sie mit ihren Fahrrädern am Ufer des Flusses – der durch die Stadt führte, ankamen, um sich dort noch ein wenig auszuruhen, berichtete Baudelaire Fleur gerade von seinen Fortschritten beim Wellenreiten. Sie hörte allerdings gar nicht hin und sagte - etwa so spontan, wie am Ufer des bezaubernden Waldsees:

»Da nicht!«

Er hatte blitzartig wieder ein Déjà-vu. Denn während es ihm ziemlich egal war, wo sie sich hinsetzten, hatte Fleur bereits ein Kind ausfindig gemacht. Sie legten ihre Decke auf die Kieselsteine und Baudelaire erzählte weiter von den Wellen und vom „Stand-Up“, den er ein paar Mal im „Green“ hinbekommen hatte (mit Green ist übrigens der Bereich im Wasser gemeint, bevor Wellen sich am Ufer in weißen Schaum auflösen). Natürlich erzählte er nur von seinem Teil des Surfens und nicht von dem Teil, wo er manchmal Balu in ihrem Neoprenanzug bewundert hatte. Je mehr er erzählte, desto neugieriger wurde Fleur.

Am, für Baudelaire´s Ohren, leicht wehleidigen Unterton in Fleur´s Stimme, konnte Baudelaire wieder erkennen, dass sie wohl doch gerne zum Surfen mitgekommen wäre. Doch sie konnte sich eben nicht in zwei teilen; ‚extreme

Karriere' und gleichzeitig extrem das Leben genießen' ließen sich eben nicht ‚extrem vereinen'.

Es war eben auch ein langer Tag, mit vielen Fahrradkilometern und vielen Erkenntnissen über die Beziehung zu seiner Freundin, über die er grübelte und deshalb dauerte es auch gar nicht exorbitant lange, dass er auch irgendwann einschlief.

Am nächsten Morgen klatschte er aber in die Hände und sagte zu Fleur

> *»So! Ich zähle jetzt bis drei und dann ist hier niemand mehr...!«*

Er meinte, dass er schließlich viel vor hatte an dem Tag, also hatte er es ein wenig eilig und dann lachte er dabei.

So hatte er es früher bei Frauen gemacht, wenn er sich nicht auf sie einlassen wollte. Bloß damals war er noch jung und hatte seine erste längere Beziehung noch vor sich. Zum Spaß hatte er sogar einmal ‚Duschgeld' verlangt und dafür brauchte er nur den Deckel von der Duschgelflasche entfernen und mit Edding ein ‚D' an das Wortende hinzufügen – im Nullkommenix hatte er so eine Trinkgeldspardose neben der Dusche stehen. Zumindest er fand das lustig.

Eigentlich war unser Bursche damals sogar „endlos" in Annabel verliebt. Etwa nach zwei Jahren, in der Beziehung mit Annabel hatte er einerseits den Herzenswunsch sie zu heiraten, aber andererseits nicht den Mut, sie danach zu fragen, weshalb auch immer. Wie sich nach ein paar Jahren allerdings herausstellte, gestaltete sich die Beziehung, in der sie immerhin auch zusammen wohnten, eben doch als ‚endlich'. Er hatte sich nach der Trennung erst einmal in eine andere Frau verliebt, weil er vor Annabel noch keine Vergleichsmöglichkeiten hatte und er dachte auch, dass ihm das ablenken würde. Baudelaire hatte sie nach all den Jahren also nur verlassen, aus Angst etwas zu verpassen. Denn schon zu Beginn der zweiten Hälfte der Beziehung - nach wenigen Jahren, fielen ihm immer mehr andere attraktive Frauen auf, die dem Burschen in der ersten Beziehungshälfte wie vom Erdboden verschwunden schienen.

Und so verging die Zeit plötzlich wie im Fluge und alles war selbstverständlich. Aus selbstverständlich wurde langweilig. Wenn er Annabel heute noch einmal neu kennenlernen könnte, würde er vieles sicher anders machen (so ähnlich wie in dem Film ‚Täglich grüßt das Murmeltier', in dem der Wettermann in einer Zeitschleife fest hängt und jeden Tag neu, aber nie gleich erlebt). Denn eigentlich war Annabel perfekt. Den neuen Mann von Annabel kannte Baudelaire auch und der war nicht übel, doch mittlerweile hatten sie keinen Kontakt mehr miteinander.

Fleur war ihm ein wenig sauer, weil er sie morgens förmlich hinaus geworfen hatte. Selbst wenn sie am Abend zuvor gar nicht mehr machten, was verliebte Paare taten und sie sich deshalb auch nicht ‚benutzt' vorgekommen sein musste.

Baudelaire dachte sich »das Schicksal mischt die Karten, aber meistens spielst Du das Spiel«. Freilich war ihm einfach die Lust an ihr vergangen, denn wozu sollte er sich anstrengen, wenn sie doch ohnehin – für ihn offensichtlich, keine Kinder mochte. Wir berichten an anderer Stelle weiter darüber.

Als er mit dem Professor telefonierte, war er voll in seinem Element. Baudelaire notierte sich einige Buchempfehlungen, in denen er nachschlagen konnte und hatte deshalb gar keine Zeit, um über Fleur nachzudenken. An Fleur dachte er erst wieder, als sie ihm eine Nachricht geschrieben hatte, in der sie ihn fragte, ob er Lust darauf hätte, wenn sie etwas für ein Dinner kochen würde.

Als er die Nachricht gelesen hatte, hielt er das im ersten Moment für eine gute Idee und hatte sich auch darüber gefreut. Er beschloss dann aber erst einmal, sich um seine Bücher zu kümmern. Fleur hatte Baudelaire das letzte Mal in dem Jahr etwas kochen wollen, als die beiden sich kennen lernten. Sie hatte damals auch davon erzählt, dass sie leidenschaftlich gerne kochte, hatte es aber in all der Zeit irgendwie dann doch nie hinbekommen. Deshalb machte diese Nachricht Baudelaire ein wenig misstrauisch.

Er hatte in den letzten Jahren, bevor er Fleur kennen lernte, häufig Frauen kennen gelernt, die grandios schicke Designküchen zu Hause hatten. Sicherlich schicker, als er sich seine eingerichtet hatte. Immerhin hatten sie alle eines gemeinsam: Sie waren zu faul zum Kochen. Und weil sie nie kochten, kochten sie auch schlecht, einfach nur deshalb, weil sie es nie taten. Er dachte sich, es war wie mit dem Sex ... – man musste eben im Training bleiben. Baudelaire hatte schon überlegt, ob er nicht eine Art Volkshochschulkurs anbieten sollte: ‚Herd und Backofen – Was ist was und wie benutze ich beides optimal?' mit praktischen Übungen und Videoanalyse. Oder noch besser: ‚Der dekorierte Dinner Tisch – ist Therapie eine Option?!' als Selbsthilfegruppe und Power-Point-Präsentation für ‚Karriere Victims'.

Der Monat ging zu Ende und mit ihm scheinbar auch der Stoff, denn die Röcke der Frauen wurden immer kürzer. Das war kein schöner Anblick für unseren Burschen.

Die letzte Zeit nutzte er für unheimlich interessante Rezeptexperimente, denn er hatte auch Probelieferungen von verschiedenen pflanzlichen Proteinen - wie etwa Kürbiskern-, Hanf-, Lupinen – oder Sonnenblumenproteine, erhalten, mit denen er bisher noch nie gekocht hatte. Das alles fand unser Spitzenkoch irre spannend; so dass er mit großem Vergnügen nicht nur die jeweils verwendeten Mengen notierte, sondern auch den Eiweißgehalt ganzer Portionen errechnete.

Dank der vielen Bücher, die er in der Bibliothek der Universität studiert hatte, war es ihm möglich, noch andere Formeln zu entwickeln, die für die Unterscheidung der Speisen - für verschiedene Körpertypen mit unterschiedlichem Body-Maß-Index, wichtig waren und die er auch dem Kassensystem-Verkäufer zur Verfügung stellen konnte.

Zunächst war ihm aber egal, ob Eier von freilaufenden Studenten frisch eingesammelt wurden, oder der Hanf aus China eingeflogen wurde. Für die Experimente war ihm wichtig, eine angenehm wohlschmeckende Konsistenz, mit einem hohen Eiweißgehalt, unter einen Hut zu bringen. Caterine, Matti und der Professor hatten ihn dazu entscheidend animiert. Denn schließlich brauchte – seinen Recherchen zufolge, ein ausgewachsener Mann wenigstens einen Monat, um maximal ein Kilo Muskeln aufzubauen. Die individuelle und auf jeden Gast zugeschnittene Optimierung des Eiweißgehalts, erschien unserem Spitzenkoch und Forscher deshalb als wichtigstes Ziel. Einerseits weil es wichtig war, um Muskelmasse zu erhalten und andererseits konnte man mit Eiweiß einen besseren Sättigungsgrad erreichen – was wiederum vielen Leuten wichtig war, wenn sie abnehmen wollten.

Das alles hatte aber noch nichts mit Spielen zu tun und es hatte weder einen Unterhaltungswert für seine Gäste, noch einen gewissen Lerneffekt. Darum war er zwar schon wieder einen großen Schritt weiter; ihm fehlten nur noch Verbindungsteile in seinem Puzzle, um die Sache abzurunden.

Unser Spitzenkoch entschloss sich, mit den Planungen für seinen Ausflug nach Paris fort zu fahren, damit er in der Welthauptstadt der Gaumenfreuden nicht seine Zeit für Grundlagenrecherche vergeudete. So schnappte er sich ein paar Reiseführer und versuchte auch aktuelle Magazine zur Gastronomie in Frankreich zu bekommen. Von ästhetischer Kochkunst bis überzeugender Schlichtheit war so ziemlich alles dabei. Und die Küchen aus aller Welt interessierten ihn ebenso.

Er legte sich eine weitere Liste von Lokalen und Kollegen an, die er auf jeden Fall besuchen wollte. Akribisch übertrug

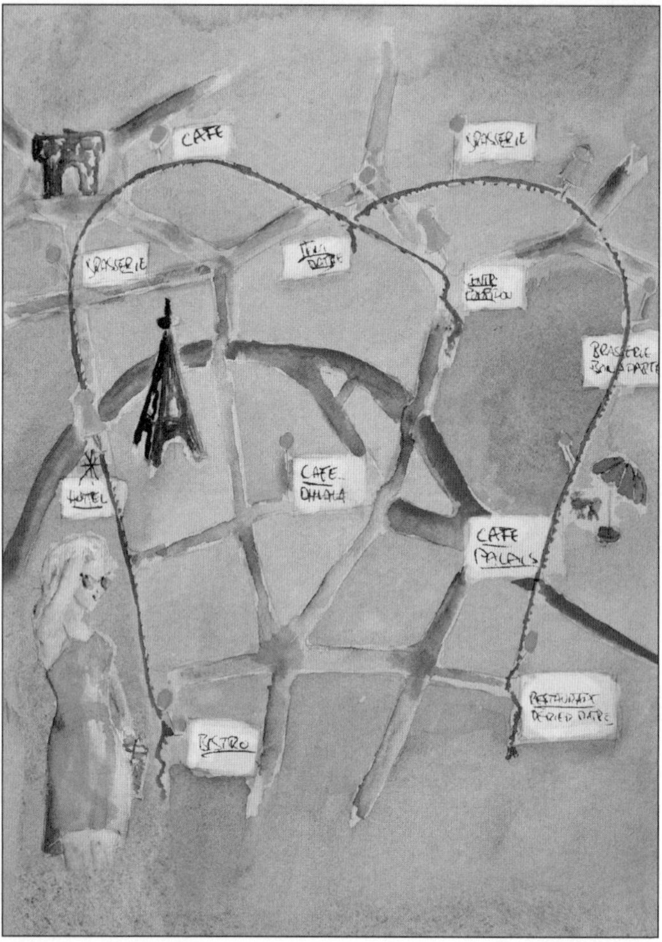

‚Cours de Gourmet'

er sämtliche Stationen auf einem Papier-Stadtplan und Verband die einzelnen Punkte zu einem Rundweg. Nicht einfach zu so einem ‚runden' Rundweg, sondern eher zu einem ‚Cours de Gourmet', quer durch Paris, so dass sich eine möglichst effiziente Tour daraus ergab. Von weitem betrachtet, konnte er eine Kochmütze in dem daraus entstandenen Bild erkennen.

Baudelaire hat nicht nur eine Mission

Unser Spitzenkoch war in der überaus lebendigen ‚Welthauptstadt der Gaumenfreuden' angekommen. In einem Hotel, welches sich unweit vom Eifelturm befand.

Schon der Blick aus dem Fenster erschien ihm wie eine Landkarte von Frankreich: Nicht nur die Gerichte, aus den Gegenden der zahlreichen Küstenkilometern des Landes haben die Kochbücher der Franzosen entschieden bereichert. Vielmehr haben die Regionen die Namen der Lokale stark beeinflusst.

In der Bibliothek hatte er gelesen, dass zu Zeiten des Jugendstils seine Berufskollegen meist nicht älter als vierzig wurden. Und zwar nicht nur deshalb, weil die Küchen Ende des neunzehnten Jahrhunderts wenig Licht und Sauerstoff boten, sondern meistens wegen der Unterernährung. Köche hatten damals mehr Berufskrankheiten als Bergleute. Er dachte sich, dass dies nicht nur interessant, sondern paradox war; und es irgendwie auch mit seinem Projekt zu tun hatte. Er wusste ja bereits, dass die Leute nicht selbst an ihrer schlechten Ernährung schuld gewesen waren, weil sie nichts dafür konnten in welche Welt sie hineingeboren wurden. Und zwar in eine Welt, die es nicht besser wusste. Aus Baudelaire´s Sicht war klar, dass ein Koch - der selbst nicht über das Wissen verfügte, wie der eigene Körper optimal genährt werden könnte, schlichtweg kein gutes Vorbild für andere Leute war. Und ihnen deshalb schon gleich gar nicht optimierte Kost zubereiten hätte können.

Unserem Spitzenkoch war auch klar, dass er in einer Welt lebte, in der es den Menschen vornehmlich darum ging, dass Speisen ästhetisch und geschmacklich herausragen sollten. Manchen Leuten – und das Thema hatten wir ja eingangs bereits, ging es dabei sogar nur darum, sagen zu können, dass sie sich ein Dinner beim Spitzenkoch XY leisten konnten. Für diese Leute war Prestige das höchste Gut. Die Nahrungsaufnahme per se spielte in deren Welt leider nur eine untergeordnete Rolle.

Flugzeugingenieure in aller Welt wussten beispielsweise, wie sie die optimale Flughöhe, für ein Flugzeug berechnen konnten. Die optimale ‚Flughöhe', welche effiziente Nahrungsaufnahme und ästhetische Kochkunst miteinander vereinte, gab es noch nicht.

Würde man den Blutzuckerspiegel vieler Menschen tatsächlich mit Flugphasen vergleichen, würde sich deren Flugzeug eigentlich immer nur in der Startphase oder im Landanflug befinden, bloß nie in optimaler ‚Flughöhe', sondern immer nur rauf und runter. Nicht angenehm ‚vorwärts'.

Apropos ‚optimale Flughöhe'; Unser Spitzenkoch und Forscher ging in ein Bistro, weil er bereits mit seiner Abenteuerreise, auf die sich sein Gaumen förmlich freute, beginnen wollte. Und so trank er gerade ein Glas Vermut vorweg, damit auch sein Magen schon einmal informiert war, dass da gleich noch mehr kam. Und er dachte darüber nach, dass sich seine Lebensabschnittsbeziehung gerade im Landeanflug befand. Er konnte es nicht genau sagen, aber er hatte deutlich den Eindruck, dass seine Liaison mit Fleur ebenfalls nur wenig mit optimaler Flughöhe zu tun hatte.

Baudelaire hatte sich seinen Ordner mitgenommen und blätterte ein wenig darin, als er auf seine hauchdünne Pizza Marseillaise, mit knusprigem Rand wartete, welche er gerade mit reichlich Anchovis bestellt hatte.

Er machte sich Gedanken über die Speisenkarte und über das Gespräch mit dem Kassensystem-Verkäufer und was der ihm vorgeschlagen hatte. Der meinte nämlich, es sei eine schöne Idee, einmal elektronische Tabletts mit App auszuprobieren, weshalb Baudelaire dann weniger Personalkosten haben würde und flexibler mit Speisenkartenänderungen sei. Denn Ausdrucke würde er dann gar keine mehr benötigen. Er blätterte also weiter in seinen Aufzeichnungen und überlegte sich, ob diese Idee wirklich so gut war. Auf der anderen Seite würden die Leute vielleicht das Schmökern in der Karte vermissen; Oder den persönlichen Kontakt und die Beratung, denn das Essen würde dann nur noch serviert werden. Und selbst das, meinte der Kassensystem-Verkäufer, könnte man wegfallen lassen. Je mehr er blätterte, desto mehr kam er auf die Idee sich einmal vorzustellen, was passiert wäre, wenn er seine Reiseunterlagen wohl so zügig in ein Tablet getippt hätte. Dann hätte Baudelaire jetzt nichts zum Schmökern gehabt, und es hätte ihm etwas gefehlt.

»Warum nicht gleich alles als Hörbuch?« dachte er sich

und spann ein paar weitere absurde Gedanken durch. Spätestens beim ‚Stadtplan als Hörbuch' war ihm klar, dass ein Kassensystem mit Tablets an den Tischen keine Lösung für sein Problem sein konnte. Es war ihm eine witzige Vorstellung: Ein Stadtplan als Hörbuch...

Nein es, sollte etwas Gedrucktes sein.

Seine Rezeptesammlung war gut gefüllt mit ebenso vielen Fehlversuchen, wie gastronomisch umsetzbaren Leckereien. Das Problem war natürlich, dass er die Gewohnheiten der Leute, mit den Notwendigkeiten gesunder Nahrung unter einen Hut bringen musste. Tierische Fette durch pflanzliche Fette zu ersetzen, bedeutete eben auch, dass einige seiner Rezeptideen am Ende komplett vegan waren. Das Problem daran war nun, dass sich der Körper mit pflanzlichen Eiweißen etwas schwerer tat. Erstens gab es manchmal Verdauungsprobleme und zweitens war die Wertigkeit geringer.

Es war wie ein Katz-und-Maus-Spiel, bei dem der Hütchenmitspieler nur verlieren konnte. Denn das Eine bedingte das Andere.

Und von wegen vegan, da gab es noch andere Bedenken. In der Bibliothek hatte er recherchiert, dass die Libido eines Mannes nachlässt, wenn er beispielsweise zu wenig Testosteron frei setzt. Das kann beispielsweise noch gefördert werden, wenn ‚Mann' zu viel Soja aß, weil ‚Mann' dann zu viel Östrogene produziert. So wurden die Männer immer zarter und das war nichts Gutes; befand unser Spitzenkoch, Spitzendenker und Spitzenforscher.

Es war wiederum gut, wenn pflanzliche Fette die Arterien frei hielten, wenn - Männer wie Frauen, tierische durch pflanzliche Fette ersetzten.

Man könnte es auch so sagen: Das Eine verlängerte das Leben des Einzelnen, und das Andere schränkte die Reproduktionsfähigkeit der Art Mensch ein. Es war wie verflixt. Je mehr er in seinem Ordner blätterte, desto mehr kam er zu der Überzeugung, dass sein Konzept sicher nicht vegan werden konnte.

Jetzt müssen Sie dazu aber auch wissen, dass sich unser Spitzenkoch, ein paar Jahre zuvor – als er auch Fleur noch nicht kannte, auch schon mal einem Selbstversuch unterzogen hatte: Baudelaire lebte nicht nur ein halbes Jahr lang vegan, sondern kochte auch für eine andere Liebschaft vegetarisch, so gab es auch für ihn äußerst selten Fleisch. In dieser Zeit hatte er häufiger ein ‚wach-wach' Gefühl mit klareren Gedanken. Und er kam zu der Erkenntnis: ‚Nur in einem gesunden Körper, lebt auch ein gesunder Geist.'

Er versuchte nun, die vielversprechenden Attribute des veganen Nahrungskonzepts von den irreführenden Attributen zu trennen.

Da gab es beispielsweise Hafer-, Mandel- oder Sojamilch. Hafermilch, deren einzige Aufgabe es scheinbar die Optik war. So auszusehen wie Kuhmilch. Nur das es Baudelaire nicht einzig um die Optik ging, hatten wir ja bereits besprochen. Hafermilch enthielt nur homöopathische Mengen an Eiweiß, weswegen sie Baudelaire schon mal in die Kategorie ‚unwichtig bis irreführend' auf seiner

Liste einstufte. Abgesehen davon bestand Hafermilch vor allem aus Wasser, was das Produkt absurd teuer machte. Denn ein Liter Hafermilch kostete etwa so viel wie zwei Kilo Haferflocken. Und wenn überhaupt, so konnte man sich Hafermilch leicht selbst herstellen, denn alles was man sonst noch dazu brauchte war Wasser. Mandelmilch kostete den Kaliforniern das Wasser und verursachte Trockenwüsten, war ihm also nicht nachhaltig genug. Sojamilch war für ihn ein Weichmacher, sorgte für zu viel Östrogenproduktion bei Männern und war ihm auch viel zu aufwändig produziert. So stellte er sich die Frage, wozu der Mensch denn überhaupt Milch - in welcher Form auch immer, brauchte. Calcium hatte den Nachteil, dass es die Aufnahme von Vitamin C behinderte. Kuhmilch hatte den Nachteil von unnötigem CO_2-Ausstoß und anderen volkswirtschaftlichen Problemen, wie etwa dem Subventionsdilemma. Kaffee hatte den Nachteil, dass er die Aufnahme von Eisen behinderte. Er hatte so viel in der Bibliothek gelesen, dass er nun nicht mehr wusste wo hinten und vorne war. Ein wirres ‚Gedankenquerbeet', er hielt das alles jedoch für wichtiger denn je.

Unser Spitzenkoch wollte sich gerade eine neue Liste dafür anlegen, die er fortsetzen wollte, wenn er wieder zu Hause war.

Just in dem Moment vibrierte sein Telefon, denn Saskia hatte ihm gerade eine Nachricht geschickt. Er schrieb aber seine Gedanken noch auf, damit er sich nach seiner Rückkehr in die Bibliothek setzen konnte, um die Liste zu vervollständigen. Die Idee war wichtig, doch seine Mission in Paris war eine andere: Zu schauen, wie sich die

Gastronomie in all den Jahren entwickelt hatte – denn er war schon viele Jahre nicht mehr hier gewesen. Und wieder vibrierte sein Telefon! Nur diesmal war es eine Nachricht von Fleur.

Während Saskia eigentlich nur wissen wollte, wie seine Anreise war, erinnerte ihre Nachricht unseren Burschen aber tatsächlich gleich noch mal an seine weitere Mission. Denn Paris war ja nicht nur die ‚Welthauptstadt der Gaumenfreuden', sondern auch die ‚Welthauptstadt der Liebe'.

Fleur wollte lediglich wissen wie seine Anreise war und wünschte ihm viel Erfolg auf seiner ursprünglichen Mission. Das erinnerte ihn daran, dass er ein Wertedilemma mit ihr hatte.

Wie dem auch sei. Er nahm sein Notizbuch und trug

„Pro/Contra Liste veganer Ernährung anlegen"

ein, um diese Aufgabe nicht zu vergessen. Und er fügte noch hinzu

„(Paleo, RAW Food, Superfood, vegetarisch, Ayurveda usw.) beste Attribute der Konzepte herausfiltern."

Vielleicht fragen Sie sich, woher Baudelaire diese Disziplin mit seinen Notizen nahm, um Dinge zu Ende zu führen, aber ein Aufgabenheft hatte er schon in der Grundschule führen dürfen, weswegen es für ihn eher eine Gewohnheit war.

Im Übrigen nahm er sich noch mehr in Paris vor, als nur seinen Gaumen zu beflügeln. Die Linien der Kochmütze, auf seinem Cours de Gourmet, bestanden auch aus diversen Ausstellungen, die er ebenfalls als Punkte markiert hatte.

So trank er noch gemütlich ein Glas Pinot Noir, denn die exzellente Pizza Marseillaise verlangte förmlich nach einer kulinarischen Verbindung mit einer guten Traube, was wiederum zur Folge hatte, dass der Wein von der Loire auch irgendwie eine chemische Reaktion in Baudelaire´s Kopf auslöste. Sie können sich das so vorstellen: Wenn er gelegentlich ein Glas Rotwein trank, entspannte das ein wenig seine Gedanken und es gelang ihm Fortschritte beim Entwickeln neuer Einfälle zu machen. So ähnlich wie Goethe, der ja auch hin und wieder einen guten Tropfen brauchte, um mit seinem Faust weiterzukommen. Sie wissen schon ...! Und die Missionen unseres Spitzenkochs waren ja auch wie verhext; ein bisschen drehte er sich im Kreis, denn der Teufel – mit dem er immer mehr einen Pakt zu schließen drohte, steckte im verflixten Detail. Er musste in beiden Missionen auf jeden Fall einen Kompromiss eingehen und diese Kompromisse hatten beachtlich viel mit den Gewohnheiten der Leute, der Gäste aber auch der Frauen zu tun, letztlich hatte der Pinot Noir Baudelaire aber tatsächlich noch zu einem wunderschönen Einfall verholfen und er notierte sich:

„Stadtplan mit Kochmützen Silhouette aufheben / einrahmen für Deko im Eingangsbereich“

Baudelaire kommt zwei Schritte weiter

Die Wohnung von Saskia´s Eltern lag ganz nahe beim Schloss Versailles, im ‚Verde 72', einem neuen ökologisch nachhaltigen Gebäude. Von außen sah alles aus wie ein übergroßes Baumhaus. Der Architekt, der für das Gebäude, mit der Hausnummer 72, immerhin zahlreiche Auszeichnungen erhalten hatte, hegte die Vorstellung, dass er die Gemütlichkeit und Vielfalt des berühmten Hundertwasserhauses in Wien, mit einer zeitgemäßen ökologischen Bauweise und den Ansprüchen der Leute in der Stadt unter einen Hut bekommen wollte.

Saskia hatte unseren Burschen dorthin eingeladen, sie abzuholen, weil sie im Schlosspark einen Spaziergang machen wollten und es für ihn bequem auf dem Weg lag; und ihre Eltern waren gerade im Urlaub an der Cote d´Azur.

Baudelaire fuhr am ‚Verde 72' vorbei, staunte über das Gebäude und ließ sich eine Ecke weiter chauffieren. Dann stieg er aus dem Taxi aus und sprang in eine Boutique. Schon wenige Minuten später: Blaues Designer Jeanshemd, runde Spiegelsonnenbrille - zum Hemd passend blau getönt. Ein kräftiges Royalblau. Schicke Sneaker mit weißer Sohle. Dann lief er nochmal zur Verkäuferin zurück und fragte nach einem Blumenladen, eilte dort hin und deckte sich noch mit einem hübschen Blumenstrauß ein.

Endlich schlägt der lang ersehnte Moment für Baudelaire. Schick angezogen steht er vor Saskia´s Türe und klingelt. Saskia staunte.

»Hallo! Warum bist Du so schick angezogen?«

… fragt sie ihn, nachdem sie die Türe öffnete. Sie selbst trug ein ‚très chices' (wenn auch knappes) gelbes Sommerkleid. Sie küssten sich auf die Wangen; und er überreichte ihr den Strauß.

»Halte ein! … [PAUSE und offensichtliches Bewunderung] Hallo! Das selbe könnte ich Dich fragen: Warum bist Du so schick angezogen, Süße?«

… sie lächelten sich an, hielten einen Moment lang inne und sie fühlten beide wie es knisterte. Dann fragte sie ihn:

»Und? Wollen wir uns weiter anstarren oder uns lieber über Rezepte unterhalten?«

»Nein, nicht über die Arbeit. Lieber übers Wetter!«

»Bei mir geht gerade scheinbar die Sonne auf«

»Bei mir auch. Sie scheint nicht nur scheinbar!«

Sie machten sich auf, um zum Park zu gehen. Sie hatten Glück, dass im Park wenige Touristen waren. Wir werden hier später wieder anknüpfen; zuerst möchten wir noch von einem Traum berichten, den unser Bursche kürzlich hatte. Der passt deshalb so gut an diese Stelle, weil Baudelaire jetzt klar wurde, warum er ihn geträumt hatte:

Des Spitzenkochs tägliche kulinarische Reise, durch die Welthauptstadt der Gaumenfreuden, begann schon recht früh, weil Paris ihm – der gerne frühstückte, recht viel zu bieten hatte. Als er am nächsten Morgen so im Bett lag, war es längst hell und die ersten Sonnenstrahlen wanderten durch den Raum – er konnte die einzelnen Staubpartikel in der Morgenluft einzeln abzählen. Es war Sommer. Der Musikwecker begann gerade damit, sich automatisch einzuschalten und die Lautstärke hinauf zu dimmen. In genau diesem Augenblick befand sich Baudelaire gerade in der Endphase eines merkwürdigen Traums: Er träumte erst von Lily, allerdings vermengte sein Traum dann irgendwie alle möglichen Erlebnisse miteinander. Lily stand plötzlich auf dem Surfbrett, hatte einen Bikini an und von der Strandbar erklang gepflegter Salsa Groove. Irgendeine Komposition aus Vocals von „My Girl" – aus dem Film Dirty Dancing, abgemischt mit den Beats von „Blurred Lines" - Robin Thicke, falls Sie das kennen. Und es ging noch weiter: Dann war es Balu, die mit ihm im Schlosspark spazieren ging und Saskia lief mit ihm durch reizende kleine Gassen einer Hafenstadt, irgendwo am Mittelmeer, Waldemar saß mit ihm in der Brasserie und erzählte ihm irgendwas von einer optimalen Quote von Makronährstoffen, Trainingszielen, Mikronährstoffen, Tageszeiten, Straßenkochkunst, Perspektivwechsel, Bikinis – kurz: Ein heilloses Durcheinander. Während er mit Matti - dem Bauern, zusammen segelte – was sehr lustig war, denn sie rauchten die falsche Hanfsorte, die Matti ausversehen für ihn angebaut hatte, weil man ihm den falschen Samen lieferte. Als die Musik schon etwas lauter war, sah er sich erst um den Mast tanzen. Dann legte er wieder eine seiner schrägen Pachanga-Limbo Einlagen ein: Der Baum bot sich an dafür und Matti klatschte die ‚Clave' dazu. Am Abend kuschelte er mit Marijan in der Hängematte auf der Terrasse der „Verde 72 Baumhauswohnung" – sie chillten und Marijan´s Busen kam nicht unberührt davon. Sie faselte etwas von ‚Spitzensportler'. In welchem Kontext, konnte er nicht genau verstehen. Bis dahin war es ein wunderschöner Traum, doch dann kuschelte unser Bursche plötzlich mit der etwas beleibteren Sandrine, und das Seil der Hängematte riss. Just in dem Moment weckte ihn der Refrain, der Radiomusik und sie knallten in seinem Traum auf den Terrassenboden.

Baudelaire war im Bad und putzte sich die Zähne, als ihm langsam klar wurde, was er da gerade geträumt hatte. Sonst träumte er nie so etwas seltsames, darum war es schon einen Gedanken wert. Zum ersten Mal gingen ihm alle Frauen durch den Kopf und seine Gedanken drehten sich turbulent im Kreis und das war jetzt kein Traum mehr. Er fragte sich ‚Warum dieser Traum?', ‚Sollte ich mir eine aussuchen?' und ‚Wozu die Zusammenfassung?' Keine von ihnen war ‚perfekt', wenngleich er wusste, dass es „perfekt" ohnehin nicht gab. Für einen Moment war es wie eine Endlosdenkschleife, in der er gefangen war. Das Problem war nun mal, dass er sich keine optimale Frau backen konnte, so wie er es vielleicht mit seinen Rezepten hinbekam. Und das brachte ihn auf eine Idee, die er sich gleich notierten wollte, aber es fiel ihm schwer, einen klaren Gedanken zu fassen. Immer wieder gerieten Waldemar´s kompetente Beiträge mit den Brüsten von Saskia aneinander. Immer wieder gerieten Matti´s surreale Kiffersprüche mit den Beinen von Marijan aneinander. Vielleicht hatten die Mädels in dem Traum nur die einzige Aufgabe, ihn auf die Inhalte der anderen Protagonisten aufmerksam zu machen: „hallo... hier passiert was". Das ‚Traummarketing' in Baudelaire´s Schädel - nennen wir es einfach mal so, hatte jedenfalls die gewünschte Wirkung gezeigt. Unser Bursche weckte den Spitzenkoch in sich. Und die Konstellation Erdanziehungskraft und Sandrine hatte lediglich die Wachmachfunktion.

Auch wenn es ihm sichtlich schwer fiel, noch mal die wichtigsten Erkenntnisse aus dem Traum zu filtern, so notierte sich Baudelaire gleich mehrere Gedanken:

> ***„a.) Optimale Makronährstoff-Quote/Mix (Körpertyp, Ziel, Tageszeit...)***
> ***b.) Optimale Mikronährstoff-Aufnahme (Vitamine, Fette, Enzyme, ätherische Öle, Substanzen***
> ***c.) Optimale Tageszeit (Trainingsziel, Ernährungsziel)***
> ***d.) Optimaler Trainingsmix (Kardio, Ausdauer, Kraft, Koordination, Schnellkraft)“***

Dann machte er sich fertig und bevor er das Hotelzimmer verließ, rief er Saskia an, um sich mit ihr zu verabreden. Denn er hatte wieder eine Idee, bei der sie unserem Spitzenkoch sicher weiterhelfen konnte.

Beinahe hätten wir einen wichtigen Teil der Geschichte ausgelassen. Natürlich träumte Baudelaire nicht ohne Grund von der Hängematte, schließlich lag er ja selbst einmal darin! Und das war so: Nachdem unser Bursche mit Saskia von dem Spaziergang durch Versailles zurückgekehrt war, wollte Baudelaire Saskia einfach nur wieder nach Hause bringen. Tada ... - an der Haustüre hatte inzwischen jemand einen knallroten Luftballon angebracht, mit einem Zettel, auf dem geschrieben stand: »Bonjour liebe Leute! Wir sind die Delieu´s, Eure neuen Nachbarn und wir feiern heute Abend unseren Einzug ins Verde 72. Ihr seid alle herzlich eingeladen – kommt doch vorbei!« (natürlich auf Französisch, aber wir haben es einmal frei für Sie übersetzt).

Es war ein sehr warmer Tag und Saskia meinte, dass sie diese Einladung für unheimlich nett hielt und machte unseren Burschen den Vorschlag, dass er doch noch bleiben könnte, denn sicherlich wäre es für seine Recherchen auch ganz hilfreich, wenn er auch ein wenig davon erfahren würde, wie die gewöhnlichen Leute in Paris feierten und sie wollte auch die Gelegenheit nutzen, um die Nachbarn ihrer Eltern ein wenig kennen zu lernen.

»Keine schlechte Idee.«

sagte er zu Saskia, während sie beide in den Hausflur des Verde 72 gingen.

»Fabelhaft! Dann lass uns schauen, ob meine Eltern noch eine Flasche im Kühlschrank haben, die wir als Present mitbringen können.«

»Ich hätte da noch eine andere Idee: Lass uns doch Brot und Salz mitbringen.«

Saskia strahlte seit dem Spaziergang dauernd und meinte, dass sie die Idee von ihm für extrem stilvoll hielt und unser sternschnuppendekorierter Gastgeberprofi meinte:

»Klasse! Dann lass uns ein deutsches Brot backen schließlich haben wir ja noch genug Zeit.«

Sie schauten noch, was Saskia´s Eltern noch alles in der Küche hatten. Und siehe da: Sie hatten alles, was ein gutes Brot brauchte. Wasser, Salz und Mehl; und Saskia´s Mutter hatte obendrein einen Sauerteig angesetzt, der im Kühlschrank stand.

Wissen Sie, genau so hatte es Baudelaire auch immer in

‚Proteinstrukturvorlagen'

seinem Restaurant gemacht. Das Brot für seine Gäste backte er immer selbst; ebenfalls aus Buchweizenmehl. Es dürfte wohl Monate her gewesen sein, dass er sich gezwungen sah, einen neuen Sauerteig ansetzen zu müssen. Und das nur, weil der Lehrling vergessen hatte, einen Fetzen vom Brotteig wegzunehmen.

Saskia sprang im Bad herum, während unser Bursche einen Teig für vier kleine Brote vorbereitete. Dann nahm er ein bunt kariertes Geschirrtuch, und deckte damit die Teigschüssel ab. Er schaute in sein Notizbuch und bemerkte, dass er einerseits schrittweise vorwärts kam. Als Saskia plötzlich, nur mit einem Bademantel bekleidet, in der Küche erschien, fühlte und sah er, dass er andererseits auch mit Saskia vorwärts kam! Und dann fragte sie ihn auch noch mit zarter Stimme:

»Kommst´ Du mit raus in den Whirlpool?«

Wir werden später noch einmal darauf zurück kommen, was im Pool passierte, weil Sie so den Zusammenhang für die nächste Erkenntnis besser begreifen: Unser Bursche konnte Saskia jedenfalls nicht erreichen, als er sie morgens anrief und so ging er aus dem Hotelzimmer und textete ihr kurzweg auf die Mailbox, dass er eine tolle Idee gehabt hatte, und sie ihn zurück rufen möge. Er war noch zu müde, um darüber nachzudenken, warum er sie nicht hatte erreichen können.

Und so hatte Baudelaire ganz schön Mühe, die neuesten Erkenntnisse, aus der Wissenschaft der Epigenetik, in seine alltagstauglichen Rezepte einfließen zu lassen. Ohne dabei zu weit in die Tiefe zu gehen, aber mit

‚Proteinstrukturvorlagen' wollte sich unser Spitzenkoch nicht auch noch befassen. In der Bioinformatik hatten Physiker, Informatiker und wer weiß noch alles mittlerweile über fünfzigtausend Eiweißstrukturen ermittelt, in denen sie die Moleküle Röntgengeräten durchleuchtet hatten. Dann errechneten sie daraus dreißig Millionen Aminosäure-Sequenzen. Baudelaire wollte es einfach: Er veränderte beispielsweise seinen Brotteig so, dass er zwar noch genauso viel Fett enthielt, denn die Fette waren ja wichtig für die Bereitstellung der Vitamine und all der anderen Mikronährstoffe, wie beispielsweise Enzyme oder ätherische Öle ... – aber er sorgte dafür, dass sich Eiweiß- und Ballaststoffanteile meist erhöhten. Dafür konnte er nicht einfach ein anderes Mehl nehmen, weil sich dann der Teig nicht mehr backen oder essen ließ. Wie beispielsweise Hanfprotein, welches bei zu hohem Anteil sandige Konsistenz lieferte. Zwanzig oder dreißig Prozent sollten genügen. Darum musste Baudelaire bei Broten und Pfannkuchen die meisten Experimente machen, um eine geschmacklich gelungene Mischung zu erhalten. Die Küchenwaage war bei all diesen Experimenten seine beste Freundin. Mal war ihm die Konsistenz zu matschig, und ein anderes Mal war das frisch gebackene Brot staub trocken. Er experimentierte vornehmlich mit Buchweizenmehl, weil er ja bereits wusste, dass viele Leute – auch in seinem Lokal, eine Gluten-Unverträglichkeit hatten und Buchweizenmehl hielt den Blutzuckerspiegel konstant in einer ordentlichen Flughöhe.

Und er sagte sich, falls er eines Tages ein herausragend neues Konzept haben sollte, dann konnte es dafür außerdem gar kein ‚mittelmäßig' optimiertes Brot geben, sondern nur verschiedene Brote, welche den jeweiligen momentanen Bedürfnissen der Leute gerecht werden würde.

Baudelaire verliert die Zweifel

Es verging eine ganze Woche, ehe Baudelaire wieder mit Fleur telefonierte und er ihr eine Menge berichten konnte. Auch sie erzählte ihm diesmal viele Neuigkeiten. Sie war mit ihrer neuen Mixtur fertig geworden und nun konnte sich die Marketingabteilung wieder damit beschäftigen. Denn in dem Konzern, in dem Fleur arbeitete, beauftragte die Marketingabteilung neue Mixturen. Über persönliche Dinge sprachen sie gar nicht, und Fleur klang auch nicht gerade, als würde sie sich großartig dafür interessieren, wie Baudelaire - ohne sie, in der Stadt der Liebe zurechtkam. Das stimmte Baudelaire ein wenig traurig, denn er hätte sie einerseits gern als Begleitung dabei gehabt und andererseits war er es, der von zu Hause weg war. Es fühlte sich in etwa so an, wie eine Situation, in der man einen Punkt erreicht hat, an dem man nichts mehr ändern kann. Es war dann eben wie es war.

Doch Paris gefiel Baudelaire ausgezeichnet, und da passierte auch eine ganze Menge. Deshalb blenden wir zurück ins Verde 72, dort war das Brot im Ofen; und nachdem Saskia unserem Burschen in den Pool geködert hatte, konnten bereits die ein oder anderen Luftbläschen langsam an seinen Beinen hinauf blubbern. Unser Bursche durfte dabei ganz schön aufpassen, kein Hörnchen zu bekommen; und Sie haben es sich vermutlich längst gedacht, denn Baudelaire befand sich inzwischen im ‚halb-egal-Zustand' was Fleur betraf und gleichzeitig im ‚halb-egal-Zustand' was den Champagner betraf. Denn es blubberten auch die ein oder anderen Bläschen am Glasrand empor, welches Saskia ihm vorsorglich gut gefüllt hatte. Wenn Sie jetzt richtig mit addiert haben, müssten Sie auch auf den ‚ganz-egal-Zustand' gekommen sein, denn zweimal ‚halb-egal' macht einmal ‚ganz-egal'.

Sie backten deshalb lieber vier kleine Brote, weil sie dachten, dass so eine Familie vielleicht Eltern und Kinder waren. Und so kam es, dass sie sich schnell näher kamen und taten, was verliebte Leute miteinander taten, aber eben bei Blubberbläschen und schließlich doch mit Hörnchen. Und weil das Hunger machte, kam unser Bursche auf die Idee, Saskia doch ein paar leckere Pfannkuchen von dem Buchweizenmehl – was er auch für das Brot hernahm, zubereiten zu lassen. Nur kam alles viel besser: Saskia hatte Hanfprotein von zu Hause mitgebracht, denn Baudelaire hatte ihr im Sprachkurs einmal von Matti, dem Bauern und dem ‚Hafer-Hanf-Pfannkuchen-Rezept' erzählt, welches er entwickelt hatte – und Saskia hatte es – zu seiner Überraschung, selbst schon zu Hause ausprobiert.

Ehe er sich versah, stand Saskia – diesmal ohne ihren Bademantel am Herd und machte Hafer-Hanf-Pfannkuchen.

In dem Telefonat mit Fleur hatte unser Bursche diesen Teil der Geschichte natürlich verheimlicht, denn er wollte nicht, dass sie beunruhigt war, allerdings hatte Fleur nur von ihrer Arbeit gesprochen und schließlich war ihm das ohnehin ‚ganz-egal' – aber das hatten wir ja schon.

Am Abend speisten Baudelaire und Saskia bei den Delieu´s – den neu zugezogenen Nachbarn und die hatten tatsächlich zwei kleine Kinder. Als sie dazu kamen, waren bereits zahlreiche andere Nachbarn aus dem Verde 72 Baumhaus eingetroffen. Die Kinder liefen zum Spielen auf der Terrasse herum und kamen gelegentlich rein, um sich ein Eis oder etwas zu trinken zu holen.

Die vier kleinen Brote waren zwar etwas dunkel geworden, weil unser Bursche mit Saskia gehörig abgelenkt gewesen war und er sich nicht voll und ganz auf das Backen hatte konzentrieren können. Doch die Brote hatten bei den Nachbarn eine gute Weile als Gesprächsthema hergehalten, zumal sie diese typisch deutsche Tradition bisher nicht gekannt hatten.

Die Kinder flitzten immer rein und raus und dabei machten sie auch unsäglich viel Radau. Sie stiegen auf die Sofalehne und sprangen auf Kissen, dann spielten sie verstecken ... – was Kinder ebenso machen. Vor allem aber lachten die Kinder entsprechend viel beim Spiel, was Saskia Freude bereitete, denn sie lächelte ja auch selbst dauernd. Ohne darüber nachzudenken, ob das Lächeln vielleicht nur dem Champagner geschuldet war, schien unser Bursche sich davon anstecken zu lassen. Er lächelte auch die meiste Zeit. Auf jeden Fall fühlte es sich für ihn gut an, mit ihr gemeinsam zu lachen...

Die Spielerei der Kinder regte aber Frau Delieu auf, denn sie wollte, dass ihre Kinder länger bei Tisch blieben. Sie hatte wohl die Befürchtung, dass die Leute gleich einen schlechten ersten Eindruck von ihren neuen Nachbarn gewinnen konnten. Doch den Leuten machte das überhaupt nichts aus und sie amüsierten sich herzlich; es wurde viel gelacht, Bossa Nova Musik lief dezent im Hintergrund und die Bowlegläser klirrten beim Anstoßen. Die Bowle wurde leerer und leerer.

Weil ziemlich viel ‚geklirrt' wurde, war unser Bursche viel zu müde, um gleich in sein Hotel zurück zu fahren. Stattdessen ging er mit zu Saskia, um mit ihr noch einen letzten Absacker auf der Terrasse, der Wohnung ihrer Eltern zu schwelgen. Lange nach Mitternacht wachte er auf, und lag dann mit ihr in der Hängematte. Er war zufrieden, bestellte sich dann allerdings doch lieber ein Taxi.

Und so hatte er die Nacht alleine verbracht. Es war jetzt Nachmittag, Saskia hatte zwischenzeitlich die Mailbox abgehört und rief unseren Burschen zurück:

> *»Wir könnten uns heute Abend treffen. Ich müsste nur noch ein paar Erledigungen machen«*

meinte sie und Baudelaire fasste kurz zusammen, was für eine tolle Idee ihm in den Sinn gekommen war:

> *»Ausgezeichnet! Ich bringe noch etwas mit, lass Dich überraschen!«*

Doch wir möchten uns nur auf's Wesentliche beschränken: Die darauf folgenden Tage verliefen in etwa so ab: Baudelaire hatte immer wieder neue Ideen, weil er sich tagsüber von tollen Dingen, auf seiner „Kochmützentour" – quer durch Paris, inspirieren hatte lassen. Abends verbrachte der Bursche manchmal mit Saskia die halbe Nacht auf der Terrasse. Im Pool. In der Hängematte. Sie liebten sich und er rief sich jedes Mal ein Taxi, was ihn zum Hotel brachte. Saskia hatte nicht jeden Tag Zeit, aber dazu kommen wir später noch. Das Notizbuch des Spitzenkochs füllte sich ganz ordentlich und an einigen Tagen nahm er eine Vorsortierung vor, um Struktur in seine Einfälle hinein zu bringen. Und dafür hatte er im Hotelzimmer die Wände als übergroße Flipchart-Tafel genutzt. Nach einer Woche sah sein Hotelzimmer aus wie ein Büro. Saskia begleitete ihn allerdings auch die meiste Zeit bei seinen Erkundungen und lieferte wertvolle Denkanstöße, so dass Baudelaire immer mehr das Gefühl bekam, dass sie ihm nicht nur „sexuell" gut tat, sondern sie auch eine Art ‚Hebel' für seinen unternehmerischen Erfolg darstellte. Sie sprachen auch gar nicht mehr von ‚seinem' Projekt, sondern sie hatten einen ‚unser nächster Termin', einige ‚unsere Pläne'… – ‚unsere' so weiter. Die ‚uns' füllten immer mehr die Sätze in ihrer Konversation. Es war Baudelaire wie eine Symbiose vorgekommen, die irgendwie zusammen gehörte und er sich bald gar nicht mehr vorstellen konnte, das er die Parisreise ursprünglich alleine angefangen hatte. Denn ursprünglich hatte er sich ja gewünscht diese Reise zu nutzen, um mit Fleur ‚Gemeinsamzeit' zu verbringen.

Das Wunderbare daran war, dass Saskia genau diese vereinenden Worte gefunden hatte, als sie mittags die Sonne zusammen genossen. Sie saßen auf einer Bank an der Seine, gegenüber von ‚Notre Dame', deren unzählige Glocken gerade zu läuteten begonnen hatten, und Saskia meinte:

»Es ist wunderschön mit Dir die Zeit zu verbringen.«

Und unser Bursche fühlte sich merkbar wohler in dem Augenblick, weil sie etwas ansprach, worüber er natürlich nachdachte. Oder besser gesagt, was er sich erhoffte. So etwas angesprochen zu haben, war schon etwas Besonderes für ihn, weil es doch wohl so ist, dass die Menschen im allgemeinen Angst haben, sie könnten ihr Gesicht verlieren, wenn sie zu viele Gefühle zum Ausdruck bringen. Er nahm sie daraufhin in den Arm - einfach nur, um mit ihr zu schmusen. Dann sagte er:

»Das kann ich nur zurück geben, und es ist nicht nur die Zeit, die wir miteinander verbringen. Irgendwie habe ich das Gefühl, selten so produktiv vorwärts gedacht zu haben. Es ist wie „eins plus eins ist drei"! «

»So? Was meinst Du mit eins plus eins ist drei …?«

… fragte sie ihn. Er kniff die Augen zusammen, schüttelte den Kopf und fing an zu Schmunzeln, er sagte dann:

»… haha, ich sehe schon, deshalb studierst Du auch Kunst und ni′ … - ähm ja: „eins plus eins ist drei" ist nur ein Synonym für Zugewinn - haha…- Ja! Allein die Zeit in einer so schönen Stadt zu verbringen, wäre doch fast Zeitverschwendung und was für ein Glück, dass wir uns so gut verstehen und uns auch soviel zu sagen haben. Mir macht es einfach Spaß mit Dir die Zeit zu verbringen.«

Saskia legte ihren Zeigefinger sanft auf seinen Mund, um ihn zu bremsen und flüsterte

»Du wirst ja richtig romantisch.«

und hob dabei schelmisch die Augenbraue. Wenngleich

sie es ironisch meinte, war ihm das ein wenig peinlich, denn so wollte er nicht rüber kommen, darum entgegnete theatralisch:

»Romantiker? ähm… nein, nein!!! "erzürn nicht, schönes Fräulein, wenn ich mich Euch mit einer Brille nähere. Ich weiß wohl, dass Eure Reize stark genug ins Auge springen, dass sie von sich aus deutlich genug sichtbar sind und man keine Brille braucht, um ihrer gewahr zu werden"?«

Sie musste lachen.

»haha hör auf!!! Okay, ja dass ist Romantik! Hast Du Dir das gerade ausgedacht?«

»Mit meiner Sonnenbrille … haha!? Nein! Molière! So´was denk ich mir doch nicht selbst aus. Ich liebe Molière. Kennst Du ihn?«

… sie legte wieder ihren Zeigefinger auf seinen Mund, dann schauten sie sich an. Sie küsste ihn und sie genossen einfach nur den Augenblick und waren glücklich!

Tags drauf schaffte der Bursche es, seine Zweifel einmal aus dem Kopf zu bekommen. Das war bereits nach dem Telefonat mit Fleur. Und so fuhr er - des nachts, zum ersten Mal nicht mit dem Taxi ins Hotel. Vielleicht halfen die Glocken an der Seine, oder was Saskia dort zu ihm gesagt hatte.

Ursprünglich hatte unser Spitzenkoch für den Morgen eine Ausstellung im ‚Centre Pompidou' auf seiner Cours de Gourmet Kochmützen-Agenda, aber er zog es vor den Vormittag mit Saskia zu verbringen: Gemeinsam auf der Terrasse mit leckeren Hafer-Hanf-Pfannkuchen mit Comté

Käse und geräuchertem Lachs, mit frischem Schnittlauch garniert und einer prickelnden Flasche Champagner.

Plötzlich klingelte das Telefon von unserem Burschen und am anderen Ende der Leitung war Jérome, der ihn natürlich erst mal mit seinem französischen Akzent fragte, ob er wie immer schön brav war. Baudelaire meinte:

»Na klar! Klar bin ich brav, aber ich hatte mir ja schon gedacht, dass Du mal so einen Kontrollanruf wagen würdest. Deswegen hatte ich auch Zeit genug, mir eine schlaue Antwort auf die Frage auszudenken.«

und lachte dabei.

»Oui, oui! Schönés Dinge!«

schmunzelte Jérome wieder am anderen Ende.

»Abér, wenn Due Disch sogá noch auf eine schlaué Antworte konzentrieren könntest, können die Beine nischt so laang sein. Oui?«

»Mach Dir mal keine Sorgen, alles bestens ... – was gibt's?«

»Dú! Isch wöllte Disch fragén, öb Dú kömmende Woché Lust ättest, zú See zú fahren – une Rundé segeln?! Òder passt es géradé nischt?«

»Zur See?«

»No... monnn dieu! No, zú See!«

»Meinst Du "zum" See?«

»Oui, zú See. Tres bien, voilá!«

Baudelaire meinte dann, dass er das für eine riesige Idee hielt, er sich aber noch in Paris befände. So verabredeten sie sich für die Woche darauf und Jérome, der mit unserem

Burschen zuletzt vor vielen Jahren in der Bretagne segeln war, kümmerte sich um ein Boot.

»Doch, doch! Passt schon! Ich bin nur etwa einsechsundsiebzig abgelenkt! Die Beschickung durch die Strömung ist etwa 85B ... ähm Beaufort Nord-West ... – aber läuft.«

Eine nette Umschreibung für das, was sich da gerade zwischen Wohnzimmer und Bad hin und her bewegte. Er musste es Jérome in Wirklichkeit noch mal übersetzen, damit der den Witz verstand:

»Quatre-vingt cinq!«

»ooooh lalat! Oui tres-bien ... aubtsaé Dú älst den Kúrs.«

Für unseren Burschen und seine Freunde gab es übrigens zwei Arten von Segeltagen für die umliegenden Seen. Erstens die sogenannten ‚Segel-Segel-Tage', an denen es schon wenigstens drei Windstärken Beaufort haben mochte und Sonnenschein ganz nett war. Und zweitens die sogenannten ‚Bikini-Segel-Tage', an denen es genügte, wenn man sich mit drei Windbeuteln - oder sonstigen Kuchen mit mindestens fünf Beaufort eindeckte, um die Zeit an Bord mit Badeleitern, gefüllten Kühlboxen, Ghettoblaster, und coquet präsentierten Bikinis, so angenehm wie möglich gestaltete. Eine Windstärke bei knallendem Sonnenschein war da unersetzbar und Jérome verabredete sich mit unserem Burschen eher zu einem „Segel-Segel-Tag", weil solche „Segel-Segel-Tage" auch ideal waren, um mal die Seele baumeln zu lassen und gute Gespräche zu führen.

Baudelaire denkt jetzt größer

Sie verließen das Centre Pompidou, in das sie am Nachmittag gegangen waren; dort hatten sich die beiden eine Fotoausstellung angesehen. Unser Spitzenkoch dachte, es sei eine gute Idee, sich danach gemeinsam in eine der belebten Brasserien zu setzen, um die Sonne zu genießen.

Denn die Ausstellung war zwar sehr inspirierend, aber das Centre Pompidou, welches sich die Pariser Ende der Neunzehnhundertsiebziger Jahre zugelegt hatten, konnte auch unerträglich stickig sein. Das faszinierende war, dass Sie denken würden, es sei ein Raumschiff und kein Museum. Die rote überdachte Rolltreppe, welche sich schräg über die komplette vordere Fassade legt, sieht nämlich so aus wie eine Landungsbrücke bei einem Kreuzfahrtschiff. Hier liefen eine Menge Touristen und Künstler rum, und es gab auch gewisse Musiker, Jongleure und Pantomime Artisten, die Baudelaire wieder an den Hütchenspieler denken ließen. Baudelaire ließ sich davon gerne inspirieren, denn er war hier her gekommen, um genau diesen Flow zu spüren und diese Atmosphäre zu genießen.

Das Museumsgebäude war schon etwas in die Jahre gekommen, so dass die Stadtverwaltung - der Welthauptstadt der Gaumenfreuden, seit einigen Jahren mit Restaurationsarbeiten daran beschäftigt war. Hier und da eine kleine Erneuerung. Hier und da machte Kleinvieh allerdings auch Misst; und zwar brachten die zahlreichen Touristen viel Geld in die Kassen der Stadt, nur lieber hätten es die Einwohner wohl gehabt, wenn man an so einem Gebäude, nach so kurzer Zeit, noch nichts reparieren hätte müssen; denn das kostete immer recht viel Geld. Das Problem der hohen Restaurationskosten, hatte die Stadt aber noch mit vielen anderen Gebäuden, bei denen man mehr Wert auf avantgardistische Architektur legte, als auf die Langlebigkeit der bewährten Baukunst. Und so fehlte das Geld für Schulbildung oder etwa beim sozialen Wohnungsbau.

So kam es, dass findige Filmemacher überhaupt auf die Idee kamen, sich Filme, wie ‚Die Klasse' auszudenken. Sie erforschten die Entwicklung der Klassengesellschaft seit Jahrzehnten, sprachen mit Lehrern, Schülern, Eltern und Streetworkern. Baudelaire konnte sich nur zu gut an diesen Film erinnern, denn es war noch gar nicht lange her gewesen, dass er ihn sich mit Fleur angesehen hatte. Deshalb fiel ihm das auch wieder ein und er fragte Saskia, wie sie darüber eigentlich dachte.

Sie saßen sie in der Brasserie und philosophierten über die Zukunft, über die Klassengesellschaft und all dies. Saskia machte während dessen auch ein paar Bleistiftskizzen vom Pompidou und den Künstlern – sie zeichnete gerne. Übrigens erwähnte sie auch, dass sie sich als kleines Mädchen schon immer auch gewünscht hatte, einmal selbst Kinder zu haben. Der Film ‚Die Klasse' hatte sie allerdings ein wenig traurig gestimmt, weil sie wusste, dass es das Problem nicht nur in Frankreich, sondern auch in ihrem Land gab. Daher war es schön, sich danach eine Komödie angesehen zu haben, denn sie meinte auch, dass man sich von sozialkritischen Filmen nicht entmutigen lassen sollte. Baudelaire spürte, dass Saskia dieses Thema besonders wichtig war und es sie nachdenklich stimmte.

Die Fotoausstellung, welche sich die beiden angesehen hatten, nannte sich ‚Perspektivwechsel und Kriege'. Gezeigt wurden auf der einen Seite des Raums Fotografien von Krisengebieten der Gegenwart, und zwar von unterschiedlichen Fotografen, die besonders eindrucksvolle und sogar ausgezeichnete Bilder gemacht hatten. Gleich auf der anderen Seite – des selben Raums, dekorierten die Kuratoren jeweils ein antikes Pendant.

Die Ausstellung war also gar keine reine Fotoausstellung und schon gar nicht – wie Sie es gewiss vermutet hätten, eine Fotoausstellung über die ‚Prêt-à-porter', ‚Nouvel Cuisine' oder ‚Gambas und Beine', was unserem Beineliebhaber ja durchaus zuzutrauen gewesen wäre. Stattdessen ging es darum, dass sich Konflikte in der Weltgeschichte wiederholten.

Es war eben nur eine Frage des ‚zeitlichen Blickwinkels'.

Egal, ob Seeschlachten, hungernde Kinder oder Massengräber. Alles wiederholte sich. Und da fand Baudelaire, dass der Perspektivwechsel wirklich eine großartige Methode gewesen war, die Leute einmal aus ihrer Komfortzone zu locken. Und Baudelaire dachte es nicht nur, sondern er hatte es auch mit Saskia in der Brasserie besprochen. Sie hatten diesen Gedanken sogar noch weiter gesponnen und waren beide der Ansicht, dass es eine glänzende Idee sein dürfte, dieses Stilmittel des Perspektivwechsels, auch irgendwie in das neue gastronomische Konzept einzubinden.

Unser Spitzenkoch fragte den Kellner – der natürlich in Frankreich ‚Garçon' gerufen wird, ob er ihm eben seinen Bleistift ausborgen konnte, und dann schrieb er folgendes in sein Notizuch:

„Perspektivwechsel – weitere Ideen dazu??!"

Saskia fragte ihn:

»Was schreibst Du jetzt auf?«

»Ach ... – erst mal nur den Gedanken, mal sehen, was mir noch dazu einfällt.«

Sie lächelte und verdrehte die Augen zugleich und meinte dann:

»So? Hattest Du nicht gerade noch eine genaue Vorstellung ... ?!«

Gerade hatte unser Bursche wohl eine kleine Denkschleife, so dass Saskia – die ein originelles schulterfreies Kleid an hatte, ihm ein wenig auf die Sprünge half und diktierte ihm, was er wenige Minuten zuvor selbst zu ihr gesagt hatte:

»"Perspektivwechsel" hattest Du irgendwie so gemeint. Dass beispielsweise die Menükarten nicht mehr Mittag- oder Abendkarten heißen sollten. Sondern Du meintest etwas mit „Körpertypenkarten".«

»Ach ... – ja genau!«

Sagte er und fand seinen Faden wieder. So notierte er weiter ein paar Stichpunkte:

„a.) Karte aus Sicht der 3 Körpertypen
b.) Gliederung nicht nach Gängen, sondern Notwendigkeiten (z. B. Zeitpunkt)

c.) Frauen/Männer
d.) Body-Maß-Index
e.) Alter
f.) Zeitpunkt = vor/nach Sport und Ablaufplan für Kassensystem / Waldemar anrufen, zeitlicher Blickwinkel"

Er schrieb und sprach dabei langsam, was er da schrieb – so dass Saskia es mitbekommen konnte; dann gab er das Heft Saskia. Sie schaute sich Zeile für Zeile an, was er da notiert hatte und Baudelaire fühlte sich dabei ziemlich wohl, denn die Situation erinnerte ihn daran, wie sie an der Seine auf der Bank saßen. Saskia war künstlerisch und gestalterisch höchst begabt und wir würden es nicht noch mal erzählen, wenn es für das Ergebnis unserer Geschichte nicht wirklich von unermesslicher Bedeutung gewesen wäre. Sie war also angehende Lehrerin für eben diese Fächer, obgleich mit Herzblut bei der Sache und Saskia war unserem Spitzenkoch genau deshalb eine große Hilfe gewesen. Wegen des Herzbluts.

Die Notizen brachten Saskia zum Nachdenken: Sie meinte, dass man es eventuell hinbekommen könnte, ein System zu designen, was jedem frei zugänglich wäre und dachte dabei an das „Internet der Dinge" und eine Plattform, die jedermann anonym und standardisiert nutzen können sollte.

»Das „Internet der Dinge"? «

... fragte Baudelaire Saskia.

»Ja, es gibt die sogenannte „Opensource" Szene, welche über die ganze Welt verteilt und gleichzeitig, miteinander vernetzt ist. Diese Leute teilen Quellcodes

von Programmen, sogar Baupläne für Autos und einfach alles was man selbst herstellen oder verbessern kann. Und das „Internet der Dinge" ist nur eine Metapher dafür, dass Computer zunehmend als „Zwischengeräte" von der Bildfläche verschwinden und durch „schlaue Gegenstände" oder „Objekte" ersetzt werden.«

Baudelaire nahm seine Notizen wieder hervor und versuchte Saskia´s Ausführungen zu folgen und fragte sie dann:

»Dann meinst Du wohl, so Spielerein wie Kühlschränke, die mir einen Einkaufszettel aufs Handy schicken können?!«

»Ja, zum Beispiel und der Kühlschrank kann auch mit allen anderen Geräten kommunizieren, die Du Dir vorstellen kannst.«

Und dann dachte Baudelaire kurz nach. Er schloss die Augen für einen Moment und legte den Kopf in den Nacken, als wollte er sich sonnen... dann meinte er - noch mit geschlossenen Augen:

»Oder das Kassensystem kommuniziert mit einer anonymen Körperprofilkarte des Gastes.«

Saskia lächelte unentwegt. Sie sagte, dass diese Idee eine äußerst nützliche und besonders leicht zu handhabende Möglichkeit für die Leute wäre, sich gesünder zu ernähren. Der Spitzenkoch war voll in seinem Element und spann den Gedanken noch um einiges weiter.

»Genau und die Leute bräuchten sich nur eine neutrale Plastikkarte erstellen lassen, die überall auf der ganzen Welt, in jedem Lokal gelesen werden könnte. Natürlich nur mit einer diskreten Mitgliedsnummer, in der Datenbank, von denen es ja auch unzählige gäbe - und

zwar so, dass weder auf der Personenkarte selbst oder in der Datenbank Name und Adresse gespeichert werden müssten. Ein Aliasname mit Email-Zugang dürfte genügen und aus Plastik müsste die Karte auch nicht zwingend sein. Die Datenbanken sollten dezentral voneinander unabhängig sein und die Leute müssten ihre Daten selbst leicht pflegen, um ihre Personenkarte aktuell zu halten.«

… und so weiter, Lokale bräuchten nur ein Lesegerät, meinte er, welches mit dem Kassensystem verbunden sei. Als nächstes müsste natürlich jeder Koch seine Rezepte mit Nährwerten der einzelnen Zutaten hinterlegen.

Aus der Speisenkarte würden die Leute dann nur noch eine passende Mahlzeit auswählen, die zum ‚persönlichen Zeitpunkt' passte. Mit ‚persönlichem Zeitpunkt' meinte er, dass ein Gast beispielsweise mittags in ein Lokal ginge, allerdings morgens schon eine Stunde Laufen gewesen war. Das war im Grunde nichts weiter, als der unterschiedliche zeitliche Blickwinkel, wie bei der Ausstellung im Centre Pompidou.

Wieder ein anderer Gast machte vielleicht gar keinen Sport – auch nicht am nächsten Tag und voraussichtlich auch in fünf Jahren nie. Und noch ein anderer Gast säße vielleicht mittags im Lokal und hatte sich abends zum Krafttraining mit Freunden verabredet.

Das alles hatte bis dahin noch nichts mit den drei Körpertypen, dem aktuellen Body-Maß-Index, dem Alter oder dem Geschlecht zu tun.

Hier käme dann die Personenkarte ins Spiel, denn sie würde dem Koch diese vielen anderen persönlichen Daten zur Verfügung stellen. Baudelaire war zwar gut im Kopfrechnen, aber das waren einfach zu viele Berechnungen gleichzeitig. Also war das der Teil des Konzepts, für den der Computer herhalten musste.

In der Theorie war das einigermaßen einfach erklärt und ausgedacht. Vielleicht war es auch für einen Programmierer noch viel einfacher, es in ein Kassensystem zu programmieren. Verständlicherweise sah Baudelaire darin noch ein Problem: Den Gast selbst.

Baudelaire ist emanzipiert

Baudelaire saß schon wieder in einem Bistro und trank ein Glas kühlen Chardonnay; weil es warm war, schwitzte das Weinglas, so dass die Tropfen daran haften blieben. Es war der Samstagnachmittag nach seiner Ankunft in Paris, und zum Chardonnay gönnte er sich sechs ‚Belones Austern' mit Limetten-Vinaigrette und Pain de Flûte. Austern deshalb weil sie ihm erstens köstlich schmeckten und zweitens weil er – wenn auch unbeabsichtigt, eine eiweißreiche Ernährung pflegte.

Dennoch fiel unserem Spitzenkoch heute etwas auf: Eine zierliche Dame am Nachbartisch – gekleidet in Chanel-Tweed aus Seide, verköstigte sich ebenso an einem halben Dutzend Austern. Man konnte sie zwar auch einzeln bestellen, aber ‚ein halbes Dutzend' Austern war ‚eine Portion'. Er machte sich nur der Logik halber darüber Gedanken, nicht des Futterneides wegen. ‚Wieso?' fragte er sich, ‚wieso gibt es überhaupt standardisierte Portionen?' Eine zierliche Dame, von vielleicht nicht einmal fünfzig Kilo ... – die gleiche Menge Austern. Die gleiche Menge Energie. Die gleiche Menge Eiweiß. Das fand er nicht logisch.

Er überlegte weiter und kam dann auch zu der Erkenntnis, dass er vergessen hatte den zusätzlichen Energieumsatz, den er durch die ‚Liebemacherei' mit Saskia und durch sein allmorgendliches Fitnessprogramm, einzukalkulieren.

Unser Bursche kalkulierte all diese Faktoren bei seiner ersten Bestellung nicht ein und bestellte sich deshalb umgehend sechs weitere Belone Austern.

Er sah die Dame am Nachbartisch und verglich sie mit sich. Generell, so dachte er, ist Eiweiß zwar verfügbar, allerdings nicht proportional sinnvoll. Baudelaire sah hier Optimierungsbedarf. Zumindest könnten er und seine Gastronomiekollegen Eiweiß besser proportional, als pro Portion darreichen.

Baudelaire machte regelmäßig seine Workouts und wenn er nicht wenigstens eine Stunde laufen ging, so nahm er sich beinahe täglich zwanzig oder dreißig Minuten für ein Fitnessprogramm. Dafür nahm er sich immer Zeit und Raum, aber das Hotelzimmer war etwas beengt, so daß er es vorzog, seine Workouts irgendwo draußen zu machen. Meist bot sich eine Bank an, an der er ein paar Trizeps- und Liegestützübungen machen. Viel lieber machte er ein paar Burpees - das sind Liegestütz, Kniebeugen und Strecksprünge in einem; die machte er direkt gegenüber vom Eiffelturm an der Seine, wo auch schon morgens vereinzelte Gassigeher mit ihren Hunden flanierten. Das alles führte - für ihn gesehen, natürlich zu einem höheren Eiweißbedarf, wenngleich er mit diesem Pensum noch längst kein Kraftsportler war. Denn, umso mehr er seine Muskeln beanspruchte, desto mehr Eiweiß brauchte er schließlich.

Er merkte, dass der Alltag in Paris eiweißtechnisch gesehen, gar nicht so leicht zu meistern war. Ein wenig hatte unser Spitzenkoch schon seine Schwierigkeiten in den französischen Bäckereien.

Anschließend dachte er darüber nach, wie es denn eigentlich in seinem Land war, denn dort ging er ja selbst nicht so häufig in Lokale oder zum Bäcker. Baudelaire stellte sich vor, wie das wohl wäre, wenn er sich nicht seine allmorgendlichen Pfannkuchen machen würde und sich einmal so ernähren würde, wie der Großteil seiner Mitmenschen: Also häufig zum Bäcker gehen, beispielsweise, um etwas in der U-Bahn zu frühstücken. Im Grunde – so dachte er, hätte er beim Bäcker gerade mal die Wahl zwischen Käsekuchen und Quarktaschen; oder zwischen belegten Sandwiches mit Geflügelwurst und Eiern oder Leberkäse, um seinen täglichen Eiweißbedarf wenigstens ansatzweise decken zu können.

In Paris jedenfalls war es für Baudelaire deutlich komplizierter, weil die Franzosen nicht einmal Vollkornbrot im Sortiment hatten; wenn er noch die fehlenden Ballaststoffe oder die schlechten ‚Blutzucker-Flugeigenschaften' von Weizenmehl berücksichtigte.

Zurück zu unseren beiden Turteltäubchen: Saskia hatte an dem Tag übrigens keine Zeit und rief Baudelaire morgens an, um ihm etwas wichtiges mitzuteilen.

Nachdem der Garçon sich auf den Weg gemacht hatte, um die weitere Austernbestellung zu bonieren, fand Baudelaire einen ruhigen Moment, um über das Telefonat mit Saskia nachzudenken, denn in der Zwischenzeit hatte er bereits den Flohmarkt ‚Marché D'Aligre' besucht und war dort in die Welt der Antiquitäten abgetaucht. Saskia eröffnete ihm nämlich, dass sie in Deutschland eigentlich einen Freund hatte, mit dem sie sogar seit vielen Jahren zusammen lebte. Darüber war Baudelaire natürlich alles andere als erfreut. Und jetzt versuchen Sie mal, bei so einer ‚Danachricht' noch erfreut zu sein. Sie hatte weiter nicht viel erzählt, nur – oder besser gesagt immerhin, dass sie sich mit unserem Burschen unsäglich wohl fühlte und schon seit über einem Jahr keine Fortschritte in der Beziehung mit ihrem ‚Noch-Freund' sah. Dessen Namen wir jetzt nicht erwähnen, weil er nicht weiter wichtig ist!

Während der Spitzenkoch weiter durch sein Notizbuch blätterte, um sich von der schlechten Meldung abzulenken, kam der Garçon und servierte den zweiten Gang Balone Austern. Saskia erwähnte auch, dass ihr Freund sie am Samstag in Paris besuchen kommen wollte und ihr Plan war es, die Beziehung definitiv zu beenden. Sie können sich vorstellen, dass Baudelaire ganz schön verblüfft darüber war, dass sie ihren Freund ein paar hundert Kilometer hatte anreisen lassen, um ihn über das Ende ihrer jahrelangen Beziehung zu unterrichten.

Er meinte dann zu Saskia, dass es kein Problem für ihn sei und es im Leben wohl auch nie den richtigen Zeitpunkt für irgendetwas gab und zweifelsohne nicht in Liebesgeschichten.

In jedem Fall war die neue Nachricht für Baudelaire längst Grund genug, sich noch ein weiteres Glas von dem sommerlichen Chardonnay servieren zu lassen, dessen Abgang nun auch ein ganz anderes Gewicht bekam.

So kam es, dass unser Bursche von nun an auch seine Zweifel hegte. Denn wie häufig hatte er es bereits erlebt, dass er eine Frau kennengelernt hatte, die gerade damit beschäftigt war, ihre letzte Trennung zu verarbeiten. Diese Erfahrungen schienen Baudelaire deshalb schon des Öfteren davon abzuhalten, sich überhaupt näher auf eine Frau einzulassen – beispielsweise sie auf einen Kaffee wiedertreffen zu wollen. Die Frauen schienen vielmehr mit sich selber beschäftigt zu sein und hatten erst einmal genügend damit zu tun, sich Zeit für sich zu nehmen – viele buchten sich beispielsweise eine Weltreise, was Baudelaire aber auch ganz menschlich erschien.

»Riskieren Sie etwas!«

Sagte der Garçon!

Dem Garçon war scheinbar aufgefallen, dass unser Bursche nach dem Telefonat etwas betrübt und nachdenklich war und erkundigte sich (natürlich auf Französisch – wir haben das sinngemäß übersetzt):

»Monsieur, ist alles okay bei Ihnen?«

»Oui ... ja ja!«

... sagte Baudelaire; klang aber nicht gerade überzeugt dabei

»Monsieur isch abe gesehn, dass Sie une schlechten Anruf atten. Was ist das Problem? Travail oder une Dame?«

… scheinbar kannte der Garçon die Menschen gut und wusste auch, wie er sie wieder erheitern konnte, denn er bot Baudelaire einen guten Tropfen auf's Haus an.

»Sie sind gut! Nein danke es geht schon wieder. Na was wohl, eine Frau natürlich! Aber es ist umgekehrter …

ähm excusez moi - es ist kompliziert.«

»Oui Monsieur! Oui, aber manchmal ´ilft ein guter Tropfen, um über kompliziert´ ´inweg zu kommen. Isch lade Sie ein ... was möchten Sie? Une Digestif vielleischt?«

»Merci, dass ist sehr nett von Ihnen!«

»Monsieur! Was bei den Damen `äufig ilft, ist: „Riskieren Sie etwas!"«

Unser Bursche wiederholte die letzte Bemerkung des Garçon und lächelte wieder etwas mehr:

»Oui ... merci! „Etwas riskieren!"«

»Oui! Und was ist umgekehrter, was Sie vor´in meinten, Monsieur?«

»Oh, ganz einfach : Umgekehrt ist das Gegenteil vom Gegenteil und dann dann in jedem Fall nicht richtig - haha."«

und der Garçon lachte und verschwand, um den Digestif zu servieren.

Unser Spitzenkoch erledigte ein paar Telefonate, während der Garçon ihm die Rechnung mit dem Digestif brachte. Baudelaire hatte mit Waldemar telefoniert, weil er in Erfahrung bringen wollte, ob er für die drei Körpertypen exakte Mittelwerte habe. Mittelwerte aus denen man den jeweils optimierten Makronährstoffbedarf, bei Ruhe, Kraft- oder Ausdaueranstrengung ablesen konnte. Immerhin waren dies demnach ganze neun unterschiedliche Möglichkeiten, wie ein Körper verstoffwechseln konnte und die übrigen Komponenten hatte er noch gar nicht für seine Formel berücksichtigt.

Denn er wollte ja außerdem in irgendeiner Form den

jeweiligen Body-Maß-Index, das Alter und das Geschlecht seiner Gäste auch noch berücksichtigen. Dann käme er auf fasst tausend Möglichkeiten.

Eine Herausforderung sah unser Spitzenkoch auch darin, Speisen so zuzubereiten, dass er sie flexibel portionieren konnte, was in der Gastronomie wichtig war.

Im Sinne der Gleichberechtigung dache sich Baudelaire übrigens, dass er die Preise seiner Speisen ganz fortschrittlich portionsweise - und nicht etwa nach Gewicht, kalkulieren wollte.

Ein Omelette von einem Ei, würde dann ebenso viel kosten, wie ein Omelette von vier Eiern und eine Portion Austern könnte sechs Stück oder acht Stück sein. Er sah darin eine weitere Herausforderung, weil er dann so eine Art Mischkalkulation in der Küche einführen müsste, welche jedoch einem logischen Schlüssel folgen würde. Schließlich können Sie sich vorstellen, dass er nicht dabei drauflegen wollte. Damit Sie eine Ahnung davon haben, wie Speisen in Lokalen für gewöhnlich kalkuliert werden: Man rechnete mindestens das drei bis vierfache des Wareneinsatzes! „Mindestens“ deshalb, weil extrem hohe Mieten – beispielsweise in Bestlagen, natürlich auch dazu führen konnten, dass dieser Faktor deutlich höher lag.

Die Überlegung, die er anstellte, war also, dass beispielsweise Frauen im Schnitt vermutlich weniger, allerdings in individueller Proportion zum Körper gleich viel, auf den Teller bekommen würden, jedoch den gleichen Preis zu zahlen hätten wie Männer.

Er hielt dies für den entscheidenden, weil auch provokanten Vorstoß, über den die Presse sich vermutlich das Maul zerreißen würde. Darum notierte er sich – noch während er mit Waldemar telefonierte, diesen Einfall im Notizbuch.

> ***„PR: ‚Der emanzipierte Gastronom von heute'. Gleichberechtigung ist, wenn Gäste für eine Portion bezahlen, aber nicht für die Menge. Folge: Frauen erhalten im Schnitt kleinere Portionen, zahlen aber gleichen Preis.“***

Jeder Gastronom hätte ohnehin den gleichen Personalaufwand in der Küche, die gleiche Miete oder gleich viel Strom oder Gas, Wasser oder Versicherung zu bezahlen. Und der Personalaufwand überwog ja ohnehin meist.

Waldemar versprach ihm, dass er in seinen Unterlagen einmal nachsehen und ihm dann eine Email zusenden würde; hegte allerdings Zweifel, ob sich Frauen das bieten lassen würden. Baudelaire hatte da freilich auch seine Zweifel – und auf den ersten Blick war es ja auch berechtigt Zweifel zu haben, aber wer nichts riskiert, bleibt schließlich auf der Strecke und begründete das so: Er sei als Mann schließlich emanzipiert und selbstverständlich auch für Gleichberechtigung.

Er sagte zu Waldemar:

> *»Nun ja! Frauen rechnen Dir doch letztlich auch immer alles haarklein vor, wenn es um ihren persönlichen Vorteil geht und wir bieten ihnen ja hier auch einen*

echten Service. Ich kenne keine Frau, die nicht auf irgendeine Weise mal nachtragend gewesen war.«
»Tja, wenn Du meinst. Mir brauchst Du das nicht sagen, mir leuchtet das ein. Hast schon recht! Am Ende ist sich doch jeder selbst am nächsten.«
»Allerdings. Da braucht man sich ja nur mal die Schwarzer anzusehen. Die Vorzeige-Emanze, die uns alle um Steuergelder betrogen hat.«

Sie philosophierten noch ein wenig weiter über dieses Thema, was aber für den Ausgang unserer Geschichte nicht viel Bedeutung hat. Wichtig wäre noch anzumerken, dass Baudelaire meinte, dass er in seinem Lokal die Mitarbeiter gerecht entlohnte; d. h. jeder bekam für gleiche Arbeit gleiches Geld. Umgekehrt gerechnet, müsste er seinen männlichen Mitarbeitern sonst durchschnittlich mehr Lohn zahlen, weil sie sonst auch mehr für ihren Energieunterhalt benötigten. Baudelaire stellte sich lediglich vor, den Energiebedarf der Menschen angemessen zu befriedigen. Wenn er von gleichen Einkommen ausging, dann sollte auch jeder gleich weit damit kommen – kann ja einer nichts dafür, wenn er zwei Meter groß ist. Das leuchtete Waldemar natürlich ein und er lachte am Telefon darüber, weil er meinte, dass Baudelaire als berühmter Spitzenkoch damit wahrscheinlich für eine Menge Aufruhr sorgen würde; vor allem bei Menschen die eins sechzig groß sind. Wie dem auch sei, das machte Baudelaire nichts aus, denn er war der Ansicht, dass seine Grundüberlegungen den Leuten langfristig nützen würden.

Baudelaire wird strategisch

»Wow, sieh nur: Das schaut aus wie ein Meer!«

Baudelaire und Jérome saßen in einem Mietwagen; einen von denen, die man spontan für kurze Fahrten oder halbe Tage mieten konnte. ‚Car-Sharing' Anbieter konnte man inzwischen nicht mehr nur an einer Hand abzählen. Die beiden fuhren an einen der nahegelegenen Seen – der aber etwas weiter weg war, als der bezaubernde Waldsee zu dem er einst mit Fleur geradelt war. Am gegenüberliegenden Ufer, welches nur wenige Kilometer entfernt war, konnte man sonst immer einen Berg sehen, auf dem sich ein Kloster befand; doch an diesem späten Vormittag versteckte der Nebel den Klosterberg und Baudelaire hatte den Eindruck, auf ein Meer mit endlosem Horizont zu blicken.

Es war bestes ‚Segel-Segel' Wetter, sie parkten den Wagen und ließen sich vom Bootsverleiher ihr Boot an den Steg schleppen – es war noch an einer Boje befestigt. Nach dem Setzen der beiden Segel frischte der Wind noch etwas mehr auf und der Himmel war wolkenlos, bis auf die Nebelschwade am gegenüberliegenden Ufer. Sie machten einen Schlag gen Nord-Ost und der Wind kam aus Nord-West. Jérome und unser Spitzenkoch waren die einzigen Segler auf dem See – vielleicht lag das daran, dass es Montag war, denn montags hatten ja nur die wenigsten Leute die Möglichkeit, sich ihre Zeit für so ein wunderschönes Hobby einzuteilen.

Schon nach einer kurzen Weile erreichten sie die gegenüberliegende Seite des Sees, an dem ein kleiner Ort lag, in welchem übrigens Herr Ching wohnte. Für die gleiche Strecke brauchten sie bei ‚Bikini-Segel' Windbedingungen wenigstens die vierfache Zeit, was dazu führte, dass Jérome, der am Steuer saß, sich diesmal nicht ganz so sicher schien, wie er die Geschwindigkeit, des sich von Backbord (in Fahrtrichtung links) herannahenden Ausflugsdampfers einschätzen sollte. Jérome hielt Kurs und es reichte dicke.

Und Sie fragen sich jetzt bestimmt, wer dieser Herr Ching war: Fleur hatte Baudelaire einmal erzählt, dass sie sich von Herrn Ching bereits mehrmals die Karten hatte legen lassen, immer nachdem sie sich von ihrem Freund getrennt hatte. Vermutlich war das ihre Methode, die Trennung zu verarbeiten – anstatt, wie so viele andere, eine Weltreise zu unternehmen.

Die einen spielten gerne. Die anderen reisten gerne. Am Ende war beides nur eine Aktion, um sich mit sich selbst zu beschäftigen.

Jetzt war unser Bursche fast schon ihr neuer Exfreund, denn er hatte es direkt nach seiner Rückkehr, aus der Welthauptstadt der Gaumenfreuen, für klüger empfunden, einmal mit Fleur zu sprechen, um ihr eine „Auszeit", von ihrer gemeinsamen Beziehung, anzubieten.

Die ‚Kartenleger-Geschichte' von Herrn Ching jedenfalls,

brachte unseren Sternkoch wieder auf eine Idee. Denn es bestand ja noch die Gefahr, dass die Leute das neue Speisenkarten-Konzept nicht akzeptieren würden ... - erst recht wenn er es so knallhart ‚efrauzipiert' gestaltete. Und ein Spiel, welches sich damit beschäftigte, die Nährwerte zu lernen - als Methode, könnte sie vielleicht anspornen. Er erzählte Jérome beim Segeln von dem Trumpfspiel, oder war es ein Quartettspiel (er wusste eigentlich gar nicht mehr genau, wie das Spiel hieß) und fragte ihn, was er davon halten würde, wenn man Viktualien gegeneinander trumpfen lassen würde. Er hatte das mit den Nährwerten zwar schon einmal probiert, in dem er mit Saskia die gesammelten Nährwert-Schnipsel als Spielkarten benutzte. Nur irgendwie waren sie auf keinen grünen Zweig gekommen, so dass sich das Triumphieren in Grenzen hielt und keine so richtige Spielfreude aufkam. Mit Donny hatte das Getränketrumpf auch wegen ‚Überhopfung' nicht funktioniert.

Jérome hörte aufmerksam zu, war aber auch damit beschäftigt den Kurs so zu halten, dass sie vorwärts kamen und gleichzeitig die Sonne im Gesicht hatten. Sie sollten nämlich wissen, dass man beim Segeln auch manchmal im Schatten sitzt, weil das Segel sich ja über einem auftut – ganz anders bei einem Motorboot, denn so eins hat ja kein Segel. Es ist also so wie im richtigen Leben: Manchmal sitzt man im Schatten oder der Tank ist leer.

Baudelaire erzählte und erzählte. Und er erzählte mal wieder die mögliche Lösung gleich mit. So, wie er es bei Saskia schon einmal gemacht hatte und Jérome sagte:

» 'alt! Jetzt ma' langsam, sonst kommé isch nicht mit.

Alors, e ... nimm´ Dir ün Keks!«
»Hm.«
murmelte Baudelaire :
»... okay! Ich fang noch mal von vorne an!«
»No, no ... ! Alors, wenn isch Disch richtig verstanden abe, möchtest Dü nischt einfach sagen, dass eine Gurke weniger Enerschi at, als ün Steak. Pour Example. Oui?«

... weil auch ihm das sinnlos erschien.
»Halte ein! s'il vous plaît. Es fehlt so eine Art Bedingungssatz, weil ...«
ergänzte Baudelaire ihn und fügte hinzu
»... ähm, weil der Nutzen ja immer abhängig von der jeweiligen Tätigkeit ist.«
»Voilà! Und was sind noch mal die Rélationen?«
»Die Bedingungen sind die unterschiedlichen Blickwinkel! Ganz klar! Man muss die jeweiligen Tätigkeiten, beziehungsweise den jeweiligen Energieaufwand, in Bezug zum Energiegehalt setzen. ... ähm, no no - stopp! Genau umgedreht. Also quasi contraire. Oui?«
»Voilà! Nur vor´in ´attest Du noch etwas von unterschiedlichen ‚Energie-´albwertszeiten' oder so erzählt - no?!«
»Halte ein! Ja, Du meinst die Biologische Wertigkeit. Aber die verkompliziert das alles noch viel mehr. Die lassen wir erstmal außer Acht...«

Der Spitzenkoch führte noch einmal aus, was die Biologische Wertigkeit der Eiweiße war und dass er aber im Wesentlichen die unterschiedlichen Verstoffwechslungen aller Makronährstoffe meinte. Inzwischen hatte er sich ein paar Vokabeln angeeignet, die für sich gestanden richtig viel Sinn machten. Beispielsweise erzählte er Jérome auch von den unterschiedlichen ‚Kohlenhydrat Toleranzen' bei den drei Körpertypen. Mit unterschiedlichen ‚Energie-Halbwertszeiten' konnte es sich Jérome besser merken. Sie meinten damit, dass die ‚Makros' im Körper ganz unterschiedliche Effekte auslösten, von unterschiedlichen Organen verarbeitet wurden und deshalb auch eine unterschiedlich lange ‚Lebensdauer' hatten, wenn man sie erst mal runter geschluckt hatte.

Man kann die Makros sozusagen nicht in einen Topf schmeißen.

Der Bedingungssatz musste also folgerichtig ‚Mein Nahrungsmittel XY hat besonders viel oder wenig hier oder davon, deshalb machen wir heute jenes Tagesprogramm.' lauten. Es gab wenigstens vier Varianten davon und der Spitzenkoch fuhr mit seinen Notizen fort:

„a.) Wenn Ruhe, dann Fett möglichst wenig...
b.) Wenn Ausdauer, dann Kohlenhydrate möglichst viel
c.) oder Wenn Ruhe, dann Ballaststoffe möglichst viel
d.) Wenn Kraft, dann Eiweiß möglichst viel ...“

Das es im Alltag nicht einfach war, belegt uns folgendes Beispiel: Ein wahres Exempel: Jérome und Baudelaire fuhren auf dem Weg zum Segelbootverleih, noch bei ‚Inge´s Kaufladen' vorbei, um sich Proviant für´s Segeln zu kaufen. Während Jérome zielstrebig das Keksregal ansteuerte, drehte

Baudelaire unentschlossen ein paar Runden durch den Kaufladen und dachte sich ‚was brauche ich heute wofür?'. Segeln bedeutete zwar einerseits viel Rumsitzen (Ruhe), aber je nachdem, konnte es bei wärmeren Temperaturen auch viel Schwimmerei (Kraft) bedeuten. Er versuchte den optimalen Proviant für die Situation zu finden. Dafür kam beispielsweise eine Banane mehr in Frage, als Kekse. Das Nahrungsmittel-Quartett – nennen wir es der Einfachheit halber einmal ‚Nahrtett', müsste aber genau anders herum funktionieren.

Denn mit Viktualien, also den Nahrungsmitteln, die es in ‚Inge´s Kauladen' zu kaufen gab, hätten sie geradewegs zwei Runden um den See radeln können. Es gab in dem Kaufladen Kohlenhydrate im Überfluss und diese wären wohl eher für Ausdauersport geeignet.

Doch zurück zu unserer Geschichte: Unser Spitzenkoch meinte schließlich zu Jérome, dass eine ‚Gurken-Nahrtett-Spielkarte' gegenüber einer ‚Steak-Nahrtett-Spielkarte' im Vorteil sein könnte, wenn man sagen würde ‚Ich mache heut nix, denn meine Gurke hat nur so und so viel Energie'. Oder umgekehrt konnte wiederum eine ‚Steak-Nahrtett-Spielkarte' im Vorteil sein, wenn man sagte ‚ich mache heute Krafttraining oder grabe das Blumenbeet im Garten um..., weil mein Steak so und so viel Eiweiß hat'.
Das Nahrtett-Spiel bot sozusagen einen wahren Nährboden für weitere Varianten. Jérome war der Ansicht, dass das auf jeden Fall eine gute Idee war und die Leute die verschiedenen Spielstrategien auch recht schnell verstehen konnten. Außerdem würden sie recht einfach nachvollziehen, dass man jedem Nahrungsmittel einen Verwendungszweck zuordnen würde können.

Jedoch hatte das natürlich alles nichts mit dem ‚Kartenlegen' zu tun, so wie es Herr Ching für Fleur gemacht hatte. Eines Tages hatte Herr Ching zu ihr gesagt:

> *»Fleur, die Karten sagen, dass Sie noch eine weite Reise vor sich haben.«*

Herr Ching war ein bedeutsamer Astrologe und Fleur hatte riesige Sorgen gehabt, denn er sagte ihr auch, dass sich die weite Reise sinnbildlich auf ihr Familien- und Liebesleben bezog.

Als unsere beiden Segler mit einem ‚Aufschießer' wieder sicher am Steg angelegt hatten, notierte Baudelaire zu den möglichen Spielstrategien in seinem Notizbuch noch:

> ***„Nahrtett-Spielkarten und Spielregeln/ Bedingungssätze sind mögliche Strategien bzw. Regeln"***

Beim ‚Aufschießer' fährt der Segler sein Boot übrigens in den Wind, löst die Schoten und bringt so das Boot nahezu zum Stillstand; denn Bremsen hat so ein Boot ja nicht.

Wenige Tage später hatte unser Bursche Besuch von Saskia und er erzählte ihr vom Segelausflug mit Jérome und seinen neuesten Einfällen. Er meinte außerdem, dass es irgendwie gar kein richtiges Quartettspiel sei, sondern eher eine Art Weiterentwicklung mit ‚Nährstoff-Timing', weshalb er es von nun an ‚Nahrtett' nannte.

Die Beiden sprachen freilich am wenigsten über die Arbeit, sondern viel mehr über – und auch ein bisschen ernsthafter, über ihre gemeinsame Zukunft, und sie liebten sich. Baudelaire schickte sie dann wieder nach Hause, denn er hatte am nächsten Morgen einige Termine, für die er ausgeschlafen sein wollte. Vielleicht erinnern Sie sich, dass unser Spitzenkoch jetzt soweit war, die große Feier vorzubereiten. Deshalb ist es nicht so, wie Sie vielleicht denken: Denn er schickte sie wirklich aus diesem Grund nach Hause. Außerdem verabredeten sie, dass Saskia sich um ein Design für Speisenkarten und Nahrtett-Spielkarten kümmern wird.

Und falls sie noch eine Idee für einen neuen Schriftzug oder ein Logo hätte, dann sei das um so besser. ‚Baudelaire´s Restaurant' sollte nämlich von nun an ‚Baudelaire´s Optirant' heißen. Baudelaire wollte vor allem deshalb ausgeschlafen sein, weil er den Reporter bei der Zeitung anrufen wollte.

Baudelaire im Interview

Vormittags im ‚Optirant': Eine ganze Zeit lang telefonierte Baudelaire bereits mit Herrn Schlepptzer, unterdessen vergnügten sich in der Küche der Programmierer von der Kassensystemfirma mit einem der Köche, die bei unserem Spitzenkoch arbeiteten. Sie optimierten die Aufmachung der Bons, die aus dem kleinen Drucker geschossen kamen, wenn es eine neue Bestellung gab.

Mittlerweile waren bereits einige Wochen vergangen, seit Baudelaire mit Jérome - der jetzt glücklicher Papa war, auf dem See segeln gewesen war. Saskia hatte eine Speisenkarte entworfen, welche sehr übersichtlich gegliedert, gut lesbar und natürlich das absolute Pendant zu dem war, was die Leute bis dato für eine Speisenkarte hielten. Das Design war wirklich hübsch anzusehen und wartete jetzt nur darauf, von Baudelaire mit Inhalt befüllt zu werden. Passend zu den Speisekarten entwarf sie das Layout für das ‚Nahrtett-Kartenspiel', auf dessen Spielkarten im unteren Bereich Empfehlungsbewertungen notiert werden sollten, damit die Leute die Bedingungssätze einfacher formulieren konnten. Das hatte sie optisch ganz gut gelöst, indem sie deutliche Sternchen, hell und dunkel anbrachte. Wenn sich ein Nahrungsmittel beispielsweise auf Grund der Zusammensetzung für Ausdauersport eignete, dann erhielt es bei dem Symbol für Ausdauer mehr farbige Sternchen.

Sie waren sich zunächst nur noch uneins darüber, ob die Abbildungen der Lebensmittel eher ‚piktogrammmäßige' Zeichnungen, Fotografien oder Aquarellmalereien sein sollten. Schicker wirkten ihre Entwürfe mit den Zeichnungen. Deutlicher für die Leute waren hingegen die farbigen Fotografien.

Herr Schlepptzer hatte den Spitzenkoch angerufen, weil er den Artikel in der Zeitung gelesen hatte. Er war der Leiter des örtlichen Gastronomieverbands und war begeistert über die Ideen, die Baudelaire in dem Interview ausführte. Baudelaire war damals zum Glück ausgeschlafen gewesen, als er bei der Zeitung angerufen hatte, denn so gelang es ihm, den Reporter für ein Interviewgespräch in sein ‚Optirant' einzuladen.

Eigentlich hatte er noch gar nicht alles fertig gehabt, aber der Reporter hatte ohnehin erst in der darauf folgenden Woche Zeit gehabt, um sich das bahnbrechende Konzept – wie er es in dem Telefonat nannte, vorführen zu lassen.

Herr Schlepptzer meinte (in bayerischem Dialekt):

> *»Mia ois Vaband könntn´ versuchen so eine Art Raund Teibl mit dene Herrschaften aus der Politik, die sich mid Ärnährung und dem Gastgwerb´ befassn´, zam zu oaganisiern´.«*

Weil Baudelaire in dem Interview übrigens auch festgestellt hatte, dass ihm spontan so viele Beteiligte einfallen würden - für deren Auflistung zwei Hände nicht genügen würden, wollte man sie alle aufzählen, welche alle eine enorme Verantwortung gegenüber dem Verbraucher hatten. Außerdem hielt er es beispielsweise für vernünftig, wenn nicht jeder ‚Dahergelaufene' ein Lokal eröffnen durfte, sondern zukünftig ein paar weitere Bedingungen, hinsichtlich dem Wissen über gesunde Ernährung, erfüllen müsste.

»So viele „Regeln" gibt es da gar nicht, aber weil jeder immer nur eine möglichst pfiffige Geschäftsidee sucht, haben alle immer gleich Dollarzeichen in den Augen und sind verblendet für die wirklich wichtigen Bedürfnisse der Leute.«

Meinte Baudelaire und Herr Schlepptzer fragte ihn, wen er beispielsweise noch alles zu den „Beteiligten" zählte.

»Da fallen mir spontan die zahlreichen „to go" Läden ein, die noch nicht einmal unter das Gastronomiegesetz fallen. Oder die Automatenaufsteller, die auf Bahnhöfen und in anderen öffentlichen Bereichen sinnlosen Zuckermüll verkaufen. Oder die Leute, welche die Ausschreibungen für solche „Zuckermüll-Automatenaufstell-Pachtverträge" formulierten und das damit überhaupt erst möglich machten!«

Er vertrat zudem die Ansicht, dass so mancher Sachbearbeiter in einer Behörde nicht über den Tellerrand hinaus schauen würde und diese Leute sich ihrer Verantwortung für die Gesundheit anderer gar nicht im Klaren waren. Denn Süßigkeiten seien schließlich keine Nahrungsmittel, sondern Suchtmittel – und das wusste doch schließlich jeder.

»Und was tätn' Sie vorschlagn'?«

»Ich würde sagen, dass es eine gute Idee wäre, wenn man alle, die in irgendeiner Form gewerblich Nahrungsmittel

in Umlauf brächten, in die Pflicht nehmen würde. Grundbedingung für den Handel mit Nahrungsmitteln sollte deshalb vielleicht sein, dass diese Leute über ein gewisses Basiswissen zu gesunder Ernährung, verfügen sollten. Vielleicht würde eine Richtlinie helfen, die bestimmt dass jeder einen Kurs mit anschließender Prüfung ablegen müsste. Das würde zumindest zu einer besseren Sensibilisierung beitragen.«

»A vasteh`, und mit „Sensibilisierung" meinan´s des Fingerspitzeng´fui, was dene Leut´ bislang fehlt, die heut´zu tag so a Soatiment tsamma stelln´?«

»Ja! Ja genau und am besten sollten auch Journalisten, eine solche Prüfung abgelegt haben, bevor sie über Nahrungsmittel in der Gastronomie berichten dürften. Irgendwas in der Art wie ein Fachjournalist könnte ja schon weiterhelfen. Fachanwälte und Fachärzte gibt es ja schließlich auch!«

»Des vasteh` i´ ned – wia meinen Sie des genau? Es gibt doch scho´ Gastrokritiker! Ich find´ die machen ihre Arbeit ganz ausgezeichnet.«

»Ganz einfach. Stelle mir gerade vor, ich würde über all diese Dinge ein Buch schreiben. Und ein Buchkritiker bei der Tageszeitung XY würde meine Lektüre bloß nach Sprachstil oder ein Gastrokritiker würde nur nach seinem alt hergebrachten Schema bewerten – dann fänd´ ich das schon schade. Denn in dem Buch ginge es ja um eine neue Vision, nicht um alt hergebrachtes.«

während Schlepptzer redete, trank Baudelaire einen Schluck Wasser und drehte sich um, um den anderen in der Küche zuzusehen; doch er hörte aufmerksam zu.

»A vasteh`. Sie meinan, weils bloß a Vision ist, um die´s Ihnen geht, brauchts´ am Ende nicht

hundertneunundsechzig prozentig funktionieren? Also bloß a Einladung?«
»Exakt und wenn nur neunundzwanzig Prozent davon funktionieren, wär´s schon fein. Gute Kritik ist für mich auch nicht nur der Hinweis auf das was falsch ist, sondern überwiegend, wie man etwas verbessern kann. Das ist die eigentliche Denkleistung des Kritikers. Wen es interessiert, der ist eingeladen mit drüber nachzudenken. Wer sowieso meist wenig offen für Neues ist, dem ist so etwas eh´ wurscht; nur der kann auch seinen Senf für sich behalten. Egal ob süß oder scharf. Der Senf.«

Baudelaire zählte noch eine ganze Menge weitere Beteiligte auf, die nach seiner Auffassung einen solchen Basiskurs absolvieren müssten. Beispielsweise fand er auch, dass das „Ess-Wissen" von so manchem Lebensmittelhändler mehr schlecht als recht war. Wenn er nur an „Inge´s Kaufladen" dachte, machte ihn das schon fast ein wenig traurig.

Und dann gab es da noch die Politiker, denen die Leute ihr Vertrauen schenkten, die sich aber in den letzten Jahren – mehr oder weniger sorglos, Gesetzestexte von Lobyisten der Lebensmittelindustrie ‚vorschrieben' ließen. Das Statistische Bundesamt würde schließlich gut belegen könne, dass der BMI des Kanzlerteams nur ein Abziehbild der Bevölkerung war.

Kurzum hatte unser Spitzenkoch dann noch die simple Idee angeführt, dass ein solches Wissen vielleicht sogar in den Biologieunterricht der fünften oder sechsten Klasse gehörte oder der berühmten Taschengeldparagraph im Bürgerlichen

Gesetzbuch, um eine Nahrungsmittelbedingung ergänzt werden könnte.

»Keine Süßigkeiten an Kinder, ohne Einwilligung der Erziehungsberechtigten«

Sagte er zu Herrn Schlepptzer und der wollte dann von ihm wissen, wie er sich das in der Praxis vorstellte:

»Des san scho a poar gute Gedankn´ ... - aba narrisch kompliziert zum umzusetzn´, da braucht man fei schon viele Mitstreita´.«

»Genau und mit Ihnen sind wir schon mal ein Mitstreiter mehr!«

»Oiso mid uns kennan ´s do rechna. Beim Vaband renna ´s do offne Dian eine. Woast´scho.«

Wenngleich beide genau wussten, dass solche Forderungen auf Verbandsebene leichter gesagt, als sie von den einzelnen Mitgliedern in der Praxis getan waren. Denn wir sprachen ja bereits darüber, dass jeder sich selbst immer am nächsten war. Die meisten Mitglieder hatten ihren gastronomischen Alltag und das gab ihnen einerseits die Sicherheit und andererseits machte es sie aber auch ‚bequem'. Dann fragte Herr Schlepptzer Baudelaire weiter:

»Aba könntn´s unsere Mitglida auch einmal an einfachn´Bestellellablauf für a Kassensystem notiern´, um das ma Ihnen a Konzeptumsätzung schmackhaft macha könnt? Wia ham´ s des denn in Ihrem neuen ‚Optirant' geplant?«

»Ja! Natürlich, im Wesentlichen sind es fünf wichtige Schritte zur „ausgewogenen" und optimierten Speisenkarte:

1.) Zuerst erhalten die Gäste immer eine Karaffe Wasser auf den Tisch.

2.) Bei uns können die Gäste eine Runde Nahrtett spielen,

um mit Spaß Lust auf das neue Konzept zu bekommen 3.) Dann erst scannen wir die Personenkarten der Gäste – allerdings immer mit Augenmaß, wenn Sie wissen was ich meine - und geben den Leuten dann 4.) ihre ihrem Körpertyp entsprechende Speisenkarte. 5.) In der Küche bereiten wir nur die Mengen zu, die auf den vom System errechneten Bons steht.

Ach noch etwas Herr Schlepptzer: Das System ist natürlich auf eine besondere Weise intelligent und rechnet dauerhaft mit, so dass wir auch in Zukunft mit unserer Mischkalkulation schwarze Zahlen schreiben.«

»A vasteh i! Ich hab mia des notiert und i´ denk, das ist vom Ablauf her scho´recht schlüssig.«
» .. und was halten Sie davon, wenn sie das einmal in der Redaktion der Mitgliederzeitung besprechen?«

Auch unser Spitzenkoch bekam regelmäßig die Verbands-Zeitung zugesandt und wusste daher von der Möglichkeit selbst Beiträge einzubringen.

»Gar koane schlechte Idä! Da hät i´auch schon dran g´dacht, weil unsere Redakteure oiwei auf der Such´san. Spannende Themen und so… ! I wird´ des einmal anprechn´. Und da Oigoaridmus [Algorithmus] der ist frei verfügba´ sagn´ Sie?«

»Ja kostenlos! Jeder darf den Algorithmus frei nutzen! Die meisten kennen ihn ohnehin schon aus der Schule: Die Grundlage bildet der Zusammengesetzte Dreisatz und die Prozentrechnung.«

In der Küche waren sie bereits zu einer brauchbaren Lösung für das Bon-Problem gekommen und bevor Baudelaire den Hörer einhängte, hatte er Herrn Schlepptzer und den Redakteur noch zur großen Feier eingeladen.

Wenige Wochen später war es dann endlich soweit! Die große Neueröffnungsfeier für ‚Baudelaire´s Optirant' war im Grunde eine ganze Neueröffnungswoche. Der Spitzenkoch hatte auch noch die übrigen Namen auf seiner Liste abtelefoniert, und jeden einzelnen zur Präsentation seines bahnbrechenden Gastronomiekonzepts eingeladen. Das Konzept war deshalb so bahnbrechend, weil es mehr war, als bloß ein Betriebskonzept für ein einzelnes Lokal. Es war viel mehr ein ganzheitliches volkswirtschaftliches Konzept für den Körper jedes einzelnen Mitmenschen; und die Körperprofilkarten sollten ja - wie wir bereits erwähnten, anonym sein. Das wäre schließlich die Grundvoraussetzung, damit sich das Optirant System wie ein Lauffeuer verbreiten kann.

Baudelaire hat eine letzte Idee

Im Eingangsbereich hatte unser Spitzenkoch die Straßenkarte der Welthauptstadt der Gaumenfreuden, mit eingezeichneter Kochmütze – dem ‚Cours de Gourmet', an die Wand gehängt. Von oben beleuchteten zwei Spots dieses, speziell in einen goldenen barocken Schnörkel-Rahmen gefasste, Reisesouvenir. Auch der Schnörkelrahmen hatte eine eigene Geschichte - denn Baudelaire erstand ihn auf diesem drolligen Flohmarkt unweit von Montmartre, im geschäftigen Norden von Paris. Beides hatte Saskia genutzt und optisch mit in das Layout der Spiel- und Speisenkarten einfließen lassen; und sie werden es kaum glauben, aber sie hatte noch weitere fabelhafte Ideen. Weil das neue Konzept auch ein bisschen wie eine Bildungsveranstaltung war, schrieb sie unzählige Schlauheiten zusammen, über welche viele Leute meist nur in Form von Halbwissen Bescheid wussten. Beispielsweise dass der Körper kaum Eisen aufnehmen konnte, wenn man gleichzeitig Koffein zu sich nahm oder wenig Vitamin C resorbieren (anderes Wort für ‚aufnehmen') konnte wenn man gleichzeitig Calcium konsumierte. Und so weiter: Wenig Calcium aufnahm, wenn Vitamin D fehlte oder Melasse wichtig dafür war, damit Calcium dort bleibt wo es hingehört und unzählige Dinge mehr! Dafür entwickelte Saskia eigens einen ‚Resorptions-Tagesplaner'. Zuerst dachte sie, wäre es eine nette Idee, all dieses Wissen mit in der Speisenkarte aufzunehmen.

Wenngleich Baudelaire meinte, dass dies unnötig die Verweildauer der Leute verlängern würde und er ja irgendwann auch mal Umsatz machen wollte; und es war ja schließlich nicht ‚Baudelaires Bibliothek', sondern ‚Baudelaires Optirant'! Saskia machte sich noch ein paar weitere Gedanken und meinte zu ihm:

> *»Was hältst Du davon, wenn wir Thementische gestalten. Eine ‚Scharfe Ecke', eine ‚Wohlfühl Ecke', eine ‚Glyx Ecke' oder eine … na ja und so weiter …«*

Er saß abends mit Saskia auf dem Balkon seiner Wohnung, als sie ihm von ihrer Wohlfühlecken Idee erzählte und er hörte ihr konzentriert zu, denn sie hatte sich bereits wirklich viele Ecken ausgedacht. Um es gleich vorweg zu nehmen: Ja, Baudelaire dachte bei ‚Scharfer Ecke' natürlich erst einmal an eine ansprechende Dekoration mit Bildern von langbeinigen interessanten Kellnerinnen. Doch dazu kommen wir gleich!

Mit ‚Wohlfühl Ecke' meinte Saskia jedenfalls Dekorationen rund um das Thema Enzyme und Ätherische Öle, da ging es also um ‚wohltuende Zutaten' für die Verdauung. Als Dekoration hatte sie an Pflanzenbilder gedacht, die optisch an den Stil der Stadtplan-Kochmütze erinnern sollten, damit alles zusammen passte und ein rundes Bild ergab. Für die Bildunterschriften zitierte und kommentierte sie Lexikoneinträge, wie beispielsweise zum Papayaenzym, was vereinfacht ausgedrückt dazu beiträgt, den Magen dazu zu motivieren, mehr Nahrungseiweiße in Aminosäuren zu spalten; Oder Kümmel, dessen ätherische Öle lediglich den Darm dazu anregten, sich zu entspannen – weshalb man ihn gern bei Kohlgerichten verwendete oder Sie kennen sicherlich auch die Gepflogenheit Kümmelstangen zu Bier zu servieren, denn Bier hat ja bekanntermaßen auch eine blähende Wirkung.

Ähnlich wie bei der Ausstellung im Centre Pompidou wollte Saskia hier sowohl Perspektivwechsel und Kontraste als Stilmittel verwenden.

In der ‚Scharfen Ecke' wollte Saskia Pflanzenbilder von stark capsaicin-haltigen Pflanzen dekorieren. Das interessante daran war die sogenannte ‚Scoville-Skala', auf der man den messbaren Schärfegrad getrockneter Früchte ablesen konnte, da das Capsaicin nicht nur die Schleimhäute reizt, sondern auch desinfizierend auf Bakterien wirkte.

Es war bereits Halbzeit der Optirant-Eröffnungswoche. Caterine posierte gerade mit Baudelaire im Blitzlichtgewitter der Presse. Auch sie hatte ihren Beitrag dazu geleistet, dass Baudelaire überhaupt auf die vielen Einfälle gekommen war. Es war ein dunkelroter Teppich, der an diesem Abend das Tableau für so manch schickes Abendkleid bot. Caterine unterhielt sich dann mit Donny und sie tranken dabei den toskanischen veganen Wein. Denn der italienische Winzer spendierte während der gesamten Eröffnungswoche edle Tropfen.

Matti war mit seinem Traktor angereist und unterstützte das Team die ganze Eröffnungswoche hinweg. Nicht zuletzt, weil er als zukünftiger Hanflieferant des Optirants auch einen gewissen Nutzen davon hatte. Und so stand er den Gästen Rede und Antwort, wenn es um Hanf ging.

Gerade stand er in einer lockeren Gläschenrunde mit Waldemar und stimmte sich mit ihm über ein gemeinsames Forschungsprojekt ab.

Melodie brachte sogar ihren Mann aus Italien mit und war gerade in ein Gespräch mit Frau Delieu – die ebenfalls mit ihrem Mann aus Paris angereist war, vertieft.

Donny war übrigens nach dem Segeltörn etwas in sich gegangen und hielt es inzwischen für angebrachter, sich nach dem Verkauf seiner ‚Schnellrestekarambolageaurants' einer neuen Aufgabe zu widmen. Mit seinem Wissen aus der Systemgastronomie wollte er Baudelaire´s Konzept versuchen auf ein Franchisesystem zu ‚skalieren'. Statt Franchisenehmer wollte er in Zukunft Franchisegeber sein.

Unser Bursche hatte zwar auch Fleur zur Wiedereröffnung eingeladen, sie meinte aber, dass sie gerade wieder an einer neuen Mixtur arbeitete und deshalb nicht kommen konnte – aber sie wollte es versuchen. Eigentlich war ihm das auch ganz recht und sie wissen ja wie das ist...

So sah er auch Madam Chloe wieder, die sich auch blicken ließ. Sie unterhielt sich gerade mit Saskia, denn immerhin hatten sich ja Baudelaire und Saskia in ihrem Sprachkurs zusammen gefunden. Saskia versuchte sich darin, Madam Chloe auf Französisch zu erklären, was es mit dem neuen Optirant Konzept eigentlich auf sich hatte. Jérome stand direkt daneben und lobte Saskia einige Male für ihr inzwischen gutes Französisch. Als Saskia Madam Chloe allerdings die Spielkarten genau erklären wollte, geriet sie doch etwas an ihre Französischgrenzen. Baudelaire hatte die

Eiweißmengen nämlich so ausgerechnet, dass sie nicht in Gramm, sondern in Prozent angegeben waren – und zwar als jeweiligen Anteil am Gesamtbrennwert. Das war jedenfalls fairer und einfacher im Kartenspiel. Die zahlreichen Gäste, die Baudelaire´s Einladung gefolgt waren, hatten es sich derweil in den zahlreichen Themen-Ecken ganz und gar bequem gemacht.

Alle spielten heiter ‚Nahrtett' oder ‚Protein Poker'. Absurde Berechnungen, wie etwa, das man rund vier Kilo Brokkoli täglich essen müsste, wenn man allein mit diesem Gemüse seinen täglichen Eiweißbedarf decken wollte, brachte die Leute beim ‚Preis Leistungs Spiel' zum Lachen, aber auch zum Philosophieren. Jedenfalls lernten sie – ganz spielerisch und nebenbei, eine Menge über Lebensmittel dazu.

Nun fragen Sie sich bestimmt, was aus Günther, dem Obdachlosen geworden war. Günther hatte wenige Tage, nach seiner letzten Unterhaltung mit Baudelaire einen Herzstillstand; und überhaupt wäre Baudelaire natürlich auch zu dessen Beerdigung gegangen, aber leider gab es gar keine Beerdigung, und Baudelaire hatte erst davon erfahren, als er Günther zur Feier einladen wollte. Das tat ihm andächtig leid.

Nun gut, das ist folglich das Ende unserer Geschichte.

Hanna und Elenore hatten großen Spaß auf dem Segeltörn gehabt und bei Frieda – die übrigens am letzten Tag auch zur Feier gekommen war, bereits eine weitere Segelwoche für den Spätsommer reserviert.

Frieda spielte mit Herrn Schlepptzer vom Gastronomieverband, Kiki und Juliette eine Runde Protein Poker. Sie waren sich erst uneinig über die Regeln und über strategische Wichtigkeit und Unwichtigkeit mancher Tipps. Auch Nahrtett und das Nutzen-Vergleichs Spiel wurden gespielt. Ein Wort gab das andere. Sätze wie »als ich geblufft hab´, hab ich nicht geblufft« oder »… so ein Mist, schon wieder Hühnerbrust; immer gibt's ordentlich Proteine, wenn man sie gerade nicht braucht … jetzt hät´ ich gern Sellerie.« und manchmal auch »… so was Blödes, schon wieder Gemüse, immer gibt´s Rote Beete wenn man gerade Filet braucht!« waren vernehmbar.

So hatte alles seine Bewandtnis: Sogar der Hinweis, dass ein gutes Drittel der Spielkarten im Nahrtett tierische Lebensmittel sind und das es sich bei allen der vierunddreißig Spielkarten um unverarbeitete Produkte handelt. Was Frieda dann natürlich auch einleuchtete, denn Fleisch hat keine Kohlenhydrate; und gekochte Nudeln oder beispielsweise gebackenes Brot, enthalten mehr Wasser als ungekochte Nudeln oder Mehl; Und man kann ja keine Nährwert-Relation von gebackenem Brot zu ungekochten Nudeln aufstellen. Dieser Vergleich wäre ja so ziemlich unsinnig.

In ‚Baudelaires Optirant' gab es viel zu entdecken, und die Leute hatten große Lust daran, nun endlich etwas zu Essen zu bestellen; und da trauten manche ihren Augen nicht: Der Algorithmus war höchst präzise, so dass jeder zwar unterschiedliche große Portionen serviert bekam, sich aber alle wohlfühlten und – vielleicht erinnern Sie sich noch an den Anfang unserer Geschichte, sogar die meist unzufriedene Gästefraktion, die der notorischen Nörgler, war überzeugt.

Saskia war vielleicht sogar eine weitere Attraktion an diesem Abend. Zumindest für Baudelaire war sie wichtiger als alle Gäste, was aber sicher nicht nur daran lag, dass ihr knöchellanges Abendkleid, mit seitlich verdecktem Gehschlitz, nur hin und wieder einen Blick auf ihre Beine gewährte. Sondern vielmehr daran, dass sie die vergangenen zwei Wochen auch dazu genutzt hatten zusammen zu ziehen. Da war noch etwas, was Sie sicherlich interessiert: Es musste wohl im Blubberpool auf der Baumhaus Terrasse passiert sein, aber irgendwie hatte Baudelaire nicht genau aufgepasst und so kalkulierte unser Kopfrechen-Spezialist bereits an welcher Stelle, im Algorithmus seines Kassensystems, ein weiterer Faktor berücksichtigt werden müsste. Unser Bursche ging raus und auf die andere Straßenseite – er schaute sich den Trubel, der vor seinem ‚Optirant' in Gange war an und genoss den Moment; dann nahm er seinen Notizblock und notierte:

> ***„Algorithmus weiterer Varianten für Frauen***
> ***a: vor der Geburt***
> ***b: nach der Geburt“***

Und dem ist wohl nichts hinzuzufügen.

Er ging wieder ins Restaurant hinein und wie er es zuvor bereits an jedem Abend der Eröffnungswoche gemacht hatte, nutzte er die Gunst der Stunde, um eine kleine Rede zu halten, mit der er sich bei allen bedankte. Außerdem gab er einmal ein Rechenkunststück zum Besten: Mit seiner

‚Frischer Kartensalat'

‚eins plus ein ist drei Theorie' ergab sich schließlich eine schicke Überleitung zur Bekanntgabe der Verlobung mit Saskia. Baudelaire griff nach dem Schampus und hob die Flasche in die Luft. Er verkündete:

»Es lebe das Leben. Es lebe die Kunst. So erhebet Eure Kelche!«

Donny stand weit abseits in der dritten Reihe und ergänzte lautstark:

»Ja mein Guter! Wer nicht liebt Wein, Weib und Gesang, der bleibt ein Narr sein Leben lang. Doch es sei Dir gesagt, mein Bürschchen: Die Ingwerkarte fehlt im Kartensalat! Er hat den Ingwer vergessen haha ... «

Alle lachten und applaudierten. Kiki drehte die Musik wieder laut, so wie sie es vor ein paar Wochen schon einmal tat: Walzer erklang und Baudelaire tanzte mit Saskia einen Ehrentanz. Es war wieder ein guter Grund für eine gute Party. Die Gäste und das Team standen im Kreis. Sie klatschten und jubelten, bis dann später alle tanzten.

So bekamen er und Saskia, nach vielen Monaten - als die beiden heirateten und einen kleinen Jungen zur Welt brachten, sogar eine Glückwunschkarte von Surflehrer Guido, dem ‚zärtlichfizierten'.

Baudelaire hatte wieder begonnen, ausschließlich als Koch zu arbeiten und bot weiterhin ‚Restaurant-Qualität', im Sinne der Sternschnuppenküche. Das war kein Problem. Hinzu kommt, dass sich durch die Ereignisse des vergangenen Jahres auch die Erwartungshaltung der Gäste ohnegleichen verändert hatte. Die zuvor nörgelnden Leute klagten jetzt nicht mehr, denn dank der ausgefallenen und beispielhaft informativen Dekorationen – für die Saskia sogar eine

Auszeichnung vom Gastronomie-Verband erhalten hatte, konnten sie in eine neue Welt eintauchen. Denn: Nur wer eine Welt hat, kann auch in eine Welt hinein tauchen. Baudelaires Fazit: Die Gesunden wissen nicht, wie reich sie sind.

Medien

Bücher und Websites die mich zu „Mit Essen Spielt Man…!“ maßgeblich inspiriert haben und die Ihnen vielleicht auch weiterhelfen:

„Statistisches Jahrbuch“ – ISBN 978-3-8246-1037-2

„Ernährungscoach“ - Dr. Wolfgang Feil (Biologe, Sportwissenschaftler) Haug Sport Verlag - ISBN 3-8304-2184-2

„Sporternährung“ - Dr. Med. Peter Konopka (Internist, Sportmediziner und Yogalehrer), BLV Verlag - ISBN 978-3-8354-0636-0

„So, what do you eat?“ - Liz Cook - ISBN 0-9536222-0-7

„Wissenschaft al dente: Naturwissenschaftliche Wunder in der Küche“, Thomas A. Vilgis , ISBN-13: 978-3451057618

„Körperwissen“ - Marion Grillparzer - ISBN 3-8338-0221-9

„Core Training Anatomie“ - Abigail Ellsworth (promovierte Physiotherapeutin), Copress Sport Verlag - ISBN 978-3-7679-1147-5

„Meine erste Kochschule“ Eckart Witzigmann

„Besser Kochen mit Jamie“ - Jamie Trevor Oliver, Dorling Kindersley Verlag - ISBN 978-3-8310-1031-8

„Vegan For Fit" - Attila Hildmann, Becker Joest Volk Verlag - ISBN 978-3-938100-81-3

„The Big Five for Life - was wirklich zählt im Leben" - John Strelecky - DTV Verlag - ISBN 978-3-423-34528-6

„Der Geizige" - Molière - Reclam Verlag - ISBN 978-315-000338-1

„Hectors Reise - oder die Suche nach dem Glück" - François Lelord - Piper Verlag - ISBN 978-3-492-24828-0

„Mein langer Lauf zu mir selbst" - Joschka Fischer (1. Umweltminister der Welt) - Knaur Verlag - ISBN 3-426-61476-2

„Erfolgreich kommunizieren" - Vera F. Birkenbihl - MVG Verlag - ISBN 978-3-86682-446-9

„Ski Lehrplan Praxis" - Dr. Frank Reinboth - BLV Verlag - ISBN 3-8354-0091-6

„Schneesport mit Kindern - Lernen in Situationen" - Lisa Eimert, Egon Hirt, Ecki Kober - DSLV e. V. 2008, Wolfratshausen

„Ernährungstherapie der Hildegard von Bingen" - Wighard Strehlow - Knaur Verlag - ISBN 978-3426656280

Dank

Dieses Buch war auch für die direkt Beteiligten eine enorm arbeitsintensive Herausforderung, darum möchte ich im Besonderen meiner Mutter, die sich bereits mein handgeschriebenes Manuskript antat, herzlich danken. Weiteren Dank an meine weiteren „Sparringspartner“ Evelyn Schreiber, Bernd Wagner und Carsten Knebel. Danke, dass Ihr mir Eure kostbare Zeit zur Verfügung gestellt habt und danke für Euer konstruktives Feedback. Ohne Euch wäre das alles nicht möglich gewesen. Und Danke an meine Familie.

Carsten Ulle Šebrle: Danke für Dein Vorwort - gerade wieder Papa geworden und eh´ keine Zeit... Vorwort mit dem iPhone geschrieben; bin begeistert! Und natürlich Danke an Julia für Dein Verständnis :-)

Ich danke all den Tänzerinnen, die mir nach wie vor mit Ihrem Lächeln die Abende versüßen! Allen voran meine ersten Tanzpartnerinnen noch aus Formationstanz Zeiten: Claudi, Jenny 1, Jenny 2 und Tine – I miss you! Es waren so schöne Jahre mit Euch; ich hoffe Euch geht's gut! Danke auch an Lisa Kern (schnellste Jive Tänzerin aller Zeiten), Martin Leiter (Personal Trainer) und Sonja Kreuzer (Diätassistentin) für Eure allerersten Feedbacks zum Kartenspiel. Danke an Derk für Deine gelegentlichen naturwissenschaftlichen Erläuterungen und den die besten Rock the Boats´ und alle die sonst dabei waren... z. B. Amel, meine allerliebste Yogatrainerin, Tonio (hast mich übrigens mit „So, what do you eat?“ von Liz Cook dermaßen inspiriert!), sowie Thomas, Felix, Janique und viele andere. Sowie Dank an unzählige Erstspieler des Nahrtett Spiels, u. a. auf zahlreichen Messen. Die Resonanz auf die Idee war eindeutig positiv.

Merci Schüni für Deine besten Adobe Hacks AAA Plus Support und Christof für die zuverlässige Zusammenarbeit seit nunmehr zwanzig Jahren.

Ich danke all jenen Kunden, die mir über fast zwei Jahrzehnte die Gestaltung ihrer Drucksachen anvertraut haben: Jede Erfahrung hat zum Entstehen von Buch und Spiel beigetragen. Danke auch an all die Leute, die mich rundherum immer wieder unterstützt haben, an dem Projekt „Spiel plus Komödie“ weiter zu arbeiten. Im vergangenen Jahr war dies ein Vollzeitjob für mich. Für mich persönlich war es eine wunderbare Erfahrung ein Kartenspiel zu designen und ein komplettes Buch dazu zu schreiben, wenngleich auch eine finanzielle Herausforderung! Besonders spannender Effekt: Selbst als Schreiber kam ich an einigen Stellen zu einem Punkt wo ich wissen wollte »…na, jetzt bin ich gespannt wie es weitergeht!« Dabei hatte ich es doch selbst in der Hand. Eine interessante Erfahrung! Spaß an der Arbeit hatte ich automatisch, weil ich mich ja für Spiel und Spannung entschied und eben nicht für ein Sachbuch, weswegen sämtliche Fakten in der vorliegenden Komödie trotzdem gewissenhaft recherchiert sind. Die Aquarelle zu malen hat mir viel Freude bereitet und den Spaß an der Arbeit abgerundet.

Danke an Arwed Vogel, der es versteht Menschen beizubringen wie man Bücher schreibt. Danke an Diane (Super Tänzerin) für den Tipp mit der BIB. Danke an das Gallus Team für die Unterstützung bei der Dummy Produktion für Buch und Spiel. Danke an Susanne, die mich mit der Melasse, im letzten Augenblick nochmal einen Blick auf die Mikros werfen ließ. So kamen die Kleinen dann auch nicht zu kurz. Danke an die Druckereien Stach, ASS Altenburger und CPI Books. Danke an Brigitte Abuleed, Steffen Schmidt-Hug und Dorothe Kempkes, Dr. Georg Westermeier für Geduld und Unterstützung.

Was mir noch am Herzen liegt und weshalb ich mich ausgerechnet an einer Komödie „versucht" habe: Viele Redewendungen in der deutschen Sprache, die irgendwie mit Spaß und Humor zu tun haben, enden meist mit einem Verbot oder einer Negation. Wir gehen »zum Lachen in den Keller …«, machen »Schluss mit Lustig«, oder uns »… bleibt das Lachen im Halse stecken«. Und es gibt weder ein ordentliches Synonym für „Lachen", noch konnte ich „Pfeifen" schreibtechnisch umsetzen. Meine Idee an die freundliche Dudenredaktion dazu: Konsonant erfinden - einfach machen! Für meinen Geschmack bietet die Deutsche Literatur gegenwärtig zu wenige lustige Bücher; und Komödien gibt's scheinbar nur noch als Film (meine Wahrnehmung). Meine persönliche Bitte an Schriftsteller und Verlage dazu: Schreibt bitte mehr Komödien. Und deshalb wollte ich es besser machen: »Mit Essen Spielt Man …« möge der witzigen Unterhaltung der Leute gewidmet sein.

Mit Essen spielt man zwar nicht, doch es ist eben – wie so vieles im Leben, manchmal eine Frage der Sichtweise.

Stephan C. Daniel, Piding - 10.09.2016

Über den Autor

Stephan C. Daniel

Stephan C. Daniel, geboren in Marburg an der Lahn, hatte in der achten Klasse sein erstes Schulpraktikum als Koch absolviert, danach folgten Berufswünsche wie Fotograf oder Modedesigner. Während der Schulzeit jobbte er bereits als Metzger, Kellner und Pizzabote. Nach dem Abitur entschied er sich aus familiären Gründen für eine Schneiderausbildung und studierte im Anschluss VWL in Marburg. 1997 gründete er dann sein Werbeatelier Public-Tools, mit Schwerpunkt auf Webdesign und -programmierung, dessen Kundenwebsites bald Best Practice Auszeichnungen vom Hessischen Wirtschaftsminister erhielten (u. a. auch Gastronomie). Immer mit im Portfolio: Druckvorlagengestaltung, Text und Fotografie. Darüber hinaus verfügt er über die Zusatzqualifikation „Kids Coach" des DSLV und ist Ausbilder für Mediengestalter Digital und Print. Er lebt heute in Bayern, kocht, fotografiert und tanzt gerne in seiner Freizeit; und treibt täglich Sport. Mit Freunden fuhr er von München über den Brenner bis nach Torbole, mit dem Rennrad - ca. 380 km; an einem Tag. Jedenfalls ein Tag mit unglaublich hohem Kohlenhydrateverbrauch. Er segelt und surft gelegentlich im Urlaub, fährt Ski und Snowboard im Winter.

»Jeu-d'œuvre« Das Spiel zum Buch

Für das »Jeu-d'œuvre« - das „Spiel Nebenbei", sorgt eine **Kartenspiele Box** (2 nochwertige Sets á 34 Blatt). Die Box enthält **vier verschiedene Spielemöglichkeiten** wie z. B. „Preis Leistungs Vergleich", „Nutzen Vergleich" (werden **ähnlich wie Trumpf**, nur mit Bedingungssatz gespielt), „Nahrtett" oder „Protein Poker". Die Spieler sind „Sportler" und jede einzelne Runde in einem Spiel ist eine Trainingseinheit. Der Gewinner wird Spitzensportler.

Die Kartenspiele sind **leicht verständlich**, so dass die Spieler einen schnellen Einstieg finden. Sie werden von 2-5 Spielern gespielt (ab 10 Jahre, **kurzweilig** von 15 bis 45 Min.) Auch eine Geschenkidee für Sportler und Fans von Gesellschaftsspielen geeignet. Egal ob Buch oder Spiel: Leser oder Spieler beschäftigen sich ganz nebenbei mit Ernährung und tun so etwas **für ihre Gesundheit**.

www.joedoevre.de

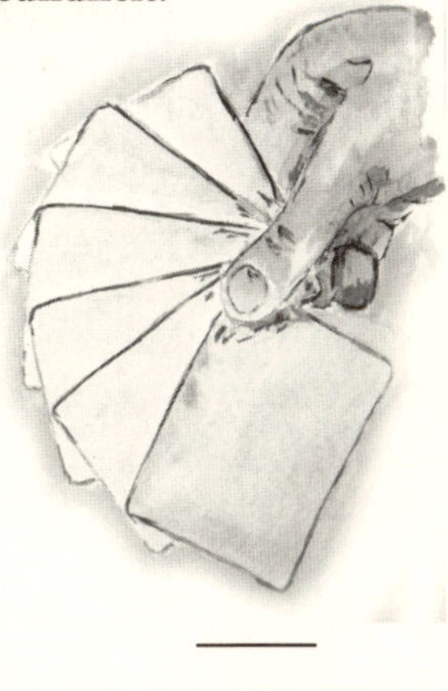

»Jeu-d'œuvre« Karten Box

- Regeln für vier verschiedene Spielemöglichkeiten wie z. B. „Preis Leistungs Vergleich", „Nutzen Vergleich" (werden ähnlich wie Trumpf, nur mit Bedingungssatz gespielt), „Nahrtett" oder „Protein Poker".
- 2 Sets á 34er Blatt im wunderschönen Aquarelldesign.
- Kartenformat 59 x 91 mm
- Mischung: pflanzlich / tierisch

Bestellnummer EAN 0701197889798

Art. Nr. 8301-063 (12x19 cm)

www.joedoevre.de